The Hippocratic Grief

# ヒポクラテスの悲嘆

中山七里

祥伝社

# ヒポクラテスの悲嘆

装丁　高柳雅人
装画　遠藤拓人

# 目次

# 主な登場人物

◉ 浦和医大法医学教室 ◉

## 栂《つが》野《の》真《ま》琴《こと》

浦和医大の助教。研修医として内科をへて、光崎教授に師事し法医学の道へ。ペアを組むことが多い古手川のブレーキ役なのだが……。

## 光《みつ》崎《ざき》藤《とう》次《じ》郎《ろう》

浦和医大法医学教室の教授。斯界の権威で、その知見と実績は海外でも評価が高い。解剖の腕は超一流だが、口が悪く唯我独尊。

## キャシー・ペンドルトン

アメリカ生まれの紅毛碧眼の准教授。医学生時代に光崎を知り、日本へ。流ちょうだが、時々おかしな日本語を話す。解剖が大好き。

---

◉ 埼玉県警 ◉

## 古《こ》手《て》川《がわ》和《かず》也《や》

埼玉県警捜査一課の刑事。熱血で正義漢だが猪突猛進。

## 渡《わた》瀬《せ》警部

古手川の上司で班長。強面で唯我独尊だが検挙率トップ。光崎とウマが合う。

# プロローグ

地獄は日常の中に潜んでいる。

休日昼下がりの商店街は買い物客で賑わい、穏やかな秩序《ちつじょ》を享受《きょうじゅ》していた。親子連れ、カップル、気ままな独身者。目当てのものを探す者、自分の好みを物色する者、ただの冷やかし客。時間はゆっくりと流れ、人の流れも緩《ゆる》やかだった。

突如として秩序が破られた。

人ごみの中から奇声が上がり、次に悲鳴が轟《とどろ》いたのだ。

「ちょっと。何、今の」

妻の声で護《まもる》は悲鳴の上がった方を振り向いた。自分たちのいる場所からほんの十メートルしか離れていない。妻と娘は遅れて歩いていたので、更に距離が近い。

見る間に人だかりが解《と》ける。異状を察した者たちが放射状に走り去ると、護にも騒ぎの中心が確認できた。

三十代と思《おぼ》しき男が刃物を片手に仁王立ちしている。刃物の先端は血に塗《まみ》れ、男の足元にはTシャツ姿の男性が倒れている。

危険を察知するのに護は数秒も要しなかった。だが娘の手を引いていた妻の判断が遅れた。

男の視線が妻と娘に固定される。

男は物も言わずに駆け出した。

束《つか》の間《ま》、護の両足は機能不全に陥《おちい》る。一歩踏み出そうとしたが、ぴくりとも動かない。

妻の足も動かない様子だった。しかし彼女は身を挺《てい》することで娘を護ろうとした。

凶刃がしゃがんだ妻に襲い掛かる。周辺の緩慢さに比して男の動きだけが機敏だった。護の足が動かないうちに、男の刃《やいば》は四度も妻の背中を刺した。

一瞬だけ妻の目がこちらに向けられた。

助けて。

せめてこの子だけでも。

頭の中でスイッチが入り、ようやく足が動いた。

やめてくれ。

俺の家族なんだぞ。

護は疾風《しっぷう》のように駆けるが、それでも男の動きが速かった。妻の身体を押し退《の》けると、小さな身体に刃を突き立てた。

「やめろおおっ」

ようやく言葉が出た時には遅かった。愛する娘は背中から大量の血を噴き出して路上に転がっていた。

アドレナリンでも分泌《ぶんぴつ》しているのか恐怖心は彼方《かなた》に吹き飛んでいた。護は男に飛び掛かり、刃物を持つ手にしがみつく。

勢い余って護と男は歩道の上に投げ出される。

刃の切っ先《きっさき》が顔面の辺りを掠《かす》める。護が男の腹に蹴りを入れると、刃の動きが鈍くなる。

やがて加勢が入った。

状況を把握した何人かが、男の四肢を捕まえる。刃物を振り回していても所詮は多勢に無勢だ。

そして、やっと警官二人が駆けつけてきた。警官たちは有無を言わせず男を取り押さえる。

「ナイフを取り上げろ」

「この野郎っ、何しやがる」

「病院っ。誰か、早く」

大勢の手に自由を奪われて、ようやく男の凶行は止まる。

護は妻と娘の許《もと》に駆け寄る。

二人とも息をしていなかった。

「佳穂理《かおり》」

妻の目は開かない。

「こずえ」

娘も呼びかけに応えてくれない。

自分につけられた名前が呪わしい。家族一人救えずに何が「護」だ。

二人の手首に、もはや脈動は感じられない。それでも佳穂理たちの手を握り続けていると、やがて遠くからサイレンの音が近づいてきた。

結局、佳穂理とこずえは最寄りの病院に担ぎ込まれたが蘇生することはなかった。

一方、三人を殺《あや》めた男はあれだけ大暴れしたにも拘《かか》わらず掠り傷一つ負わなかった。

犯人は佐々村東弥《ささむらとうや》、三十二歳、無職。高校を卒業後は進学も就職もせず、以来引き籠《こも》りの生活を続けていた男と発表された。

# 一　7040

## 1

「終了。閉腹する」

光崎藤次郎《みつざきとうじろう》教授の声で解剖室に張り詰めていた空気がふっと弛緩《しかん》する。

弛緩するのは補助をしている者たちも同じで、栂野真琴《つがのまこと》助教とキャシー・ペンドルトン准《じゅん》教授は達成感と疲労感が綯《な》い交《ま》ぜになった吐息を洩らす。

いつもながら精密機械のようなメスさばきが死体の腹部を縫い合わせていく。何体も光崎の執刀した死体を見、また他の解剖医の施術を目の当たりにしていると、開腹と閉腹の痕《あと》に著しい個人差があるのが分かってくる。特に違いが顕著《けんちょ》なのは縫合痕《ほうごうこん》で、相手が物言わぬ死体だからか巧《こう》拙《せつ》の差が大きい。

多くの解剖医の縫合痕はスーチャーマーク（ミミズ状の傷）が残る。だが光崎の縫合痕は皮膚用ステープラーのように等間隔で、しかもすうっと一直線になる。これを見れば形成外科医も裸足で逃げていくだろう。

縫合が極めて丁寧なのはもちろん技術的な理由もあるが、それよりも光崎の姿勢に帰《き》するところろが大きいのではないかと真琴は思っている。何しろ光崎はどんな死体に対しても敬意を払っている。生きている人間には辛辣《しんらつ》で横暴な癖《くせ》に、死体には真摯《しんし》で敬虔《けいけん》な態度を崩さない。

その態度は死体の状態にも左右されない。たとえば今しがた解剖した、ミイラ化した死体にしても同じだ。

この死体は死後二カ月以上が経過していた。発見されたのは本人の自宅マンションだが、発見されるまでエアコンが冷房のまま稼働し続け、しかも脱水状態であったために腐敗が遅れミイラ化したのだ。

光崎に洩らそうものなら怒鳴《どな》られるか黙殺されそうだが、同じ死体でもミイラは解剖しても死臭が緩やかだ。これは死体の腐敗よりも早く乾燥が進行して細菌の活動が弱まるせいだが、体内の臓器もかさかさに乾燥して人体の一部とは思えなくなっている。喩《たと》えは悪いがカツオ節のようなものだ。

「それにしても最近、多いですね。ミイラ」

光崎が退出した後、器具を片づけながらキャシーが呟《つぶや》くように言う。

「今年に入ってから、これでもう三体目です。ミイラなんて一年に一体あるかどうかというのに、このハイペースは少し異常です」

キャシーが言うのももっともだった。自然な状態でミイラ化するにはいくつかの条件が重なる必要がある。水分が蒸発して細菌の活動が鈍くなっても、腐敗菌による有機物の分解が進行すればその部位は乾燥する前に腐ってしまうからだ。よく新聞などで『ミイラ化した死体を発見』と報じられるが、あれも身体の一部がミイラ化しているだけで臓器や脳髄《のうずい》は腐敗している。この死体のようにほぼ完全なかたちでミイラ化するのは極めて稀《まれ》なのだ。

「そう言えば古来ニッポンはミイラ作りの技術に秀でていましたね。ソクシンブツ、でしたか。古代エジプトに勝るとも劣《おと》らない技術でシュギョウシャが自らミイラ化するということでしたが、また流行《はや》り出したのでしょうか」

「絶対に流行りなんかじゃありません。これは単に冷房の利いた部屋で死体の発見が遅れた結果です。現代では、そんな非常識なことはしません」

「冷房の利いた文化的な部屋で死んだ人間が二カ月以上も発見されないのも、充分に非常識ではありませんか」

真琴が言葉に詰まると、紅毛碧眼《こうもうへきがん》のキャシーは悪戯《いたずら》っぽく笑って見せる。こういう切り返しがあるので彼女には迂闊《うかつ》なことが言えない。

キャシーが暗に憤《いきどお》っているのは、今年持ち込まれたミイラ化死体の全てが引き籠りの末に発生したものだからだ。

三体の内訳は男性二、女性一。年齢は三十代が一、四十代が二。全員独身で無職。自室に閉じ籠り続けた挙句、栄養失調と脱水症状で死亡していた。つまりミイラ化した死体が増えたというより、引き籠りの死体が多くなったという表現の方がしっくりくる。

「確かにキャシー先生には非常識に思えるかもしれませんね。引き籠りというのは日本ならではの事情があって、たとえば子どもが引き籠っていると親が恥ずかしく思うので、なかなか家族以外の人間には状況が知らされないんです。それで親との接触がないまま餓死したり脱水症状を起こしたりするんです」

「NOです、真琴。NO、それは違います」

キャシーは両手を大きく振って否定する。

「アメリカにも引き籠りはいます。学校にも行かず、仕事もしていない、ニッポンで言うところのニートが一千万人もいます」

「え。そんなに」

「ただし引き籠りに対する考え方が違います。部屋に閉じ籠って外に出たくないというのならまず広場恐怖症を思い浮かべますし、人間不信で家族や他人を避けているのならトラウマ性の病気ではないかと疑います。つまり彼らは何らかの病気なのだと同情します。ところがニッポンでは同情ではなく、外に出ない、働かないという現象面だけに注目してサボタージュ（怠惰《たいだ》）だと決めつけているような気がします」

説明を聞きながら、これもカルチャーギャップの一つなのだろうと真琴は考える。何といってもアメリカは個人主義の国で、自由と権利が最重要とされている。だから家やトラウマに縛られた人間に同情する。翻《ひるがえ》って日本は義務と世間体が重視される。就学・就労をしない者はそれだけで白眼視され、排除される。

「しばらく老人の孤独死が続いて、次は三十代四十代の孤独死。このまま孤独死の低年齢化が続くと、そのうちティーンエイジャーの孤独死がメインになるかもしれませんね」

いつもならキャシーならではのジョークと済ませられるが、今回ばかりは笑いが引き攣《つ》る。多分に楽天的な真琴でさえ、ティーンエイジャーの孤独死を完全否定できなかった。

＊

さいたま市浦和《うらわ》区仲町《なかちょう》〇丁目。

この辺りは浦和エリアの中心という事情も手伝って新しい商業施設と高級住宅地が広がっているが、それでも西方の端はバブル全盛期の名残《なごり》のような古い低層住宅がぽつぽつと点在している。

浦和署に通報があったのは四月十日午後一時二十三分。同居している娘の様子を見に部屋を覗《のぞ》いたら本人が死んでいたという内容だった。最寄《もよ》りの交番から警察官が到着し、娘の死体を確認して浦和署と機捜（機動捜査隊）の捜査員が現場に駆けつけた。臨場した機動捜査隊は事件性を認めて県警本部に連絡した次第だ。

県警刑事部捜査一課の古手川和也《こてがわかずや》が高級住宅街を走り抜けると、現場と思しき民家の前に警察車両が停まっていた。木造二階建て、築三十年以上は優に経過していそうな建物だ。表札に〈広町《ひろまち》〉とあるので、この家が当該地で間違いない。通報ではこの家の長女、広町邦子《くにこ》が死体で発見されている。

テープの下を潜《くぐ》って玄関に入ると、既に歩行帯が敷かれている。浦和署の捜査員と鑑識係が行き来するため、古手川は度々足を止めさせられた。現場は二階の奥の部屋と聞いている。階段を上がったところで国木田《くにきだ》検視官と目が合った。

「君が寄越《よこ》されたか」

国木田は古手川を見るなり倦《う》んだような顔をしてみせた。国木田が検視官になってから、現場で顔を合わせるのは相当数になる。顔を見飽きたとしても当然だが、相手を見飽きたのは古手川も同じだった。ただし国木田は最初の頃の頑迷《がんめい》さと居丈高《いたけだか》なところが和《やわ》らいでいたが、古手川の物怖《ものお》じしない態度と反抗心は当時のままだ。

「検視、終わりましたか」

「ああ、たった今終わったところだ。見るかね」

国木田に従って部屋に入る。目が痛くなるような刺激臭だが、予想していたほど腐敗臭はきつくなかった。

いや、腐敗臭以外の臭気が強烈で相殺《そうさい》されたのかもしれない。臭気の正体は明らかだ。部屋中に散乱しているのは菓子袋と空のペットボトル、残飯のこびり付いた皿、脱ぎ散らかした服、そして汚物を詰め込んだらしきレジ袋。何本かのペットボトルは尿らしき液体で満杯になっている。

「男やもめに蛆《うじ》が湧《わ》くっていうけど、女も一緒だなあ」

「両親の話では三週間近く部屋に閉じ籠って一歩も外に出なかったらしい。トイレや入浴にさえもだ。だから排泄《はいせつ》もここで行われた」

「食事はどうしてたんですか」

「母親が三度三度用意して部屋の前に置いていたらしい。ただし最近は残すことが多かったみたいだな」

隅《すみ》にベッドが置かれているが、部屋の主《あるじ》は中央に敷かれたシートに横たわっている。古手川は合掌《がっしょう》してから死体と向き合う。

腐敗臭が強くない理由がそこにある。死体の表面は干乾《ひから》びており、死後三週間が経過しているというのに皮膚も予想していたより変色していない。

「上手《うま》い具合にというのは語弊《ごへい》があるが、綺麗にミイラ化が進み、高度乾燥状態になっている。おそらく脱水症状によって腐敗より早く乾燥が進行したためだろう。ただし臓器は腐敗を免《まぬが》れていない。腹が異常に膨《ふく》らんでいるのは元々の体型もあるが腐敗ガスが溜《た》まっているせいだ」

「ミイラ化していたら死亡推定時刻とか分からないですよね」

「乾燥しているから角膜の混濁《こんだく》も速い。ただし死斑《しはん》と内容物の消化具合でおおよその見当はつく」

「死因は何ですか」

「目立った外傷はなし。服毒の状況も認められない。脱水症状による臓器障害だろう」

「事件性、あると思いますか」

「さっき浦和署の捜査員が母親から事情を聞いていた。典型的な引き籠りだ。部屋のドアは内側から鍵が掛かるようになっているものの、施錠《せじょう》されていなかった。部屋から出ようと思えばいつでも出られる状態だ。それなのに彼女は外に出ず、親に助けを求めなかった。いや、親だけじゃない」

国木田はベッド脇の小さな机を指す。埃《ほこり》が積もっていない形から、そこに四角いものが置かれていたのが分かる。

「部屋の中にはスマホがあった。仮に親との折り合いが悪くても、親以外の人間に救援を求めることもできたはずだ。しかし彼女がそうした形跡はない。飢《う》えて喉《のど》が渇《かわ》いたにも拘わらず、食うことをやめ飲みかけのペットボトルにも口をつけなかった。自殺だよ。それも緩やかな」

古手川は部屋の中を再度見回す。誰が言ったか、部屋の中は住んでいる者の精神状態を表すらしい。その伝でいけば広町邦子の精神状態は怠惰と絶望に支配されていたと言える。自死を選んだのは生きる望みを失ったからだし、速やかに死のうとしなかったのは積極的に自らを殺傷するのを厭《いと》うたからだろう。国木田の言う緩やかな自殺というのは的を射ている気がする。

気になる箇所もある。壁やドアに残された破壊の跡だ。ところどころに穴が開き、壁には掻《か》き毟《むし》った跡さえある。

「壁を掻き毟ったのは本人ですかね」

「そうだとしても過去の行動だ。死体の爪を調べた。不潔ではあるが壁の破片は見当たらない」

「国木田検視官は事件性なしっていう意見スか」

改めて問われると、国木田は言葉を濁した。

「少なくとも他殺を疑う要素は見当たらない」

「また奥歯にものの挟まったような言い方を」

「断定は避け、明白なことだけを報告する。検視はそれでいいと教えてくれたのは君のボスと光崎教授だ。それが不服だとか安易だと言うのなら、二人に意見してみるがいい」

「あの二人に意見できる人間なら教科書に載りますって」

国木田は忌々《いまいま》しそうに頷《うなず》いた。度々古手川と意見を異にすることがあるが、少なくとも二人についての人物評だけは一致している。

階下のリビングでは浦和署の池上《いけがみ》が両親から話を聞いているところだった。

「お疲れ様です」

「ああ、古手川さん」

池上と同じ現場を踏むのはこれで七回目か。同世代ということもあり、所轄の中では一番気兼ねなく話せる相手だ。

「死後三週間は経過しているんですってね」

「その辺りの事情をお訊きしています」

両親とテーブルを挟んで座っていた池上は古手川に隣の席を勧める。父親は広町高成《たかなり》七十二歳、母親はゆきえ七十歳。死んだ邦子は四十路《よそじ》になったばかりの一人娘なのだという。

「さてお話の続きですが、邦子さんが自室に引き籠るようになったのはいつ頃からですか」

「邦子が高校を卒業してからなので、もう二十年以上前になります」

高成はひどく消沈した様子でぼそぼそと話す。それでも隣で幽鬼《ゆうき》のような顔で下を向いているゆきえに比べればずっとマシと思える。

「大学受験に失敗しまして……まさか滑《すべ》り止めまで落ちるというのは本人も予想外だったらしく、数日は飯も食いませんでした。よほどショックだったのか、予備校にも入学の申し込みをしようとせず、ましてや就職に方向転換することもなく、家から出ようとしませんでした」

「その状況が二十年以上も続いたということですか」

「幸いわたしは役所勤めで生活が安定していて、子ども一人養うくらいの余裕はあったんです……しかし、結果的にはそれが災いになりました。パラサイト何とかでしたか」

「パラサイト・シングルのことですか」

「ええ、それです。昔で言う脛《すね》かじりですね。わたしからすると惨《みじ》めったらしく情けない限りだが、娘はそういう生活から抜け出せなくなってしまって。日中は何やらケータイをいじくっているらしく、この二十数年で顔を合わせたのはほんの数回ですよ」

傍《そば》で聞いていると到底親子関係があるとは思えない。まるで赤の他人に部屋を貸しているような印象しかない。

ただし、だからと言って古手川は切なさも憤りもあまり感じない。自分が育った家庭環境も似たようなものだったからだ。血の繋《つな》がりがあるという一点だけで仲睦《なかむつ》まじく暮らしていけるなど幻想だと思っている。いや、血の繋がりがあるからこそ他人同士よりも軋轢《あつれき》や鬱憤《うっぷん》があるのではないか。

「自立支援の機関とかに相談はされましたか」

「最初、市の引きこもり相談支援センターに相談しました。ただ担当者は本人を追い詰めてはいかんと言うだけで、具体的な指示やアドバイスは何もしてくれませんでした。民間の自立支援のＮＰＯ団体にも相談したのですが……それで娘の生活態度が一変するということはなかったですね」

「では、ここ三週間の出来事に絞《しぼ》りましょう。邦子さんは途中から食事を残すようになったんですね」

「食事についてはわたしよりも女房の方が詳しいので……おい、いい加減に顔を上げないか」

高成に促《うなが》されてゆきえがゆっくりと顔を上げる。生気のない顔だと思った。泣き疲れたのかそれともまだショックから立ち直れていないのか、死んだ魚のような目をしている。

「大丈夫ですか、奥さん」

「はあ……まあ……何とか……」

「邦子さんの食事の件ですが、最近は残していたんですね」

「以前は部屋の前に食事を置いておくと、何時間かして空になって戻されたんです。でも三週間前からはほとんど手付かずになって、食事を部屋に入れることもなかったみたいで」

「じゃあその三週間は絶食していた訳ですよね。奥さん、心配じゃなかったですか」

「わたしが料理したものを食べなくても、菓子とかペットボトルの買い置きがあったので、飢えたり脱水症状になるとは思っていませんでした」

「トイレにも入浴にも姿を見せなかったんですよね。不審には思わなかったんですか」

「以前からトイレは部屋で済ますことが多かったし、お風呂も滅多《めった》に入らなかったので……」

「邦子さんの部屋に入って話し合いはされましたか」

池上の質問に、またゆきえは俯《うつむ》いてしまう。横に座る高成は気まずそうにそれを見ている。

二人は何事かを隠している。

同じ感触を得たのだろう。池上は疑惑をそのままにしなかった。

「入ったことはあったんですね」

口籠るゆきえに替わって高成が声を上げた。

「娘が絶食する直前でした。ちょうど四十歳の誕生日だったんです」

高成の声には悲愴感が漂う。

「わたしたち夫婦はともに年金生活者です。公務員だった時分はともかく、退職してからずいぶん預金を取り崩しもしたし、これからは二人分の医療費や介護費用も必要になってくる。このままでは三人ともまともな生活ができなくなってしまいます。それより何より……」

「何より、何ですか」

「わたしたちが二人とも逝《い》ってしまった後、娘はどうやって生きていけばいいのか。わたしたちがいなくなってからでは遅い。四十歳になったのを機に、人生を再出発させないかと説得したんです」

「それで、どうなりました」

「失敗でした」

高成は肩を落とす。途端に実年齢より老いたように見えた。

「向かい合って話すなんてほぼ十年ぶりでした。こちらが現役時代の、邦子がまだ三十代のつもりで話したのがまずかったかもしれません。二言三言話すうちに邦子が感情的になり、すぐ決裂してしまいました。内側から鍵を掛けて出てこようとしません。こちら側から声を掛けても無視です。もっとこちらが冷静に、慎重に話せばよかったんでしょうけど後の祭りでした」

　池上は納得するように頷いてみせる。どのみち部屋で高成の指紋や毛髪が採取されたとしても、いつ落としたものか確認するのは難しいだろう。

「これは笑い話にもならんのですが……久しぶりに正面から向き合うと、邦子は恐ろしいほど太っていて昔の面影《おもかげ》など微塵《みじん》もなかったです。わたしはといえばご覧の通り肉が削げ落ちて骨も脆《もろ》くなった。四つに組んでも逆に跳ね飛ばされる始末でしてね。その意味でも、わたしは娘を外に出す時機を見失っていたんですよ」

「お察しします。これからご遺体はいったん浦和署で引き取ります」

「はい、よろしくお願いします」

「事件性の有無に関してこれから協議しますが、邦子さんの解剖を希望されますか」

「解剖。娘の身体をですか。それはどうか勘弁してやってください」

　高成が頭を下げると、つられるようにゆきえがこくこくと頷く。

「ものを食べるのも水を飲むのもやめて、さぞ辛《つら》かったと思います。苦しかったと思います。それがやっと、やっと楽になったんです。もう娘に痛い思いをさせたくありません」

子どもを先に亡くした親からの半《なか》ば決まり文句だった。もちろん犯罪捜査の最前線に立つ者が情に流される訳にはいかないが、池上は古手川と違って親の心情が理解できるらしく、仕方ないというように頷く。

遺体を積んだ搬送車を見送ると、古手川のすることはなくなってしまった。

「池上さん、どう見ますか」

「引き籠りが自宅で死んでるって事件は珍《めずら》しくありません。これなんか典型的ですよ」

広町夫婦に感情移入したのか、池上は腹立たしそうに話す。

「本人だけが悪いとは言いませんけどね。部屋から一歩外に出る決心、他人と交わる勇気が少しでもあれば悲劇は起こらなかった。望みの大学に入学できないとか就活に失敗したとか、元をただせばみんな自分の責任じゃないですか。それを政治や社会環境のせいにするのは勝手ですが、家族に八つ当たりするのはお門違いだ。家族には悪いですが、九割は自己責任だと思います」

「絶食して野垂れ死にするのも自己責任ですか」

「そこまで言いませんけど……あの、ひょっとして古手川さんは広町邦子に同情する側なんですか」

「正直よく分かりません」

古手川は正直に申告した。

「引き籠りが社会問題になって、そのうち犯罪の背景の一つになってずいぶん経つはずなのに、俺は未だに誰にどういう責任があるのか分からないんですよ」

「ちょっと意外ですね。県警捜査一課の古手川さんなら、わたしよりよっぽど引き籠りに端《たん》を発した犯罪を見聞きしているでしょうに」

「一応、県下全ての犯罪を扱ってますから数だけは多いんスよ。ただですね、俺は根が単純なんで、イジメは苛《いじ》めたヤツが悪い、殺人は殺したヤツが悪いっていう理屈なんです。まあ理屈なんて大層なもんじゃないけど」

「古手川さんらしいというか何というか……まるで刑事の心得みたいに聞こえますね。やっぱりあの渡瀬《わたせ》警部の薫陶《くんとう》を得てということですか」

直属の上司である渡瀬の勇名は所轄署の隅々にまで伝わっている。県警での検挙率が群を抜いている実績と、どう見ても武闘派ヤクザの風貌《ふうぼう》が噂《うわさ》のネタとして恰好《かっこう》の素材だからだろう。お蔭《かげ》で部下の自分までが妙な色眼鏡で見られる始末だ。

「あの班長の薫陶を得ているんだったら、もっと出世してますよ」

池上は尚《なお》も渡瀬の話を続けたい様子がありありと窺《うかが》えたが、実像を語れば語るほど引かれるのが経験上分かっているので早々に切り上げて近所の訊き込みに回る。

最初は右隣にある和田《わだ》宅を訪れる。インターホンで用件を告げると、しばらくしてこの家の主婦が顔を見せた。ここでも質問役は池上だ。

「お隣の広町邦子さんについてお訊きしたいのですが」

「わたしも今日それを聞いてびっくりしちゃって」

主婦は手ぶりを交えて話し出した。

「ここ二十年以上、邦子ちゃんの姿を見てなかったから、まさか亡くなっていたなんて、ねえ」

「へえ。昔の邦子さんをご存じなんですか」

「この辺りは大体分譲された時期が一緒ですからね。ウチの子と邦子ちゃん、中学までは同級生だったんですよ。あの頃は痩《や》せっぽちの気の弱い子でねえ。いつも誰かの背中に隠れているような子だったんですよ」

痩せっぽちだった女の子が、時を経て父親よりも巨体になる。今更ながらに古手川は時の流れの残酷さを思い知る。

「やはり最近外で見かけていなかったんですか」

「全然。一時は家を出てどこかに就職したかもしれないと思った時期もあったんだけど、時折本人の声が聞こえるので、ああやっぱりまだ家にいるんだなあって」

隣の声が聞こえる。

微《かす》かな齟齬《そご》が古手川の頭を揺さぶる。それで、つい二人の間に割り込んでしまった。

「時折本人の声が聞こえたと言いましたね。それはいつのことですか」

「いつとは、はっきり思い出せません。今年の初めにも、去年にもあった出来事なので」

「本人の声が聞こえるのは珍しいことじゃなかったんですね」

「ええ。数カ月に一度くらいでしたかね。ああまた始まったって近所じゃ恒例行事みたいな扱いで」

古手川は池上と顔を見合わせる。広町夫婦の証言では親子間の会話はほとんどなく、正面きって向かい合ったのはほぼ十年ぶりだったはずだ。

「近所じゃ恒例行事って。でも聞こえるのは和田さんの家くらいでしょう」

「とんでもない。あんな大声、向こう三軒両隣まで筒抜けですよ」

主婦はまたも手ぶりで、その時の声がいかに大きかったかを表現する。

「いつも邦子ちゃんの怒った声で始まって、奥さんが宥《なだ》めて、ご主人が加わって、最後はモノを投げるか何かして派手に壊れる音が響いてくるんです。あれでよく警察を呼ばなかったと思いますよ」

「家庭内暴力だったんですね」

古手川が念を押すように尋ねると、今まで快調だった主婦の返答が急に歯切れ悪くなった。

「いえ、その……暴力かどうかは知りませんよ。ただ大声で争っているのが聞こえただけで」

これ以上深くは訊き出せないと判断し、古手川は早々に質問を切り上げた。

続いて左隣にも同様の訊き込みを行うと、やはり和田宅と同様の証言が得られた。広町親子の確執は近所でも有名だったことが裏付けられたかたちだ。

最前まで広町夫婦に肩入れをしていた池上は猜疑心《さいぎしん》を抱き唇《くちびる》を歪ませていた。

「家庭内暴力があったと思いますか、古手川さん」

「少なくとも邦子の身体に目立つ外傷はないと国木田検視官が明言していましたね。いずれにしろ、あの夫婦に何か隠したい事情があるのは確かです」

「事件性あり、ですかね」

「まだ検視官が司法解剖の必要を告げていません。ただ死体を広町夫婦に返却するのは、しばらく待ってもらえませんか」

# 2

「……という事件があってさ」

「あってさ、じゃありません。正式な検案要請も司法解剖の依頼もないうちから、どうしてそんな話を持ってくるんですか」

いったい古手川という男は神聖な法医学教室を何だと心得ているのだろう。大抵の刑事は光崎の逆鱗《げきりん》怖さに教室詣《もう》でを敬遠するというのに、古手川だけはまるで馴染《なじ》みの喫茶店にでも立ち寄るような気安さでやってくる。

とは言え、一方で真琴は偶発性に驚いてもいた。

「全くの偶然ですけど、昨日解剖したご遺体もミイラ化していました。死後二カ月以上経過。その間ずっと冷房が利いていたので腐敗より乾燥が早かったんです」

「へえ。ミイラって二カ月かそこらでできるものなんだな」

「自然状態ならおよそ三カ月。砂漠みたいに特別乾燥が顕著なところならもっと早いでしょうね。エジプトとかアンデスで多くのミイラが残っていたのも、空気が乾燥しているという好条件が存在したから」

「真琴先生、いつからミイラ専門家になったんだよ。いやに詳しいじゃないか」

「わたしのはキャシー先生の受け売り」

ちらりと教室の隅に座るキャシーを盗み見る。彼女は古手川の称賛《しょうさん》を歯牙《しが》にもかけない様子で腕組みをしている。

「オーマイガッ」

突然の怒声に真琴と古手川はぎょっとした。

「古手川刑事の言うケースが持ち込まれたら、これで引き籠りの解剖は今年四件目になります。まだエイプリルですよ。ひと月に一体だなんてクレイジーです」

「何をキャシー先生は興奮してるんですか」

驚く古手川に、真琴は昨日の会話を掻い摘《つま》んで説明する。

「ああ、それでかい。確かに月イチのペースは普通じゃないけど、今全国で報告されている引き籠りの人口、どれだけか知ってるかい」

「さあ。キャシー先生によるとアメリカでは一千万人と聞いてますけど」

「今年、内閣府が発表した推計だと四十歳から六十四歳までの中高年に限ってみても六十一万三千人。十五歳から三十九歳までが五十四万一千人。合わせて百十五万四千人。あくまで推計上の数字で、実際はそれよりもっと大勢の引き籠りがいると考えていい。ある社会学者は百五十万人という数字を弾《はじ》き出した。これって沖縄県の全人口を優に上回るんだぜ。信じられるかい。しかも若年層より中高年層が上回っている」

「古手川さんこそ引き籠りの専門家みたい」

「一応、ネットで調べたんだよ。事件に無関係じゃないから」

それにしてもと思う。アメリカの一千万人も驚異的な数字だが、古手川の口にした百五十万人も相当な数だ。テレビやネットで引き籠りが増加しているのは知っていたが、まさかそんなに多いとは想像もしなかった。

「ＯＫ。納得しました。引き籠りの人間がそれほど多くなれば、法医学教室に持ち込まれる引き籠りの死体も多くなります。エアコンが稼働している状態で死亡するケースも少なくないでしょうから、ミイラ化した死体はもっと増えるでしょう」

早くもキャシーは広町邦子なる女性の死体を解剖する気満々らしい。真琴は胸の裡《うち》でそっと嘆息《たんそく》する。ミイラ化した死体の解剖は真琴も興味がある。各種条件が揃わなければ成立しない死体なので、解剖すればするだけ己の経験値も上がっていく。

ただ、これはミイラ化した死体に限らないのだが解剖はタダではない。タダどころか、解剖すればするだけ大学側からの持ち出し分が多くなる。警察を介して国から支給される費用と実費に差があり過ぎるためだ。つまり真琴やキャシーが経験値を上げれば上げるほど、その分大学側が手痛い出費をこうむることになる。もちろん大学側も予算管理に目を光らせているので、法医学教室の無軌道な解剖を決して許さない。現在まで黙認されているのは、光崎が教授会に隠然《いんぜん》たる権力を誇っているからに過ぎないのだ。

「その、レディのミイラをすぐ搬送してください」

「あのですね、キャシー先生。この案件、まだ担当した検視官が司法解剖の必要を認めていないので、運んでこれないんですって」

「古手川刑事の話では家庭内暴力の疑いがあるというではありませんか」

「検視では広町邦子の身体に暴力を受けた痕跡は見当たらなかったんです。近所の訊き込みだけでは司法解剖にもっていく材料として不充分です」

するとキャシーはふと思いついたように意味ありげな笑《え》みを浮かべた。

「アイ、シー。そういうことですか。古手川刑事もなかなかローレンになりましたね。やはり渡瀬警部の教育の賜物《たまもの》でしょうか。〈勇将の下に弱卒《じゃくそつ》無し〉というのは本当でした」

キャシーが怪しげな日本語を使うのは大抵碌《ろく》でもない時だ。

「古手川さんが何か企《たくら》んでいるってことですか」

「真琴。古手川刑事は検視官が司法解剖の必要性を認めるような証拠を求めているのですよ。しかもこの法医学教室を訪ねたのは、ワタシたちあるいはどちらか一人に協力を仰ぐためです。違いますか」

「……ボケてんのか鋭いんだか分からないからキャシー先生が苦手なんスよ、俺」

「それで、どちらをパートナーにするつもりですか。ワタシとしては率先して手を挙げたいのですが」

「取りあえず、広町夫婦が相談にいった引きこもり相談支援センターとＮＰＯ団体の担当者は、近隣住民よりも正確で詳細な情報を持っているはずなんです。できればぱっと見、優しげで話しやすい人がいてくれれば助かるなと」

二人の目が一斉に真琴を見た。

「どうして何でわたしが」

「相談支援センターはともかく、民間のNPO団体は警察の介入を警戒しているらしくって。お守り代わりに同行してくれると、話がするする聞ける気がする」

「真琴、行きなさい。新たな証拠なり証言なりを掘り起こせないと、司法解剖が困難だというのです。法医学教室に勤める者ならば、ここは警察官の要請に従うべきです」


引きこもり相談支援センターは市の出先機関で、引き籠り支援に関して設けられた窓口のうちの一つだった。広町夫婦の相談を受け付けたのは八神《やがみ》という男性職員で、相談内容をはっきりと憶えていた。

「内容はそれほど特異なものではなかったんです。経済的余裕のある両親と生活能力に問題のある子どもというのは、引き籠り事案の最大公約数と言っていいかもしれません」

確かに、親に経済力がなければ子どもが安心して引き籠ることもできないだろうから、これは一つの真理だ。

「古手川さん、でしたか。あなたは８０５０問題という単語をご存じですか」

「言葉だけなら。引き籠りの子どもを持つ親が八十代になれば子どもは五十代。収入源や医療費の問題が子どもの生活を持続困難にするっていう話ですよね」

「親が壮年なら何とかやり過ごせた問題が、高齢者になってくるとあちこちで歪《ゆが》みが生じてくる。最悪の場合には親子共倒れという訳です。これは親が七十代でも同様と言えるでしょう。広町邦子さんの事件はわたしも昼のニュースで知りました。大変、痛ましいことです」

「具体的に広町夫婦はどんな希望を伝えたんですかね」

「もう四十歳になるんだから、親が元気なうちに自立してほしいと。親御さんの気持ちとしては当然なのですが、わたしは少し性急に過ぎるのではないかと危惧《きぐ》しました」

「本人が四十路に入ったのにですか」

「子どもの年齢は関係がないのですよ。実年齢《とし》が十五であろうと四十であろうと、親と子の関係という点では相違がないでしょう。いい歳なんだからとか、世間体が悪いとかの理由で自立を焦《あせ》ったら解決できるものもできなくなります」

「八神さんはそういうアドバイスをしたんですね」

「まず本人をセンターに連れてこれないかとお話ししたんですが、当面は無理と断られました。だから本人抜きでの相談になったのですが、ご両親ともとにかく焦っておいでで、センターが半ば強制的に本人を部屋から連れ出せないかと希望されました。あるいは専門家の立場から本人を叱咤《しった》激励してくれないかと。特にご主人は引き籠りについて少し古い考えをお持ちのようで、わたしは密かに警戒したくらいです」

「警戒ですか」

「自立支援に必要なのは一にも二にも受容的態度です。本人を追い詰めない、まず本人の希望を聞き入れてやる。そこからスタートするべきなんです。ところが広町さんのご主人は、もうそんな悠長なことは言っていられないと」

「よほど切羽詰まっていたんでしょう」

「わたしもそう感じました。しかしこればかりは本人の都合や精神状態に合わせなければなりません。第一、わたしたちは相談窓口であって何ら強制力は与えられていないのですから」

「相談はそれで立ち消えですか」

「残念ながら。広町さんのご主人は大層立腹されていました。こんなセンターは何の役にも立たないとお怒りになられて」

親身に相談に乗ったはずなのに、相談者に面罵《めんば》される。担当者としては理不尽な話なのだろうが、言い返せないのが辛いところだ。

「結局、広町さんご夫婦が相談にこられたのは後にも先にもそれっきりでした。だからニュースを見た時には本当に辛くて。センターで支援できることは限られていますけど、それでも相談するとしないとでは大きな違いがあります。今となっては後の祭りですけど、もう少し公共の窓口を頼ってくれていたらと思います」

「センターが介入していたら、広町邦子さんは亡くなっていなかったとお考えですか」

「結果がどうなったかは誰にも分からないでしょう。ただ、わたしたちなら少なくとも彼女の叫びを聞くことはできたと思います。引き籠っている人は例外なく心に鬱積《うっせき》したものがあります。

それを吐き出して一時的にでも楽になるのが自立の第一歩だと考えています」

古手川と真琴が次に向かった民間の自立支援団体は浦和区高砂《たかさご》にあった。浦和ワシントンホテル裏手の雑居ビルに事務所を構え、ホームページも開設している。

ビルの二階に上がると、ドアには〈引きこもりサポート　ハンドインハンド〉のプレートが掲げられている。

二人が来意を告げると、すぐに代表の神原《かんばら》という男が姿を見せた。

「初めまして。〈ハンドインハンド〉代表の神原です。何でも広町邦子さんの件で来られたとか」

神原というのはひどく腰の低い男で、いかにも面倒見がよさそうだった。見た目が全てを決める訳ではないが、この人物なら子どもの件で相談してみようという気にさせる。

「本日、広町邦子さんが遺体で発見されました」

「ええ、わたしもニュースを見て驚きました。まさかあんな非業《ひごう》の死を遂げるとは……己の力不足を思い知らされます。しかし、どうして警察の方が。彼女は自殺の可能性が極めて高いとニュースで報じていたのですが」

「まだそうと断定できた訳ではありません」

「しかし警察が乗り込んでくるというのは、あまり穏やかでないような気がしますね」

事前の情報通り、〈ハンドインハンド〉は警察に対して警戒心を抱《いだ》いている様子だ。すかさず真琴は古手川の前に出て質問役を交代する。

「浦和医大法医学教室の栂野と申します」

「法医学教室の人がどうして」

「司法解剖が絡《から》む案件なので捜査協力をしています。あの、ひょっとして警察を警戒されていますか」

「警戒というより苦手意識ですかね。以前、揉《も》め事がありまして……」

「刑事事件ですか」

「いやあ、そんな大げさなものじゃありません。実は当方の支援方法に異議を唱える方がいまして」

聞けばこういう話だった。

ある時、引き籠りの子どもを何とか自立させてほしいとの相談があった。当時〈ハンドインハンド〉は創立間もなく、まだ自立支援のメソッドも確立されていなかった。相談を受けた神原の取った行動は、無理にでも本人を部屋から引きずり出すという強硬策だったという。

「とにかく本人と正面から向き合わなければ何も進展しません。そこでご両親の承諾を得た上で鍵の掛かっていた部屋のドアを破壊して、本人を引きずり出したんです。無茶をした甲斐《かい》もあって本人と話ができ、自立の糸口も摑《つか》めました。ところが運悪く、その模様を隣宅の住人が目撃していましてね。スマホで撮った動画を拡散させたものだから、ネットで叩かれたんですよ。人権無視だとか違法行為だとか。そのうち警察から出頭を求められましてね」

「それは災難でしたね」

「全くです。もちろんご両親の承諾をもらい、引き籠っていた本人も擁護《ようご》してくれたので事なきを得たのですが、ネットで炎上してからは相談者が激減しました。わたしたちが警察を警戒せざるを得ない理由、ご理解いただけましたか。活動内容が活動内容なだけに、警察関係者の方がお見えになるだけで要《い》らぬ風評が立ってしまうんです」

古手川は気まずそうに頭を掻いた。ここは真琴が主導して正解のようだ。

「広町さんご夫婦はよく憶えています。四十歳にもなって未だに社会との接触を拒み続けている。このままでは親子が共倒れになってしまう。市の相談支援センターでは埒《らち》が明かない。今のうちに何とかしてほしいという悲痛な訴えでした」

「市の相談支援センターで埒が明かないということは、〈ハンドインハンド〉さんは違う方法で自立支援をするという意味ですか」

「基本は相談支援センターと同じですよ。まず受容的態度で接する。引き籠りの子どもたちは表面上は怠《なま》けているように見えても、その実、挫折感や劣等感に苛《さいな》まれている。まず彼らの吐き出す不平不満や怒りを全て受け止めるのが大前提です。しかし、そのためにはどうしても本人と向き合う必要がある。それでわたしたちが広町さんご夫婦に提案したのは、邦子さんの心の扉をこじ開けることです」

「こじ開けるというのは、少し強制的な響きがありますね」

「少しではなく、多分にですね」

神原は苦笑いしてみせた。

「これは創立当初から変わらない方針なのですが、親御さんには刺し違える覚悟で子どもと向き合ってほしいとお願いしています。刺し違えという言い方は誤解を生むかもしれませんが、親御さん自身も傷つく覚悟がなければ子どもの心を開くのは無理だと考えます」

口調は穏やかだが揺るぎないものを感じる。長らく引き籠り問題と対峙《たいじ》してきた専門家の言葉だと思った。

「相手に正面を向かせるには閉じ籠っているドアを破らなきゃならない。そっぽを向いた顔を両側から挟んでこちらに向かせなきゃならない。それは、いくら専門家であってもわたしたちにできる仕事ではありません。血の繫がった親だからこそ許され、行使できる力です。当然過ぎる話ですが子どもを救えるのは結局のところ親だけで、わたしたちはその手伝いをするに過ぎませんん」

神原の方針は、聞く者によっては前時代的かつ無責任に思えるかもしれない。だが少なくとも真琴は共感を覚えた。もし自分が引き籠りの子どもを抱える身だったら神原に相談しにくるだろう。

「広町さんご夫婦には具体的に何を指示されたんですか」

「指示なんて偉そうなものじゃありません。一度、本人と摑み合いになってでもいいから話し合ったらどうかと提案したのです。体面や世間体ではなく、親としての願いを打ち明けるべきだと。ご夫婦も思うところがあったのでしょう。その日は納得して帰られました」

不意に神原の言葉が途切れる。神原は俯き加減で唇を嚙《か》み締《し》めていた。

「だけど、駄目だった」

　腹の底から絞り出すような声だった。

「あの様子なら、おそらく広町さんご夫婦は邦子さんと正面切って対話に臨《のぞ》んだのでしょう。対話の内容がどんなものだったかは窺《うかが》い知れませんが、本人が自殺を選んだのなら失敗したというしかない。無念です。わたしごとき第三者が口にするのは僭越《せんえつ》ですが、無念極まりない」

　空気が重たくなり、真琴は居たたまれない。古手川を見ると、納得したように親指で玄関を指していた。撤収の合図だった。

　雑居ビルを出ると夕闇が迫っていた。暗く輝き出した駅前を見ていると、訳もなく言葉が口をついて出た。

「親子なのに」

「うん？」

「親子なのに分かり合えないなんて、辛い」

「そうかな」

　古手川は特に落胆した風にも見えない。

「いくら血が繋がっていても同じ人間じゃない。分かり合えなくても不思議じゃないさ」

「……似合わねー」

「へっ」

「古手川さんの口から達観じみた言葉、似合わねー」

「放っとけよ」

「でも二人の証言で、広町さん親子に何があったのか大体の事情は掴めましたね。ご両親は一生懸命に解決の道を探したけれど、邦子さんの心を開くまでに至らなかった。それどころかますます心を閉ざしてしまって、緩やかな自殺を選んだ。きっと自分が嫌になったんでしょうね」

沈黙が下りたので横を見ると、古手川が不満げな顔をこちらに向けていた。

「真琴先生らしくもない」

「え」

「今、ほとんど想像で喋《しゃべ》っていただろ。事実なのは広町夫婦が解決の道を探していたという一点だけだ。ここに光崎先生がいたら何と言うと思う」

「……生きている人間は嘘を吐《つ》くが、死体は嘘を吐かない」

「そうだ。証言が集まったからといって全部を鵜呑《うの》みにしていい訳じゃない。やっぱり邦子本人にも訊くべきだ」

# 3

古手川というのは未だに直情径行《ちょくじょうけいこう》気味のところがあり、思いついたら実行しなければ気が済まないらしい。一方の真琴も同様で、解剖が絡む事案になると死体を引き取りたいという意識が前に出る。研修医として法医学教室に送られてきた頃は逆に解剖を敬遠したい気持ちの方が強かったから、これは光崎やキャシーの影響に違いない。

支援団体の事務所を後にした古手川と真琴は仲町の広町宅に向かった。国木田が自殺説に固執しているのなら、両親から解剖を希望するように説得しようというのが真琴の主張だ。

「でもな、真琴先生。解剖は勘弁してくれって両親に言われたばかりなんだぜ」

「それでも遺族が反対したままでは解剖に着手するのは抵抗があります」

学問の前にセンチメンタルは不要と切り捨てるのは簡単で、光崎やキャシーはそれが徹底しているから抵抗も少ない。真琴が二人の境地に辿《たど》り着くのはまだまだ先で、遺族の気持ちを完全に無視することはできなかった。

「とにかく一度でいいから説得させてください」

「真琴先生が拘《こだわ》ってんなら、別に俺は反対しないさ。気の済むまでやってみればいい」

広町宅に到着すると、娘の遺体を返却してもらえると思っていたらしい両親は露骨《ろこつ》に落胆する様子を見せた。それどころか真琴が遺族の希望による解剖を持ち出すと、途端に抗議し始めた。

「どうして、これ以上娘を傷つける必要があるんですか」

ゆきえは身を捩《よじ》って声を上げる。

「水も飲まずご飯も食べずに自殺したんです。きっと苦しかったに違いありません。もう、静かに休ませてやってください」

「でもお母さん。絶食や脱水症状以外の原因で亡くなったのかもしれないんですよ。娘さんの本当の死因を知りたいとは思いませんか」

のですか」

「警察の人は脱水症状による臓器障害と言ってました。警察の見解はそんなにいい加減なものな

「そうは言ってません。ただ司法解剖すれば、もっと正確な事実が判明するかもしれません」

「正確な事実がどれだけ重要だというんですか。どうせ邦子は還《かえ》ってこないんです」

父親の高成も援護してきた。

「法医学教室の先生でしたね。あなたにもご両親はいるでしょう。まだご存命ですか」

「はい」

「あなたの家がどういう家庭かは知らないが、それでも親子の情は理解できるだろう。四十年ひとつ屋根の下で暮らしていた娘があんな死に方をしたんです。どうか察してやってください」

高成は深々と頭を下げる。白髪《しらが》交じりで、頭頂部が皿のように禿《は》げ上がっている様を見ていると気の毒さが増してくる。

目のやり場に困ってリビングの隅に視線を走らせると、ボードの上のフォトスタンドが目に入った。写真の中では家族三人が寄り添っており、高成もゆきえもまだ五十前後に見える。二人に囲まれて眩《まぶ》しそうに笑っている女の子が邦子だろう。華奢《きやしや》な子で、古手川が言うような肥満体型に育つなど想像もできない。

真琴の視線に気づいたのか、ゆきえはボードの写真を取ってきた。

「これ、あの子が十五歳の時の写真です」

「これ以降の写真は撮らなかったんですか」

「撮りましたよ。でも、この頃の邦子が一番よかったんです」

ゆきえは愛おしそうに言う。

「まだ元気に学校に通っていて、わたしたちにも優しかった。だからわたし、一日一回はこの邦子に話し掛けるんです。今日も元気だった？　誰とお話ししたのって」

真琴は居たたまれなくなる。ゆきえが写真に話し掛けている時、別の部屋では本物の邦子が引き籠っていたはずだ。本人が間近にいるというのに写真としか話せないとはあまりに切なく哀しい。

「わたしたちの中では、邦子はこの時のままで成長が止まっているんです。あの子には申し訳ないのだけれど、部屋に籠って、太って、不潔になって、親を罵《ののし》る邦子をどうしても同じ娘には思えなくなって。でも、娘をそんな風にしてしまったのはわたしたち夫婦です。だ、だから余計に申し訳なくって」

ゆきえは俯き、やがて嗚咽《おえつ》を洩らし始めた。高成は苦い顔で彼女に寄り添い、肩に手をやった。

「実の娘に何を残酷なとお思いでしょうが、わたしたちくらいの年寄りになると、四十過ぎで親の脛をかじっている子どもは心配を通り越して怖くなってくるんです。今は親の年金で生活しているが、わたしたちの死んだ後はどうするんだろうって。今更就職口を探すような生活能力も、いい亭主を見つけてくるような甲斐性もない。部屋じゃなくて、この家に引き籠ったまま飢え死にするんじゃないかって」

真琴は席を立ちたい衝動に駆られる。高成の言うことは親としてもっともなのだろう。しかしそれでは、行動範囲の違いだけで邦子はいずれにしても餓死する運命だったことになる。

「娘もあれはあれでわたしたちに言いたいことが山ほどあったのでしょう。それを聞き届けてやれなかったわたしたちにも責任がある。本当にね、何を思い出しても自分と娘を傷つけるようで堪《たま》らんのですよ。お願いですから静かに娘を弔《とむら》わせてください」

やんわりとだが、明確な拒絶だった。哀しみの感情は時として頑丈《がんじょう》な壁になる。真琴はこれ以上の説得を断念するしかなかった。

広町宅から出ると、古手川は悩む間さえ与えず、次の提案をしてきた。

「死体は浦和署が預かっている。解剖云々《うんぬん》はともかくとして、真琴先生が検視してみないか」

「国木田検視官を説得できれば司法解剖に回せる。それはわたしも理解しました」

県警本部の一階フロアを歩きながら真琴は古手川に話し掛ける。

「そりゃあよかった」

「でも、どうしてわたしが説得に一枚加わらなければいけないんでしょうか」

「そうだな」

古手川はしばらく考え込む。どうせ答えなど用意していないに決まっている。

「国木田さんは俺のことが嫌いみたいだから、誰か他の人が一緒に頼んだ方が説得しやすい」

「じゃあ光崎先生を連れてくればいいですよね。光崎先生が解剖させろと言ったら断れる検視官はいませんよ」

「どうせ助っ人になってくれるなら、司法解剖に並々ならぬ興味があって、どうあっても広町邦子の死体を解剖したいという意志を持った人がいい」

「それならキャシー先生ですよ。キャシー先生なら非合法な手段に訴えてでも解剖しようとするでしょ」

「確かにその二人だったらそれぞれの理由で適材だけど、適材過ぎて新たなトラブルが発生するかもしれないじゃないか」

何が嬉しいのか古手川は得意げに語ってみせる。

「浦和医大の法医学教室で一番常識人なのは真琴先生だからなあ」

何か別の理由を思いつけないのかと苛《いら》ついたが、口にはしなかった。

「確認しておきます。古手川さんは今回の事件、邦子さんの自殺だとは考えていないんですね」

「腹を裂いてみるまで先入観は邪魔だと、光崎先生に散々言われた」

「散々言われても全然懲《こ》りない癖《くせ》に。先入観は駄目でも、可能性を一つずつ潰《つぶ》していくのはいいんですよね」

問われた古手川は一瞬だけ返事に窮《きゅう》したようだが、すぐ諦めたように口を開く。

「俺は広町夫婦が怪しいと思っている。心証は真っ黒だよ」

「心証真っ黒の理由は何ですか」

「邦子が食べなくなってから三週間放置しているだろう。もちろん引き籠りの家族を抱えた家庭が正常に機能しないのは承知しているけど、それにしても子どもを持つ親の心理としては不自然だと思う」

古手川の家庭環境は複雑だった。本人から断片的に聞く限り、彼が中学生の頃には早くも家庭は崩壊していたらしい。従って古手川が想定しているのはあくまでも一般的な家族像に過ぎないので、その根拠も強固ではない。

「真琴先生の意見はどうなんだよ」

「解剖してみないことには何とも言えません」

「これだよ」

古手川はくすくす笑う。

「いかにもな模範解答」

「模範解答がいけませんか」

「いや、模範解答が苦手な俺には新鮮でさ。それに広町邦子の遺体を解剖にもっていくにはうってつけの理屈だ」

検視官は刑事部捜査一課の所属なので、臨場していない限り県警本部のどこかにいるはずだった。

県警本部に足を踏み入れるのは初めてではないが、未だにこの雰囲気に慣れない。真琴を知らない警察官や職員がこちらを見るのは構わないが、やはり大学構内とは雰囲気を異にする。もっとも二十代女子が警察署の雰囲気に慣れて何か得かと問われても返答に困るのだが。

古手川が何人かの同僚に尋ねると、国木田の居場所はすぐに判明した。一課のフロアで瀬尾《せお》という女性捜査員に捕まり、文書片手に質問を受けている最中だった。

「お話の途中、すいません」

あろうことか古手川は話し中だった国木田の肩を掴むと、そのまま相手から引き離しにかかった。

「藪《やぶ》から棒《ぼう》に何を」

「広町邦子の死体の件で、ちょっとお時間を拝借したくて」

「おい、待ってよ古手川くん。こっちの話がまだ終わってないのよ」

国木田と話をしていた瀬尾も俄《にわか》に気色ばむが、古手川は全く気にする様子がない。

「悪いけど、こっち優先だ」

「優先の理由を教えてくれない」

「見たところ、そっちは書類に関する用事らしいな」

「犯罪死体発見連絡書の記載内容について確認することがあるのよ」

「こっちは浦和署で預かっている死体についてだ。だからこっちに優先権がある」

「何の根拠があって」

「書類は腐らないけど、死体は数時間で腐る。それに法医学教室から、わざわざ助教がお越しになっているんで待たせる訳にはいかない」

真琴が慌《あわ》てて一礼すると、瀬尾は急に争う気をなくしたらしい。しょうがないというように手を払ってみせた。

「早く済ませて」

「ああ、そうする」

半ば強引に国木田を奪い、古手川たちは浦和署へと向かう。

「あの、古手川さん」

「何だい」

「県警本部では、いつもあんな風に同僚さんたちに接しているんですか」

「時と場合によりけり。そうそう我を通してたら、どこかの教授みたいに周りから浮いちゃうからな」

あんな振る舞いをした直後にそれを言うか。

「この男に限らず、渡瀬班の連中は傍若無人《ぼうじゃくぶじん》なヤツが多いんだ」

国木田は不愉快極まりないという顔で愚痴《ぐち》をこぼし始めた。

「他人の抗議も受け付けず、自分の都合や主張を優先させようとする。渡瀬班長の悪癖そのものだ」

「長い間、下についてたら多少似てきてもしょうがないですって」

「似ているんじゃない。ただ渡瀬班長の威を借りているだけだ」

国木田はそのまま抗議の目をこちらにも向けてくる。口にはしないものの、真琴も同様に光崎の威を借る狐と思っているのだろう。

口惜《くや》しいかな否定はできない。浦和医大法医学教室の人間が警察関係者から重宝がられそれなりに敬意が払われているのも、全ては光崎の肩書と実績に拠るところが大であり、決して真琴自身が評価されている訳ではない。

ところが古手川は国木田の抗議すら気にする風もなかった。

「班長の威を借りる狐ってのは、確かにその通りっスね。でも、それがどうかしましたか」

「それがどうしたって、君には自尊心がないのか」

「班長の名前を出すことで捜査がスムーズにいくんなら、それに越したことはありませんよ。こんな下《した》っ端《ぱ》の自尊心なんか比べものにならないくらい有効なんで」

開き直りとも取れる言葉だが、古手川の口から聞くと不思議に心地よい。

「浦和署の霊安室へ行って、何をするつもりだ」

「検案に決まってるじゃないですか」

「わたしの検視では不充分だというのか。大概にしろ」

「ホトケは女性です」

「それがどうした」

「やっぱり女性目線ってのを捜査にも取り入れるべきだと思うんですよ。俺や国木田検視官じゃあ見過ごしかねないところも、彼女だったら見逃さない」

何を好き勝手に喋っているんだか。

真琴は古手川を睨《にら》みつけようとしたが、その前に国木田から嫌な視線を浴びせられる。いえ、わたしそんなこと言ってませんから、ええ絶対に。

「いいだろう。あなたがどれだけ光崎教授の薫陶を得たのか、わたしも興味がある」

売り言葉に買い言葉。結局は国木田も古手川と五十歩百歩《ごじっぽひゃっぽ》だという事実が判明した。

浦和署の霊安室は一階フロアの端に位置していた。部屋に入った途端、籠った熱気と異臭が鼻を突く。本日の外気温は二十二℃と快適だが、ここの霊安室はまるで別だ。無論、死体を収納している大型キャビネットは冷蔵式だが、室内に空調がないのだ。

腐敗臭ほど強烈な臭いはない。死体袋に詰め、キャビネットに収めてもなお死の臭いが洩れてくる。その臭いを廊下に流さないために閉めきっているので、神聖であるはずの霊安室は長居が苛酷《かこく》な場所に堕《お》ちる。

「広さは六畳程度だから、ワンルーム用のエアコンで事足りるはずなんだけどさ」

古手川が弁解じみた物言いをすると、まるで自分の部屋の不快さを詫びているように聞こえた。

「いや、何度もエアコン増設してくれって申請はしてるんだよ。俺だって浦和医大詣でをするようになってから死体の保存には気を遣うようにしているんだ」

やめておけ、と県警本部の中では死体の保存に人一倍神経を使っているはずの国木田が、恥を押し隠すように言う。

「県警の恥を外部に晒《さら》すつもりか」

「わたし気にしませんよ。ウチの台所事情だって似たようなものですから」

場を和《なご》ますつもりで口にしたが、結局は公務員同士の愚痴になってしまい三人は気まずそうに顔を見合わせる羽目になる。

当該のキャビネットを開くと、ぷしゅっという空気音とともに冷気が噴き出す。死体の臭気をたっぷりと吸っているが、鼻を摘みさえすればひやりと心地いい。

三人がかりで袋ごと死体をステンレス製の台に置き、まずは合掌《がっしょう》する。

真琴はいつになく緊張する。己の死体に関する知見が未熟なのは痛感している。しかし通常はその未熟さを披露するのは光崎とキャシーに限られているので痛痒《つうよう》は感じない。未熟なら精進しろ、稚拙《ちせつ》なら技術を向上させろと言われるだけで済む。ところが今日は隣に国木田の目が光っている。光崎に敬意は払っていても真琴には敵愾心《てきがいしん》のような感情を抱いている目だ。ここでの振舞いは真琴のみならず、法医学教室への評価ともなりかねない。

袋を開け、いよいよ死体と対面する。

予想していた通り、死体の表面はひどくかさついていた。

「国木田さん、この女性は食事を摂《と》らなくなって餓死したんでしたね」

「そうだ。三週間前、部屋から全く出なくなったそうだ」

運動不足からか広町邦子はやや肥満体型であったと思われる。絶食と脱水状態が続いたため、皮下脂肪や筋肉がやや萎縮《いしゅく》している。結果として肥満時に拡張した皮膚が収縮に合わせられないため弛緩する。

飢餓《きが》には大別して二つの種類がある。一つは摂取栄養の絶対不足がもたらす完全飢餓で、この場合、水も飲まなければ浮腫は見当たらない。

もう一つが栄養失調による不完全な飢餓で、身体内のタンパク質が熱源に動員され、低タンパク血症によって浮腫は全身に及ぶ。

広町邦子の下肢には浮腫がない。食事を摂っていなかったという証言は栄養と水の絶対不足を示唆《しさ》するもので、彼女が乾性飢餓であるのはまず間違いない。

「部屋では水分を補給できる状態だったんですか」

「うん。水のペットボトルが何本か飲みかけのまま置いてあった。絶食と脱水状態が続いて喉が渇いていただろうに、目の前にある水を摂取していない。それが自殺説の根拠になっている」

「でも、それで同居している家族が何の罪にも問われないなんてこともないんですよね」

これには国木田が答えた。

「刑法第二百十八条、保護責任者遺棄罪だ。老年者、幼年者、身体障害者又は病者を保護する責任のある者がこれらの者を遺棄し、又はその生存に必要な保護をしなかったときは、三月以上五年以下の懲役になる」

「この広町邦子さんは病者にあたるのでしょうか」

「以前、親が本人を精神科の医者に診せたら、うつ病と診断されたらしい。うつ病なら立派な病人だ。ただし立件の要件としては、本人の状態よりは両親の行動が保護責任の放棄にあたるかどうかだろう。本人の部屋には、水も食べかけの菓子もあった。母親は三度三度の食事を作って部屋の前に置いていたから、生存に必要な保護はしていたと主張できる。用意された食事を摂る摂らないは本人の自由だからな」

「つまり自殺という見方なんですね」

「消極的自殺というヤツだ。首を吊る、手首を切るという積極的な自殺に対して、ゆっくり自分の体力が消耗していくのを待つ」

「そっちの方がずっと苦しいような気がします」

「どうだかな。こればかりは実際に試してみないと分からん」

古手川と国木田の対立点はここだったか。

検視官として国木田の判断は理に適っている。状況から自殺である可能性が濃厚なので司法解剖の必要はないと考えている。一方、古手川は広町家の在り方に疑問を持ち、保護責任者遺棄での立件を考えている。本当は邦子を助けられたのに、敢《あ》えて見殺しにしたという考えだ。

では真琴自身の見方はどうかと問われると返事に窮する。

真琴も邦子と同じ一人っ子だ。共働きの家庭で二人とも忙しかったが、決して真琴の養育を疎《おろそ》かにしなかった。娘を私立高校と塾に通わせ続けたのだから教育志向も高く、真琴が医学の道に進むのを精一杯応援してくれた。友だちのような関係の母親、どこかおっかなびっくりで接してくる父親。人並みに反抗期はあったが断絶はなかった。

どこにでもある普通の家庭だと思っていたが、たまたま再会した中学の同級生によると真琴は非常に恵まれた家庭環境にいると羨《うらや》ましがられた。真琴たちの世代では早くも教育格差が到来していたのだ。真琴が大学の助教になった今も母親は要所要所で連絡を寄越《よこ》すし、母親の背後で父親がぶつぶつと微笑《ほほえ》ましい小言を呟いているのも聞こえる。また真琴自身も希望通りの進路に進み、予想以上に刺激的な職場に放り込まれたものだから引き籠りになる暇《ひま》もなかった。

そういう環境だったから、家庭内暴力や引き籠りはまるで別世界の出来事だった。話には聞くものの、皮膚感覚で理解できることではなかった。従って広町夫婦と邦子の関係性を説明されても、育った環境の違いから今一つ実感が伴《ともな》っていない。邦子が消極的な自殺を試みたのか、あるいは両親が娘の保護を放棄したのか、皆目見当もつかない。古手川から意見を求められた際に解剖してみないことには分からないと答えたのは本音だったのだ。

他方、司法解剖はカネのかかる司法手続きで、しかも行えば行うほど大学側が赤字になる構図になっている。腹を開いてみなければ分からないなどという大雑把《おおざっぱ》な理由ではまるで話にならない。

真琴は雑念を振り払い検視に集中する。広町邦子が乾性飢餓だったとして何か矛盾点はないか。いや、そもそも伝聞情報と高度脱水だけで乾性飢餓と判断していいのだろうか。

眼球の具合は死後のそれに相応《ふさわ》しい状態なのか、死斑の発現と発見時の姿勢に矛盾はないか、死後経過時間と死体硬直は整合性が取れているのか。

死体の各部を仔細《しさい》に調べているうち、口腔《こうくう》内を見る段になった。片手で下顎《かがく》を開き、ペンライトで口腔内を照らし出す。

そして異状を見つけた。口蓋帆《こうがいはん》（上顎の内側）と頬粘膜に微《かす》かな擦過傷《さつかしよう》が残っていたのだ。

「国木田検視官、ちょっとここを見てください」

真琴に促されて国木田が顔を寄せてくる。

「この傷ですけど」

「粘膜が乾燥して元々あった傷が分かりやすくなったんだ。ジャンクフードの欠片《かけら》や歯磨きで口腔内を痛めるのはよくあることだろう」

「ええ、わたしもたまに失敗して、それが元で口内炎とかできます。でも、それにしても傷の数が多過ぎるように思います」

肉眼で確認できるだけでも七つほどの傷がある。硬いものを無理して食べ続けたと仮定すれば頷けない数ではないが、餓死に陥った人間の行動としては矛盾がある。

熟考しろと頭の隅で誰かが忠告したが、声が先に出た。

「ウチで解剖させてください」

真琴の宣言に国木田は眉を顰《ひそ》める。

「根拠は口腔内の傷痕《きずあと》だけか」

責任を問うている訊き方だった。口にしてしまってから反省するのは毎度のことだが、それでも最近は後悔しないようになっている。指摘された通り司法解剖が必要な根拠は口腔内の傷だけだ。だが真琴はその幾筋もの傷痕を見た時、邦子の声も聞いたような気がしたのだ。

『わたしの身体を調べて』

たった一つの違和感でもほったらかしにするなと教えられた。その違和感の根源こそまだ見ぬ知見への入り口なのだと教えられた。

「そうです」

「納得できなければ解剖する、か。見上げた精神だがしんどいぞ」

同情しているような口ぶりだった。

「埼玉も東京や大阪のように監察医制度があればと、最近よく思う」

「解剖率が上がるからですか」

国木田たち現場で働く検視官の鬱憤も耳にタコができるほど聞いている。

二〇一三年四月、「死因・身元調査法」が施行され犯罪の疑いや家族の承諾がなくても警察署長の判断で新法解剖ができるようになった。だが制度上可能になったというだけで解剖に要する費用が大幅に認められた訳ではない。解剖率の全国平均は二〇一二年の十一パーセントから一八年の十二パーセントとわずか一パーセント増えただけだ。警察が扱った遺体は十七万人（交通事故などを除く）で、うち解剖されたのは二万三百四十四人の十二パーセント。広島などは解剖率一パーセントという有様だ。解剖されなかった事案の中にどれだけ犯罪が潜み、何人の犯罪者がほくそ笑んでいるかと思うと、警察関係者でなくても恐ろしくなる。

だが国木田はもっと卑近《ひきん》なことを考えていたらしい。

「監察医制度が運用されれば解剖率が上がるのは当然だが、解剖費用が地方自治体の予算から拠出される。そうなれば、解剖の度にカネの心配をせずに済むからな」

一番痛いところを突かれた。制度の拡充も必要だが、何より先立つのはカネという現実が再び胃の辺りを重くする。

死者の声を聞く。崇高《すうこう》な目的であるはずなのに、一体解剖する毎《ごと》に大学側との折衝を気にしなくてはならない。医は仁術ではなく算術とはよく言ったものだと感心する。

「法医学教室が必要と判断するのならわたしは特に異議を唱えない。そうと決まれば早く搬送しよう」

国木田は再び死体袋を閉じ始めた。カネと人材の問題さえなければ、この男も死因究明に熱心な官吏の一人に違いなかった。

## 4

いざ解剖となれば浦和医大法医学教室の動きは機敏だった。真琴から連絡を受けたキャシーは一人で解剖の準備を始め、光崎のスケジュールを早急に押さえてくれるという。もっとも光崎のことだから講義中であろうと会議中であろうと、解剖と聞けば他の仕事は擲《なげう》って解剖室に駆け込んでくるに決まっている。

二人が浦和医大に到着すると、既にキャシーが待機していた。三人がかりで死体をストレッチャーに載せて解剖室へと運ぶ。キャシーが下準備をしてくれたお蔭で、真琴は解剖着に着替えるだけでよかった。

「さすが真琴ですね。ちゃんと死体を持ってきたではありませんか。有言実行とはこのことですね」

「何が有言実行ですか。死体を持ってこいというのは、キャシー先生の命令だったじゃないですか」

「ワタシはガイジンなのであまり日本語が分かりません。でも、こうして死体を運んできたからには新しい証拠か新証言が得られたのでしょう」

「それが……証拠というにはいささか弱くて」

真琴が口腔内の傷について説明すると、キャシーは妙に嬉しそうだった。

「ワンダホー。証拠として弱くても、納得できなかったから死体を分捕《ぶんど》ってきた。こちらで言うところのバンユウですね」

「分捕るって。もう少し言葉を選んでください」

「ワタシはガイジンなのであまり日本語が分かりません」

そうこうするうちに光崎が姿を現したので、二人はさっと背筋を伸ばした。

今更ながら真琴の心臓は早鐘《はやがね》を打ち始める。霊安室での判断は口腔内の傷という事実を踏まえてはいるが、多分に直感めいたものだった。もし光崎がメスを握って空振りに終わった場合、自分は邦子の両親だけでなく、国木田や浦和署の警察官たちにも詫びなければならない。いや、詫びるのは別に構わない。頭を下げて済む話なら、何回でも下げてやる。怖いのは真琴の判断ミスで光崎や法医学教室への信頼を傷つけることだった。

真琴の心配を知ってか知らずか、光崎はいつもの冷徹な視線を死体に注《そそ》いで動かさない。体表面の皮膚を観察し、触診で硬直具合を確かめる。キャシーがデジタルカメラのシャッターを押す軽い音だけが静謐《せいひつ》な解剖室に響き渡る。

光崎の指が死体の下肢に伸びる。その部位に触れて浮腫があるかどうかを確認しているのだが、見てほしいのは口腔内だ。

ついロに出た。

「口腔内に数カ所の傷があります」

光崎はこちらを一瞥《いちべつ》すらしない。

「順番がある。余計な指示は要らん」

「すみませんっ」

上半身を起こして背中の状態を撮影、四肢は爪の先まで目視してから、やっと死体の口を開く。

「擦過傷あり。大七つ、小十二」

真琴が見た時には七つしか確認できなかったが、同じ肉眼でも光崎はそれより目立たない傷を瞬時に十二個も指摘する。視力は真琴の方がいいはずなのにこの識別能力の差は何に起因するというのか。幾度となく見せつけられる彼我《ひが》の差だが、単純に経験値のみと思えないのが苛立たしい。

どんな世界にも頂点に君臨《くんりん》する者たちが存在する。彼らと彼ら以外を分かつ壁は途轍《とてつ》もなく高く、そして堅固だ。努力を積み重ねれば乗り越えられる、と明快に語るのは半可通か野次馬くらいのものだろう。努力だけで頂点を極められるのなら、これほど楽なことはない。

誰でも懸命に努力すればある水準までは到達できる。経験値も役に立つ。しかしそこから先は努力と経験以上のものが必要になってくる。つまり資質だ。彼我の圧倒的な差異が資質である以上、どれだけ足掻《あが》こうが決して壁は越えられない。真琴はその事実を前にして絶望したくなる。

「では始める」

光崎の声で真琴は我に返る。自己憐憫《れんびん》に浸《ひた》っている場合ではない。

「死体は四十代女性。死亡時より空調の利いた部屋に放置されており、皮膚は極度に乾燥している。脂肪と筋肉は消費されて縮小し、皮膚がだぶついている。メス」

定石《じょうせき》通りY字に切開し、身体を開いていく。予想通り消化器官系は変色して萎縮している。態様は死体の状態と相似だ。乾燥のために腐敗臭が抑えられていた死体も、腹を裂くと臓器から死の臭いが放出される。

生体は主要なエネルギー源であるブドウ糖を一日分しか貯蔵できない。栄養が供給されず貯蔵分が枯渇《こかつ》すると、脂肪分が脂肪酸またはケトン体に変質してエネルギーを発生させるようになる。しかしその脂肪分までが限界に達すると、今度は筋肉や組織のタンパク質まで分解し始める。また水分の喪失は血圧の維持を困難にさせ、臓器への血流量が減少する。

タンパク質の分解と血流量の減少というダブルパンチを受け、主要な臓器は萎縮していく。これが臓器障害のシステムだ。更に腎臓へのダメージは老廃物の蓄積を招く。乾燥して痩せていくというよりは、自ら手足を食って縮んでいくイメージが近い。

「各消化器官は熱源として消費され、それぞれ萎縮。腎臓は動脈血栓を起こしている」

光崎のメスが腎臓を摘出する。動脈内の血栓は腎臓の濾過《ろか》機能が低下した証左だ。濾過機能が低下しているので、当然健常な状態の腎臓よりもアンモニア臭が強くなる。胃や小腸といった消化器官も同様で、機能不全を起こしているので変色し腐敗とは別の臭気を醸《かも》している。分厚いマスクで覆《おお》っているにも拘わらず鼻が感知しているのは、それだけ臭気が強烈なせいだ。

こういう死体を解剖すると、餓死が緩慢な死であることを実感する。失血死や窒息死といった瞬間的な死ではなく、苦痛がゆっくりとしかし確実に全身を覆っていく。どちらがいいかは意見が分かれるところだろうが、苦痛が長引くのはより残酷と言える。広町邦子もそれを知ってさえいれば、少なくとも餓死などという自殺方法を選ばなかったはずだ。

やがて光崎のメスは胃に及ぶ。摘出してから胃壁を裂いて中身を露出させる。飢餓状態であれば胃の中身はほとんど消化し尽くされ、空に近いはずだと真琴は予想していた。

ところが胃の内部には意外なものが残存していた。

小指の先ほどの薄く黄土色がかった物体。

「鉗子《かんし》」

観察する間もなく、真琴は慌てて鉗子を手渡す。鉗子が胃の内部に侵入し、何の抵抗も受けずに黄土色の物体を摘み上げる。

ステンレス製の膿盆《のうぼん》に載せられたのは布状のものだった。

「これ、何なんでしょう。組織の一部でしょうか」

「組織の一部が、どうして胃の中に入っている。これは見かけ通りの布だ」

光崎は端的に答えながら、他の臓器を次々に摘出していく。結果として、同様の布は小腸内からも見つかった。

「分析に回せ」

対象物の載った膿盆をキャシーがいそいそと受け取る。光崎の口ぶりから、対象物に真実が隠されているのは明白だ。

全ての臓器を摘出し中身を仔細に調べ終えると、光崎は臓器を元通りにしていく。

「光崎先生。あの布状のものは何だったんですか」

「元の形状は不明だが布であるのは確かだ。口腔内の傷もこれで説明がつく」

「布が粘膜に傷をつけたのですか」

「見れば分かるが、ガーゼよりも目が粗《あら》い。強引に押し込めば当たり前に傷がつく。だが、死因はあくまでも栄養の絶対不足がもたらす飢餓と脱水症状による臓器障害だ」

断言は自信の裏打ちだ。他の人間が下せば悪臭ふんぷんとするものだが、光崎の口から語られると不思議に首肯《しゅこう》してしまう。

「口腔内の粘膜を傷つけるくらいだから、押し込まれた量は口腔内の容積にほぼ匹敵したと思われる」

「でも、一部は消化器官の中に入っていました」

「自分の身になって考えろ。口の中いっぱいに異物を詰め込まれたら、どうする。吐き出せない状況下に置かれたら、まず何をしようとする」

少し考えると答えは簡単に出た。

まずは詰め込まれたものを小さくしようとするはずなのだ。

「歯と舌を駆使すれば、長時間かけて一部を解《ほぐ》すこともできた。言い換えれば、異物を口いっぱいに頬張《ほおば》ったのは本人の意思ではない」

ようやく光崎の意図することを理解し、真琴は合点《がてん》がいった。

「閉腹する」

光崎の手によって、からからに乾いた死体の裂け目が閉じられていく。心なしか死体の表情に穏やかさが宿ったような気がした。


ご遺体を返却したいと連絡すると、広町夫婦は揃って県警本部に出頭してきた。死体を戻しに同行した真琴は、取調室の隣室から古手川と夫婦のやり取りを見守る羽目になった。

「邦子さんのご遺体を解剖した結果、胃の中からこんなものが出てきました」

古手川が二人の前に差し出したのは、胃の中から取り出した布の写真だ。現物はキャシーの手によって徹底的に分析され、その結果は既に捜査陣へ報告されている。

「変色しているのは他の内容物や胃液が染みてしまったせいですが、分析してみると元は白地のタオルの一部であることが判明しました。口の中に数カ所の擦り傷も確認できています。つまりタオル地を丸めて押し込まれたという状況です。無論、本人の仕業《しわざ》じゃありません。自分で窒息死しようとするなら、もっと苦しまない簡単な方法がいくらでもあります」

この辺りから高成の様子に変化が生じた。片方の目袋が小刻《こきざ》みに痙攣《けいれん》し、古手川の視線から逃《のが》れるように顔を背《そむ》けた。

「胃の中にタオルの一部が残っていたのは、何とか口の中のタオルを小さくしようとして歯や舌で解そうとしたからでしょう。いいですか。口の中いっぱいにタオルが詰め込まれようとしている人間が抵抗しないはずはない。易々《やすやす》とそうされてしまったのは身体の自由も奪われたからだと考えられます。そんな真似が可能なのは、同居しているあなたたち二人だけです」

反論を開始したのは、古手川を正面から見据えていたゆきえだった。

「どうして二人と断言できるんですか。どちらか一人のやったことかもしれないじゃないですか」

「邦子さんは太っていて、ご主人が四つに組んでも跳ね飛ばされるんでしょ。だったら二人がかりで彼女を取り押さえたという推測が理に適っている」

「あくまでも推測に過ぎないでしょう。絶食するために、邦子が自分でタオルを口に押し込んだのかもしれない」

「それなら死体発見時にあなたたちが気づくはずです。また途中で吐き出したとしたら、遺体の周辺に唾液塗れのタオルが転がっているはずですが、鑑識は発見できませんでした」

「吐き出したタオルはわたしが片づけたんです」

ゆきえはいとも簡単に前言を翻した。

「邦子はタオルを頬張ったまま死んでいました。自殺するにしてもあんまり惨めで可哀そうだったから外してやったんです」

「回収したタオルはどうしましたか」

「とっくに捨てました」

「どんなタオルだったんですか」

「ハンドタオルでした」

「邦子さんは滅多に自室から出なかったんですよね。だったら台所やバス・トイレや洗面所にも行かなかったはずです」

「元々、邦子の部屋に常備していたタオルだったんです。汚れた口元や手はそれで拭《ふ》いていました」

「ずっと？」

「ええ。邦子が死んでいるのと同時にタオルを見つけて、ずいぶん久しぶりだと思いましたから」

「ご夫婦ともですか」

「二人ともそれまでは部屋に入らなかったから、タオルに触れていません」

「一度も？」

「一度もです」

するとと古手川は不思議そうに首を傾《かし》げてみせた。

「辻褄《つじつま》が合いません」

「どうしてですか」

「胃の中にあったタオルを分析したところ、本人以外の血液と薄皮が検出されました。実際に自分でやってみると分かりますが、タオル地に他人の血液や薄皮が付着するケースはそうそうありません。容易に考えつくのは、犯人が丸めたタオルを力ずくで口に押し込もうとする時くらいですよ。相手の抵抗を抑えながらの暴力行為だから、手の皮が擦り剝《む》けたり向こうの歯で切れたりするのはむしろ自然といっていい」

「違いますっ。わたしたちはそんなことしていません」

「それならDNA型鑑定にご協力ください。なに、難しいことは何もありません、口の中の粘膜をほんの少し採取させてもらうだけです」

「嫌ですっ、嫌ですっ。いったい何の権利があって」

ゆきえの声が絶叫に近づいた時、今まで沈黙を守り続けていた高成が彼女の肩を叩いた。

「もうやめよう、母さん」

まるで魔法の呪文だった。夫が声を掛けたと同時に、ゆきえは口を半開きにして固まった。

「潮時だ。秘密にしていてもこの先苦しむだけだ」

古手川に向き直った高成はいきなりシャツの袖を捲《めく》ってみせる。

二の腕から手首にかけて無数の傷と痣《あざ》が凄惨な模様を作っていた。

「服で隠れた場所には、まだいくらでも傷があります。わたしだけじゃなく女房も同じです」

「娘さんの家庭内暴力ですか」

「始まったのは去年の春頃からです。こちらが何か言うと、どうして自分を産んだ、どうしてもっと恵まれた環境を用意しなかったんだと殴りかかってくる。こちらが黙っていると物を投げてくる。もう、二人とも満身創痍《まんしんそうい》ですよ。七十を超えて体力も落ちているから抵抗もできない。家の恥になるし娘を傷害犯にするのは避けたかったから警察に相談もできない」

横で聞いていたゆきえは両肩を震わせ始めた。

「殊《こと》にひどかったのが女房に対する暴力でした。わたしよりも攻撃しやすかったんでしょう。でも、どんなひどい怪我をしても医者に診せられなかった。最近は医者から家庭内暴力を警察に通報するそうですからね。あの日、ゆきえもわたしも限界だったんです。ぐっすり寝ている娘の手足を縛って身動きできないようにしました」

「死体には拘束の痕は見当たりませんでしたよ」

「お恥ずかしい話、以前わたしが娘に縛られたことがありましてね。その時に体得したんですが、結び目さえ固くしておけば多少の隙間《すきま》があっても脱出しにくくなるんです。しかも隙間があるから痕も残らない。あなたたち警察官の手錠も似たようなものでしょう」

高成はうっすらと笑う。こんなに空《うつ》ろな笑い方を見たのは初めてだった。

「毒を盛るとか首を絞めるとかはあまりに残酷だと思い、それで少しずつ体力を消耗させようと考えたんです。身体の自由を奪い、猿轡《さるぐつわ》代わりにタオルを頰張らせました。部屋に放置しておけばそのうち静かに死んでくれるだろうと期待していました」

「餓死の方が数段苦しいとは思いませんでしたか」

「ちらっと頭を過《よぎ》ることはありましたが、途中でやめる訳にはいきませんでしょう。最初の一週間は悶《もだ》えるような物音がひっきりなしに聞こえました。二週間目からは物音の回数も減り、三週間目には完全に音が消えたので様子を見にいきました。娘は眠るように死んでいました」

「何が眠るようにだ」

尋問の見届け役から解放された真琴は、古手川に食ってかかる。

「抵抗力が尽きたら、そういう顔にもなる。勝手なこと言って自己弁護しているだけじゃない」

「真琴先生が怒り心頭なのも分かるけど俺に当たらないでくれ」

古手川も憤懣《ふんまん》遣《や》る方ないという風情なので、真琴は矛《ほこ》を収める。それでも広町夫婦に対する怒りと事件に対する虚《むな》しさは消えようもない。

家庭内暴力に訴えた引き籠りの娘。娘を愛していながら心身ともに削られ、最後の決断をした両親。どちらが悪いと指弾もできず、何が悪いと特定もできない。政治や世の中のせいにするのは容易いが、お門違いであるのも承知している。古手川の話によれば広町邦子のような引き籠りは全国で百五十万人以上も存在しているという。言い換えれば広町家のような悲劇がそれと同じ数だけ生まれる可能性を示唆しているのだ。

「これから、この国はどうなっちゃうんだろう」

柄にもないことを口にした。

きまり悪くなり古手川の顔を盗み見ると、どうやら他に考え事をしていたらしい。恥ずかしい呟きを聞き逃してくれるのは有難《ありがた》いが、一方で腹立たしい。

「今の聞いてませんでしたね、古手川さん」

「ん。悪い悪い。で、何を言ったんだっけ」

「もういいです。それより、何を考えてたんですか」

「考えるというより、探っていた。どうもさ、脳の奥の方でちかちか光っているみたいなんだけど、その正体が分からない」

「まさか、広町夫婦が偽証したと考えているんですか」

「いや二人の証言は信用している。ＤＮＡ型の証拠を突きつけられたら隠し果《おお》せる内容じゃないしな。ただ引っ掛かるんだよ」

古手川は珍しく思慮深い顔つきになる。

「誰がとか、どこがとかは全然言えないんだけどさ。何かまだ辻褄の合わないところがあるような気がしている」

# 二　8050

## 1

「うるせえって言ってんだろ、このクソババアっ」

叫ぶなり、堅市《けんいち》は母親の悦子《えつこ》を蹴り飛ばした。悦子は堪らず台所の隅まで転がっていく。

「悦子っ」

傍《かたわ》らで二人のやり取りを見ていた勲《いさお》は慌てて悦子に駆け寄る。自分と同じ八十歳。打ちどころが悪ければ大事に至る惧《おそ》れがある。

どこか骨でも折っていないか、痣になるような打ち身はないか。悦子に尋ねてみると、本人は顔を顰《しか》めながら大したことはないと洩らした。

「蹴られ慣れてるんだぜ。その程度で怪我《けが》なんかするかよ」

振り返ると、堅市は憎々しげに二人を睨んでいる。睨みたいのはこちらだと思ったが、勲はすぐに言い返せない。言い返せば、堅市が勲にも暴力を振るってくるのは目に見えている。

「文句あんのかよ」

堅市も勲が怖気《おじけ》づいているのを察しているらしく、勝ち誇ったように笑うと冷蔵庫から買い置きの缶ビールを取り出して台所を出て行った。

「本当に怪我とかしていないだろうな」

くどいように訊いたが、悦子は力なく頷くだけだった。

「久しぶり……」

「うん？」

「お父さんから名前で呼ばれるの。ずっと母さんって呼んでたじゃない」

結婚当初はお互いに下の名前で呼び合ったが、堅市の誕生を機に今の呼び方に変わった。夫婦中心の生活から子ども中心の生活に切り替わった瞬間でもあった。

ところが今、勲は無意識に悦子を名前で呼んだ。これは子ども中心の生活から再び夫婦中心の生活に戻った徴《しるし》なのだろうか。

勲は悦子の袖を捲《めく》って怪我の有無を確かめる。悦子は呆《あき》れるほど我慢強い女で、しかも堅市から暴力を受けた事実をひたすら否定する傾向がある。こうして勲が確認しなければ被害の程が分からない。

袖を捲ると、手首から二の腕にかけて青痣が浮かんでいた。ただし新しいものではない。一週間二週間前に受けた打撲の痕が残っているのだ。

同様の痣は勲の身体にも刻まれている。殴られた痕、蹴られた痕、そして熱湯を浴びせられた痕。いずれも服で隠れる場所に限定しているのが狡猾《こうかつ》だ。目立たない限りは近所も気づかない。近所にさえ悟られなければ、勲たちが口を噤《つぐ》むのを知っているのだ。

昔はあんな子どもではなかった。神経質な面はあったが、誰にでも優しく親にも従順だった。

堅市の様子が変化したのは就職してからだった。就職先は冷凍食品メーカーで、堅市は営業部に回された。人当たりがよく、笑顔を絶やさない堅市は営業向きと思われたが、本人は現場で予想外の弱点を曝《さら》け出す。

メンタルが脆弱《ぜいじゃく》過ぎたのだ。

営業回りではスーパーの仕入れ担当者に邪険に扱われ、職場では上司から伸びない売り上げ成績やちょっとした失敗について叱責《しっせき》を食らったらしい。幼少期から甘やかされ、冷遇や譴責《けんせき》に免疫のなかった堅市はこれで心が折れた。ある日から自室に閉じ籠り、勲たちとも滅多に顔を合わせなくなった。会社では無断欠勤が続き、やがて一方的に解雇通知が郵送されてきた。

当初、勲は息子の気持ちが全く理解できなかった。件《くだん》の冷凍食品メーカーは新卒の就職希望ランキングでも毎年上位に入る企業だから、競争率も高い。折角、高い競争率を突破して採用されたというのに、出社を拒否する神経が分からなかった。

勲自身はやはり新卒で入った証券会社で定年まで勤め上げた経歴を持つ。バブル期の絶頂と崩壊後の悲惨さは証券業界がより顕著だった。札束でぱんぱんに膨《ふく》れ上がった財布を懐《ふところ》に六本木《ろっぽんぎ》で豪遊した日もあれば、顧客に買わせた推奨銘柄が暴落し続けて血尿が出た日もある。アップダウンが激しく四十年余の証券マン人生は波瀾万丈《はらんばんじょう》だったが、概《おおむ》ね満足で退職するつもりなど毛頭なかった。辛苦は常に自分の宝だったと思っている。

そうした経験を引き籠り真っ最中だった堅市に話してみた。息子が職場復帰する際、少しでも参考になればと思ったのだが、これが全くの逆効果だった。

「お前らの頃と違うんだよ」

息子からお前呼ばわりされたのに驚いて、咎《とが》める機会を失った。

「終身雇用が保証されていた昔と一緒にするんじゃねーよ。辛苦が自分の宝になるだって？　いつまでも昭和の気分でいるなよな。今は社員使い捨ての時代なんだよ。俺は、もう廃棄処分なんだよ」

吐き捨てると同時に、勲を何度も殴打《おうだ》した。肉親相手ならどんな暴力も承認してもらえると信じているのか、一寸の躊躇《ちゅうちょ》も手加減もなかった。もしあのまま暴力に身を委《ゆだ》ねていたなら、きっと自分は殺されていただろう。

以来、家庭内の上下関係は逆転した。勲も悦子も堅市の暴力に屈服し、ご機嫌伺《うかが》いをするしかなかったのだ。当時、勲は働き盛りで妻一人子ども一人を養うには何の支障もなかったから、堅市が自力で社会復帰するのを見守ろうと決めた。それなりに覚悟の要る決断だったが、今となっては大きな間違いだったと認めざるを得ない。引き籠りを放置しておいても自然に解決するというのは甘い考えだった。働き盛りだった勲が仕事に逃避するのにこしらえた都合のいい言い訳に過ぎなかった。計算違いはもう一つある。引き籠りは時間が解決してくれるものではないが、勲たちも堅市も時間とともに老い、現実への抵抗力を徐々に失っていくのだ。

堅市が引き籠るようになって既に三十年近くの歳月が過ぎようとしている。平成の世は勲たちにとって呪わしい時代だった。昭和の時代に確実だったものが胡乱《うろん》なものへ変質し、約束は全て反故《ほご》にされた。本来ならとっくに孫を抱いているはずの手には尿瓶《しびん》が握られている。買い溜めしているおむつは赤ん坊用ではなく、自分たちで使うためのものだ。いくぶん瘦せぎすだった堅市はぶくぶくと太り、勲の倍近い体重となった。家の中の空気は澱《よど》み、常に腐臭が漂《ただよ》う。何の腐臭かは不明だが、生ゴミと安い化粧品を混ぜたような臭いだ。はっきり言われたことはまだないが、この臭いは自分にも悦子にも堅市にも染みついているに違いない。

どこで人生設計がおかしくなったのか、今となれば堅市が引き籠った頃からだと明言できる。もちろん全ての責任を堅市に押しつけるつもりはない。勲と悦子は間違えたのだ。我が子に正面から向き合おうとせず、きっと堅市本人と時間が解決してくれるという淡い期待で四半世紀を棒に振ったのだ。

いつか立ち直ってくれるという期待が叶えられるはずもなく、勲たちにもたらされたのは疲弊と絶望、そして無数の痣だけだった。

「痛かったらちゃんと教えてくれ。もうお互い、無理の利く身体じゃないんだから」

我慢が当たり前の悦子には、しつこく訊くくらいがちょうどいい。悦子は力なく首を振るが、無理はしていない様子だ。

「ホントに大したことないから……でも、あの子も早く元の身体に戻さないと。あれじゃあ通勤電車に乗ってもしんどいだろうに」

平然と言い放たれ、勲は胸が詰まる。最近、悦子には認知症の症状が現れ始めた。特段、日々の暮らしに支障はなく相手の顔を誤認することはないが、時折記憶が錯綜《さくそう》するらしい。堅市がとうに会社を辞めてしまった事実を忘れている。この分では、さっき蹴られた理由も憶えているかどうか心許ない。

トイレに行こうと階段を下りてきた堅市と悦子が鉢合《はちあ》わせをした。そこでたまには一緒に食事をしようと悦子が誘ったところ、話がこじれて暴力沙汰《ざた》になった次第だ。堅市は親とすら言葉を交わすのを嫌っている。会話を強制終了させようとして暴力に訴える。母親はそれを止めようとして口を出す。そしてまた暴力に訴える。

「ああ、そうだ。堅市に晩ご飯を持っていってあげなきゃ」

母親というのは皆こうしたものなのだろうか。つい今しがた当の本人に蹴り飛ばされたというのに、いそいそとテーブルの上の料理を一枚の大皿に盛り始めた。

「放っておいたらどうだ。腹が空けば自分で下りてくるだろう」

「駄目よ。放っておいたら、あの子一食二食は平気で抜かしちゃうから」

言い訳をしながら一人分の皿を持っていこうとする。この調子では、さっきの再現にならないとも限らない。

「俺が持っていく」

悦子から皿を奪うように受け取り、勲は階段へと向かう。

堅市の部屋は屋根裏にあった。一応、二階の角部屋が堅市の部屋となっているが、通常は角部屋、外から何の干渉《かんしょう》もなく遊びたい時には屋根裏部屋に籠るのが習慣になった。屋根裏といっても充分な高さがあり、小学校に上がった時分から本人がいたく気に入ってそうしている。屋根裏部屋の内側に折り畳み式の梯子《はしご》が収められており、中からは出入りが自由だが、外からは梯子を下ろしてもらわない限り入れない。窓一つとてなく、引き籠るにはうってつけの条件が揃っていた。

会社を辞めてからというもの、堅市は屋根裏部屋を住処《すみか》と定めた。トイレと入浴以外には部屋から出て来ず、三度の食事は悦子が二階の廊下に置いておくと堅市が屋根裏部屋に持ち帰り、済んだら食器を元に戻しておく。何のことはない、家の中で出前を取っているようなものだ。

決められた通り、廊下の真ん中に皿を置く。頭上からはゲームの音が降り注ぐ。

引き籠って以来堅市の日常はゲーム一辺倒らしい。らしいというのは現場を一度も目撃していないせいだが、二階の廊下を通る時は大抵ゲームの音声か、そうでなければ寝息が聞こえるだけなのであながち間違いではない。

「飯、置いておくぞ」

屋根裏部屋に向かって声を掛けたが返事はない。勲は背中を丸めて台所に戻った。

台所では悦子がやはり背中を丸めて夫を待っていた。

「置いておいてくれた？」

「ああ」

「あの子、ちゃんと食べてくれたらいいんだけど」

息子からひどい仕打ちを受けたことなど、もう忘れている様子だった。勲は掛ける言葉も見つけられずにいる。

勲たちの毎日は忍耐と隷従《れいじゅう》の連続だった。ともに八十の夫婦には精神的にも肉体的にも苛酷だったが、それでも我が子を見放すような真似はすまいとしてきた。民間の自立支援団体に赴《おもむ》いて相談したが、本人の自立心に期待していたら未来永劫《えいごう》解決しないと意見され、思い切って堅市との対話を試みた。

結果は最悪だった。

「何で、俺が今更就職しなきゃいけないんだよ」

風呂上がりで機嫌がよさそうだったので、まず悦子が話し掛けたのだが、就職という単語を聞いた瞬間、堅市は機嫌を損ねたらしい。

「親の癖に息子の歳、知らねえのか。もう五十だぞ。こんな歳でどんな仕事があるってんだよ」

「そりゃあサラリーマンとか技術職だとか、ハローワークに行けば仕事は沢山……」

「ないんだよ、五十男の求人なんて。ハローワークの求人は三十五で足切りなんだよっ」

自分の年齢を口にする時、堅市はこれ以上ないと思えるほど不快な顔をする。

「ハローワークの中に入っていくだけで職員から白い目で見られるに決まってる。お前、母親の癖にどんだけ俺に恥を掻かせたいんだ」

「わたしたちはただ、お前にまともになってほしくて」

「俺がまともじゃないって言うのかああっ」

「違う」

「五十過ぎて結婚もしていない、蓄えもない、親と同居している。そんなのはただのクズだ。言われなくたって知っている。でもな、そういう人間にしたのはお前らじゃないかあっ」

引き籠るようになってからというもの、堅市の情動は沸点が低い。声を荒らげるなり悦子に殴りかかってきた。

まずい。

老いた身体のどこにそんな俊敏さがあったのか、勲は二人の間に割り込む。お蔭で堅市の右拳が勲の脇腹に炸裂《さくれつ》した。瞬間、腹部が鈍い悲鳴を上げて勲は台所の床に倒れ伏す。

「お父さん」

駆け寄ろうとした悦子にも容赦はなかった。堅市は母親の脇腹に遠慮なく蹴りを入れる。悦子も勲の足元に転がった。

「えっらそうに意見なんて言うんじゃねえよ。俺をこんな風に育てた時点で、お前らは親の資格なんてないんだ」

堅市は言い捨てて屋根裏部屋へと戻っていく。勲は身体を引き摺《ず》るようにして悦子に近づく。

「大丈夫か」

今日に限って返事はない。ぜいぜいと荒い呼吸を繰り返し、おまけに顔色が悪い。勲の前で、堪《こら》えきれないように胃の中身を吐き出した。

「悦子」

「……大丈夫、だから」

「大丈夫な訳があるか。病院、この時間に開いている病院は」

救急車を呼ぼうと立ち上がりかけるとジャージの裾を摑まれた。

「やめて。呼ばないで」

「そんなことを言っても」

「病院で診てもらったら、痣も見つけられちゃうのよ」

はっとした。昨今は虐待の疑いがある外来患者について警察に通報する病院が増えているという話だ。不用意に診察を受ければ警察に情報が洩れ、堅市や勲たちが事情聴取をされる羽目にならないとも限らない。

「堅市が逮捕されるのは嫌。絶対に嫌」

悦子は痛みに顔を顰めながら首を横に振る。

胸を搔き毟《むし》られるというのは、こういう気持ちをいうのだろう。悦子を見ているときりきり胸が痛み、何かを破壊したくなる。

「もう、いい」

今まで何度も頭を過った考えが、とうとう口をついて出た。

「堅市が逮捕されないよう、二人で我慢してきた。いや、俺よりも悦子の方がずいぶん無理をした」

「無理なんてしてない」

「五十年以上連れ添った俺が言ってるんだ。悦子のことなら俺の方が分かる」

悦子はじっとこちらの目を見ている。少なくとも否定や抗議の色は浮かんでいない。

「堅市が逮捕されたら、あの子はどこに行くの」

「しばらくは刑務所だろうさ」

「いつまで」

「分からん。一年か二年か」

有価証券法なら詳細まで憶えているが、刑法についてはさっぱりだ。ただ、親族とはいえ人を傷つけているのだから無罪では済まないだろう。

「あの子が釈放される時、もうわたしたちはいないかもしれない。そうしたら、誰が堅市の面倒をみてくれるの」

この期《ご》に及んでまだ息子の心配か。

胸の痛みが増す。このままでは自分か悦子のどちらかが殺されかねない。堅市に明確な殺意がなくとも、手加減なしに襲われたら老いさらばえた自分たちに為す術《すべ》はない。

やがて気づいた。

長年連れ添った女か、それとも血を分けた息子か、どちらかを選ばなければならない局面に自分は立たされている。

逡巡《しゅんじゅん》はしたものの、結論が出るのは存外に早かった。

「分かった。警察には知らせないでおこう」

悦子は目に見えて安堵《あんど》していた。

「しかし病院には連れていく」

「何ともないって言っているのに」

「我慢をしていることくらい見たら分かる。心配するな。香坂《こうさか》先生なら万事上手く取り計らってくれる」

香坂というのは悦子に認知症の兆《きざ》しがあるのを見つけてくれた開業医だ。同じ町内という事情も手伝い、勲ともどもかかりつけ医になっている。

「放っておいたら悦子が長期入院する羽目になる。そうなると、堅市の面倒は誰がみるんだ。俺ではインスタントか冷凍食品しか作れんぞ」

しばらく考えて、悦子は結論を出した。

「……そうね」

渋々ながら承諾したのは、やはり蹴られた部位が痛むからだろう。こうなったら行動は早い方がいい。勲は直《ただ》ちにタクシーを呼んだ。


既に診療時間外だったが、香坂は嫌な顔一つ見せずに悦子を診てくれた。ただし容態を告げる顔はわずかに緊張していた。

「肋骨《ろっこつ》が二本折れています。両側の第8肋骨という部位です」

また胸がきりきりと痛んだ。堅市の蹴りは脇腹を捉《とら》えていたが、どうやら衝撃は肋骨にまで及んでいたらしい。

「加齢で脆《もろ》くなっていたのでしょう。折れた瞬間は痛みを感じない代わりに呼吸困難に陥ったはずです」

「ええ、まさにそんな様子でした」

「触ったり衝撃を与えたりしなければ痛みを訴えることはありませんが、なにぶんにもご高齢なので修復には時間がかかります。通常はコルセットで固定しておくのですが、日常生活に支障が出ます。わたしとしては入院をお勧めします」

「期間はどのくらいでしょうか」

「そうですね……」

香坂はレントゲン写真を見てから答える。

「最低でも三週間は安静にしていただきたいです」

最低三週間。それを聞いた瞬間、勲の中がざわつき始めた。

悦子をタクシーで運んでいる最中、胸の裡《うち》にぽとりと黒い滴《したた》りが落ちた。普段なら時間の経過とともに掻き消えてしまうはずの黒点が、しかし今日に限って消えもせず、むしろ水面に垂らした墨汁のように広がっていく。

「分かりました。入院させますので、よろしくお願いします」

「その前に確認しておかなければならないことがあります」

不意に香坂の目つきが疑わしいものに変わる。

「患部を診察した際、腹部と言わず胸部と言わず、全身に無数の痣を見つけました。何か心当たりはありませんか」

　やはりきたか。

　診察されれば見つかって当然だ。とぼけたら余計に怪しまれる。

　いきなり勲はズボンを下ろし、腿《もも》から下を露出させる。そこにも大小さまざまの痣が浮かんでおり、香坂は眉を顰《ひそ》めた。

「八十にもなると、家の中でもよく転びます。昔に建てた家だからバリアフリーになっておらんのですよ。お蔭でわたしも女房も生傷が絶えません」

　香坂はしばらく勲の痣を見つめていたが、やがて無理に自分を納得させるように、不承不承《ふしょうぶしょう》頷いてみせた。

「では入院手続きの書類をすぐに用意しましょう。いや、とりあえず奥さんの処置をして、書類は明日でも構いませんから」

「お願いがあります」

　香坂の言葉を遮《さえぎ》って勲は切り出す。

「わたしが付き添ってもいいでしょうか。その、三週間ずっと」

「毎日、病院に来られるんですか」

「いえ、泊まりがけで。確かこちらの個室は付き添いが泊まれるスペースも確保していると聞きました」

「入院中のケアはウチの看護師がしますよ」

「もちろん専門的なケアはお願いしますが、傍についていてあげたいんです」

香坂は感じ入ったように目を細める。

「そういうご夫婦は久しぶりです。しかし個室となると入院費も多少割高になりますよ」

「こういう時のために蓄えてあります。費用についてはご心配なく」

「では、今晩から泊まられますか」

「取るものも取りあえず飛んできたので、着替えやら何やらを用意します。いったん、家に戻ってからまた来ます」

勲は香坂の承諾を得てから自宅に取って返す。途中でタクシーを停めてもらい、遅くまで開いているホームセンターで大量の食料品とその他を調達する。自分たちが留守中、外出できない堅市の食料を確保するためだった。

自宅に到着した時刻は午後十一時過ぎ。近隣の窓からはまだ灯りが洩れている。

山ほど買い込んできた食料品は例外なく、すぐに調理できるものだ。カップ麺にレトルト食品。レンジで温めれば炊き立て状態になる白米。ミネラルウォーターと乾燥タイプの即席味噌汁。卵もワンパック買って、これだけは冷蔵庫に収めた。

台所のテーブルには食料品がずらりと並んでいる。堅市が台所に下りてきたら嫌でも目につく。

勲は階段を上る。廊下に立って耳を澄ますと、屋根裏部屋からは堅市のいびきが聞こえる。

母親に入院しなければならないほどの暴力を振るっておきながら、自分は高いびきを掻いて熟睡しているのか。改めて憤りが胸を焦《こ》がしたが、勲は懸命に堪える。

それから数十分、細々とした作業を終えて台所に戻ってきた。もちろん堅市宛てのメモも忘れない。

『堅市へ。お母さんが入院した。全快するまでしばらくかかりそうだから、泊まりがけで付き添うことにした。食料品は一カ月分ほど買い溜めておいたから足りるだろう。入院先の連絡先も書いておく。何かあったら電話しろ』

Ａ４サイズの白い紙に伝言を認《したた》め、冷蔵庫の扉に張っておく。

寝室に移り、タンスから二人分の着替えを取り出す。病院で洗濯することを考えれば四日分もあれば着回しできるはずだ。旅行用のトランクに衣類を詰め込み、再びタクシーを呼ぶ。

タクシーが到着する間、勲は一人きりの台所で物思いに耽《ふけ》る。香坂の診断によれば、悦子の骨折は命に関わるものではないが、しばらくは寝返りを打つのも前屈《まえかが》みになるのも激痛を伴《ともな》うという。訓練を受けた看護師に介助を一任するのが一番なのだろうが、悦子の性格では遠慮して痛みを堪えてしまう。だが夫の自分には遠慮なく甘えてくれるはずだ。

家の中では堅市という恐怖が存在していたため、平穏な時間はあまりなかった。病院の個室なら誰にも脅《おび》やかされることはない。まさか人生の夕暮れ時になって、落ち着ける場所が病室しかなかったとは何という皮肉だろう。

やがて到着したタクシーにトランクとともに乗り込み、病院へ舞い戻る。ありがたいことに、既に悦子は個室に収容されて軽い寝息を立てていた。階上に堅市がいないせいか、寝顔から警戒心が剝《は》げ落ちている。悦子がこんな顔を見せるのは何年ぶりだろう。

看護師は悦子の寝ている隣に簡易ベッドを用意してくれていた。布団からは仄《ほの》かに消毒液の臭いがするが決して不快ではない。

悦子の安らかな寝息は耳に心地よかった。聞いているうちに睡魔が訪れ、勲も深い眠りに包まれていく。

こうして悦子と勲は香坂の病院で寝泊まりを始めた。付き添いとして余分に入院費を支払うことにしたので、病院食も一緒だった。カロリー抑えめで低塩分。働き盛りの頃なら舌も辟易《へきえき》しただろうが、八十を過ぎた舌には案外受け容《い》れやすかった。薄味だが意外に飽きもこない。栄養士が考えたメニューなので彩りも豊富だった。

何より悦子と日がな一日、ゆったりと過ごせるのが心地よかった。堅市の面罵にも暴力にも怯《おび》えることなく、同じテレビを見て、いけ好かない政治家やタレントをこきおろし、眠たくなったら寝る毎日だった。

肋骨が折れた際の対応はとにかく安静でいることだ。香坂や看護師の指示を従順に守っていると、悦子の容態も日増しによくなった。折れた肋骨は自然に癒着《ゆちゃく》し、日々の所作も痛みなしに行えるようになった。その間、堅市から連絡がくることは全くなかった。

悦子を運んだ日から数えてちょうど三週間目、香坂は退院できると言ってくれた。勲と悦子は世話になった看護師たちに礼を言って病院に別れを告げた。

そして自宅に帰ってみると堅市が死んでいた。

# 2

五月十日午後一時三十二分、浦和区岸町《きしちょう》で変死体発見との通報を受け、古手川は現場に向かっていた。発見された変死体の身元は既に明らかになっており、長年自室に引き籠っていた五十歳の男とのことだった。

いい歳をした男の孤独死と聞き、古手川は四月に発生した広町邦子の事件を思い出した。七十代の両親と四十代の娘の間に生じた確執がのっぴきならない段階まで到達した挙句の悲劇だったが、今回も似たような不安が頭を過る。

現場は中学校の近く、新旧の建物が建ち並ぶ住宅街の中にあった。当該地に近づくと、それと思しき一戸建ての前に警察車両が停まっている。

表札には〈隅田《すみだ》〉とある。間違いなく死体が発見された家だ。中に入ろうとすると玄関先で顔見知りと鉢合わせした。

「古手川さん」

「何だ。また池上さんか」

池上は広町邦子の事件をともに担当した浦和署の刑事だが、彼の顔を見た刹那《せつな》、不安が増した。向こうも同様だったらしく、古手川に向けて苦笑を浮かべてみせた。

「嫌な予感がするって顔してますね」

「被害者は引き籠りと聞いています。どうにも広町邦子の事件を連想しちまって」

「被害者と言えるかどうかは別にして、あの事件を連想したのはもっともですよ。死んだ人間の素性と家庭環境は非常に似通っています」

池上の説明によれば、死体となって発見されたのは隅田家の一人息子である堅市五十歳。勲・悦子夫婦と同居しており、三十年近く屋根裏部屋に引き籠っていたという。

「死体を発見したのは父親の勲です。三週間ぶりに帰宅したら、買い置きしていた食料が一切減っていないので、不審に思って交番の巡査を呼んできた。巡査と協力して屋根裏部屋に入ると、堅市がこと切れていたという次第です」

「屋根裏部屋に入るのに、わざわざ警官を呼んだんですか」

「屋根裏部屋に入るには梯子を使うんですが、通常は部屋の内部に収納されているんですよ。天《てん》井《じよう》蓋《ぶた》のロックは開閉棒で開ける仕様なんですが、堅市が引き籠るようになってからは開閉棒を始末して外からは開閉できないようにしていた。それで警官を呼んだということでした」

「天井蓋以外の出入口はないんですか」

「窓一つありません。何しろ屋根裏部屋ですからね」

窓一つとてない屋根裏部屋で暮らしていたという事実だけで、死んだ男の奇矯《ききよう》さが分かる。いや、奇矯さというよりは極端な孤独癖だろうか。

「天井蓋しか出入りするところがなく、おまけに内側からロックが掛かっていた。つまり密室ってことですか」

「まあ、そうなります」

池上は積極的に認めたくないという顔つきだった。

「密室で死亡しているから、考えられるのは自殺かあるいは衰弱死。少なくとも表面上は」

含みのある言い方で、池上自身が疑念を抱いているのは明白だった。

「密室っていう状況が気に食わないみたいっスね」

「出来過ぎ感が否《いな》めません。もっとも死んだのが引き籠りの三十年選手なら、あながち有り得ない話じゃありませんがね」

「ひょっとして、死因はまた餓死ですか」

「死体は一階に下ろされて、現在国木田検視官が検視の真っ最中です」

「これも国木田さんですか」

古手川は小さく唸《うな》る。広町邦子を検視したのも国木田だったので、ますます事件は同じ色合いを強めていく。

しばらくすると、作業を終えたのか鑑識係数人が玄関から吐き出されてきた。最後尾には国木田の姿も見える。

「よくかち合うな」

古手川の姿を認めた国木田は、少々うんざりしているといった態度だった。相手がうんざりしようがしまいが関係ない。古手川はずかずかと国木田に歩み寄る。

「検視、終わったみたいですね。死因はやっぱり餓死ですか」

「そういう訊かれ方には反発したくなるが、残念ながら当たりだ」

国木田は忌々《いまいま》しそうに言う。

「見るかね」

答えるまでもない。死体の状況いかんで県警が動くかどうかが決まる。古手川と池上は手袋を嵌《は》めて臨場する。

死体は裸に剝かれて居間に置かれていた。肥満体型であり、水や食事を断っていたせいで全体の皮膚が弛《たる》んでいる。広町邦子の死体を彷彿《ほうふつ》させるもので、ここでも古手川は既視感に襲われる。

「死後硬直は完全に緩解《かんかい》している。屋根裏部屋では空調が掛かっていたが、死後約三週間は経過していると思われる。乾燥しきっていて角膜の混濁からは死亡推定時刻が算出しにくい。広町邦子と同様に目立った外傷もなく、死因は脱水症状による臓器障害の可能性が非常に高い」

臓器障害という言葉は強烈な腐敗臭によって説得力を持っていた。口腔から漏れ出ている異臭をまともに嗅《か》いだら、しばらく嗅覚が麻痺するかもしれない。同様な乾燥状態に置かれた広町邦子の時よりも臭いがきついのは、個々の条件に違いがあるからだろう。

「前みたいに被害者が拘束されていたとかは考えられませんか」

これには池上が代わって答えた。

「古手川さん、今回はさすがに拘束云々の可能性は希薄なんですよ。内側からロックを掛けていたんですから」

「広町のときのこともあるので口腔内を確認したのだが、わずかな擦過傷もなかったよ。現状では事件性を積極的に認められない」

密室に納得がいかないという池上も、堅市が拘束状態ではなかったという事実には反論できない。

「鑑識作業もあらかた終わったようだから、現場を見てくるがいい」

国木田の勧めに従って、古手川と池上は屋根裏部屋へと向かう。階段に向かう途中で台所に入ったが、テーブルの上を見て池上の言葉に納得した。

テーブルの上には食料品とペットボトルの飲料水が所狭しと置いてあった。一人分としても一カ月分はあるのではないか。近くにいって一つ一つ手に取ってみると、いずれもほとんど調理の必要のないもので、電子レンジで温めればいいだけのものばかりだった。台所に来さえすれば決して飢えることはない。

「さっき夫婦は三週間ぶりに帰宅したと言ってましたね」

「入院治療ですよ。悦子が肋骨を折り、かかりつけの病院で治療している間、夫の勲も泊まりがけで付き添いをしていたのです」

「三週間も泊まりがけですか。ずいぶん甲斐甲斐《かいがい》しい旦那ですね」

「お互い八十歳というんですから偕老同穴《かいろうどうけつ》というやつじゃありませんか」

聞き慣れない四字熟語を耳にし、古手川は咄嗟《とっさ》にキャシーを思い出す。もっとも彼女の場合は時折意味をはき違えているのだが。

「冷蔵庫には堅市宛ての伝言メモも張ってありましたよ。入院治療に付き添うからしばらく帰れない。食料品を買い溜めておいたから自分で何とかしろ。そんな趣旨の内容でした」

携帯端末への通信ではなく、メモ書きで残しておくというのが、いかにも老人の行動だと思った。しかし考えようによってはメールでやり取りするよりも分かりやすい。

「本人のスマホにはメールしなかったんですかね」

「スマホは布団の上から見つかりまして、既に押収済みです。さっき受発信の履歴を確認したんですが、一カ月以上誰とも交信していません。本人がスマホを弄《いじ》るのは、もっぱらゲームだけだったようですね」

「病院にも警察にも連絡していないんですか」

「それが自殺説の根拠の一つになっています。まあ、本人には連絡を取り合う知人もいなかったみたいですけどね」

絶食と脱水状態が続けば体調にも変化が訪れる。本人にも自覚症状があったはずだ。それにも拘わらず誰にも連絡しようとしなかったのだから、本人が自発的に死を選択したと判断して無理はない。

次に二人は階段を上がっていく。鑑識作業は終えたようだが、階段には歩行帯が敷かれたままなので窮屈なこと極まりない。

二階廊下に上がった途端、視界の隅を小さな点が高速で移動した。目の錯覚かと思ってよく見るとクモの子が這い回っている。それも一匹ではなく四匹が確認できる。クモはゴキブリなどをエサにしていると聞いたことがある。一度にこれだけのクモを見かけるということはゴキブリが多く生息している証左かもしれない。

　屋根裏部屋からは折り畳み式の梯子が下りている。なるほど天井蓋の開閉はロック式で開閉棒を使用するタイプだった。

「駆けつけた警官は脚立と開閉棒を調達してきてロックを解除したようです。天井までの高さは二メートル以上ですから、デニス・ロッドマンでもなけりゃ手が届かない」

　池上を先頭にして屋根裏部屋に上る。梯子は華奢《きゃしゃ》な造りで、同時に大人二人が乗れば容易《たやす》く折れてしまいそうだ。現に池上一人が体重を懸けるだけで梯子が軋《きし》む。

　屋根裏部屋は存外に高い。古手川が背を伸ばしてみても、ぎりぎりで頭が天井につかない。広さは六畳程度で端にはベッドマットと布団が敷かれている。

「スマホは布団の上に、無造作に置いてあったそうです」

「警官は死体が目の前にあったのに落ち着いて観察できたんですね」

「いや、死体に慣れていた訳じゃなく、すぐ梯子を下りて所轄に通報したらしいです。室内を仔細に観察したのは、現場保存のために父親を連れ戻しに行った際だと証言していますから」

　事前に聞いていた通り、窓は一つもない。ただしエアコンと換気口があるので長らく閉じ籠っていても酸素不足には陥らない。もっとも死臭が布団から漂っており、長居はできそうにない。部屋というよりは巣窟《そうくつ》と形容した方が相応しいのではないか。

　天井には埋め込み型のダウンライトが二基あるので明るさは充分だ。卓上には薄型テレビとゲーム機があるだけで他には何も見当たらない。部屋の隅にはカラーボックスを重ねた本棚が鎮座しており、コミックとブルーレイのソフトが整然と並んでいる。背ラベルを眺めると一枚残らずアイドルグループのものだった。

ゴミ箱はあるものの、床には食べ終わった菓子袋と空《から》になったペットボトルが転がっている。食べカスもあちらこちらに散乱しており、これならゴキブリが大量発生してむしろ当然と思えた。

池上はひと通り部屋を見回した後、感心したように呟いた。

「何というか、引き籠りのオタクのモデルルームみたいですね」

オタクの生態や分類がどんなものか詳しく検討したことがないので、古手川はコメントを控えた。一つの言葉で全部を括《くく》るのは誤認の元だと上司に教えられている。

「最近は書籍もゲームソフトも通販で買えちゃいますからね。引き籠りになる条件が整っている」

「好きなものを買うくらいのカネはあったんですね」

「親がクレジットカードを与えていたみたいです。そう聞くと、引き籠りの原因の一つは親にあったんじゃないかと思ってしまいますよ」

これにには古手川も同感だった。

「この狭苦しい部屋で、スマホがあるにも拘わらず誰にも連絡せず、内側からロックしてじっと死を待つ。考えてみると、と言うか考えるまでもなく悲惨ですね」

「わざわざ餓死を選んだのは、この部屋の中に殺傷能力を持つものがなかったせいですかね」

古手川は口に出してから、改めて部屋を見回す。ハサミやカッターナイフといった先端の尖《とが》ったものは何一つない。薄型テレビで自身を殴りつけても死亡には至らないだろうし、首を絞める紐状のものもない。自殺できそうな道具を全て排した独房みたいだと、その時に気づいた。

本人の意思で閉じ籠り、外部との接触を拒んだ独房。この屋根裏はちょうどそんな部屋だった。

見るべきものを見たので、二人は一階に戻る。別室では隅田夫婦が待機しているはずだった。

「ご迷惑をお掛けしております」

初対面で、勲は深々と頭を下げた。隣に座っていた悦子は呆然としたまま機械的に頭を下げる。

「肋骨を折られてずっと入院していたそうですね。もう大丈夫なんですか」

古手川が問い掛けると、勲が代わって答える。

「歳を食っているので治療に時間がかかりましたが、命に別状あるような怪我じゃなかったんです。退院の許可ももらっていますし」

「三週間も家を留守にして心配じゃなかったですか。息子さんは引き籠りだったんですよね」

「だから入院が決まると、急いで一カ月分の食料と水を用意しておいたんです」

「しかし用意された食料品や水には一切手をつけていなかったようですね」

「ええ、わたしがホームセンターで買ったものだから大体の内容は憶えています」

「状況としては、息子さんが自発的に餓死を選んだ格好になっています。自殺の動機に心当たりはありますか」

「引き籠りになった時点で、普通は自殺したくなるものだと思っています」

勲は物憂《ものう》げに言う。

「世間や家族に絶望したから殻に閉じ籠る訳ですからね。実際この三十年近く、堅市はしょっちゅう何かに怒って苛々《いらいら》しているようでした。引き籠りの原因は職場環境でしたが、きっと現実の社会に馴染めなかったんだと思います。それでもわたしたち夫婦と同居していたのが、わずかながら安全弁になっていたような気がします。今となっては、ですが」

「ただ生活費の問題ではなく、肉親が同居していれば安心感があるという意味ですか」

「普通はそうでしょう。殊に堅市の精神年齢は見かけよりずっと低かった。三週間も独りぼっちになって、今まで騙《だま》し騙しだったことに改めて気づいたのだと思います」

「たとえばどんな」

「自分にはまるで生活能力がなくて一人では生きていけないこと。世の中から要らない人間だと烙印《らくいん》を押され、ハローワークを訪れても門前払いを食らうこと。情けない話ですが自分はクズなんだと自嘲してもいました。自分に生きる価値がないと思い込んでいたら、いつ自殺しても不思議じゃない。わたしたち夫婦はそれを必死に押し留《とど》めていたんです」

その両親が三週間も不在になってしまったので、普段は抑止されていた自殺衝動が発現してしまった。解釈としては成り立つ気がするが、古手川はまだ納得できない。

「今まで長期間、家を空けたことはありませんでしたか」

「堅市を一人きりにしたことは一度もありませんでした。この三十年近く旅行に行ったこともなかったですから」

引き籠りであったと同時に、両親に依存しきっていたということか。それなら自殺の動機が更に補強される。

しかし古手川はどうしても広町邦子の事件と比較してしまう。

鬱屈《うっくつ》した人間は自分か他人に攻撃的になる。

上司である渡瀬からの受け売りだが、広町邦子の事件はその教示を実感させるものだった。隅田堅市は自殺したと断定するには、類似している要因を一つ一つ排除していかなければ納得できない。

「失礼ですが息子さんから日常的に暴力を受けていませんでしたか」

勲の眉がぴくりと反応した。

しばらく黙り込んでいた勲は、やがて穿《は》いていたジャージのズボンの右裾を捲り上げた。

腿から膝にかけて大小の痣が浮かんでいた。

「ご覧の通りです。白状しますと悦子にも同じくらいの数、痣が残っています」

「じゃあ奥さんが肋骨を折ったというのも」

「蹴った本人にそんな気はなくとも、わたしたちの身体がひどく脆くなっていますから。不可抗力とまでは言いませんが、事故に遭《あ》ったんだと思えば腹も立ちません」

勲の弁に呆れたのは池上だった。

「それが事故なら、世の中の暴力沙汰は全部事故扱いになってしまいますよ」

「他人様《ひとさま》が怪我をするよりはずっとマシでしょう。子どもの相手をしてやるのも親の務めです」

言っても無駄だと思ったのか、池上はそれ以上追及しなかった。

事情を聞けば聞くほど自殺説が濃厚になっていく。だが古手川は無駄と分かっていても確認しなければならない。

「ご両親は、息子さんの解剖に同意されますか」

国木田が事件性を認めなければ、遺体はこのまま荼毘《だび》に付《ふ》される。解剖さえすれば、死因が本当に脱水症状による臓器障害であるかどうかを特定できる。

「お断りします」

予想通りの回答だった。

「周囲から疎《うと》まれ、世間に弾かれてきた息子です。死んでからも痛い目に遭うなんてひど過ぎる。できるだけ早く供養してやりたいのですよ」

勲の言葉に悦子がこくこくと頷いてみせる。これで遺族の承諾は得られないことが確定した。残る手段は国木田が司法解剖の必要を認めるか、あるいは浦和署署長による新法解剖の指示だけだ。

隅田夫婦からの事情聴取を終えて家を出ると、ちょうど堅市の死体が搬出される最中だった。国木田は二人が出てくるのを待っていてくれたらしい。

「それで県警捜査一課の判断はどっちなんだ」

わざわざ主語を大きくしたのは、古手川の背後に渡瀬の影を見ているからだろう。渡瀬ならこの局面でどんな決断を下すのか考えてみる。

駄目だった。まだあの上司の境地には到底辿り着けない。分かっているのは、どちらにしても中途半端に済ませたら途轍もない面罵が待っていることだ。

「今しがた、堅市から日常的に暴力を受けていたと父親が証言しました。母親も同様で、肋骨が折れたのも息子の暴力によるものでした」

「ほう。自分から打ち明けたとは殊勝《しゅしょう》じゃないか」

「どうせ服を脱がされたら一目瞭然ですからね。自分から白状した方が却《かえ》って疑われないだろうと計算したんですよ」

「じゃあ自分たちの身を護《まも》るために息子を殺害したとは自白していないんだな」

「そもそも引き籠ったのが自殺の原因だったと言っています。死後も辛い目には遭わせたくないから解剖には反対だそうです」

「遺族ではなく君の意見を訊いているんだが」

「逆効果でした。自分たちが息子の暴力に晒《さら》されていたのを打ち明けたことで、余計怪しくなりました」

「どういう理屈でだ」

「そんなに死んだ息子を大事に思っているのなら、自分たちに危害を加えた事実は伏せようとするはずです。違いますかね」

「一理あるな。しかし、それだけでは事件性の判断材料としては不足だ」

国木田は話にならないといった風に片手を振る。

「釈迦《しゃか》に説法だろうが、県警の予算は無尽蔵《むじんぞう》じゃない。少しくらい腑《ふ》に落ちないからと全ての異状死体を解剖していたら、終《しま》いには職員の給料すら遅配するようになるぞ」

いつも最後はカネの問題か。

犯罪の検挙や真実の追及が予算の多寡《たか》で左右されるのは業腹《ごうはら》だったが、国木田に文句を言っても始まらない。

「検視官、時間をもらえませんか」

そう申し出るのが精一杯だった。

「隅田堅市が謀殺《ぼうさつ》された可能性を咥《くわ》えてくるか」

「現状でも、自殺と確定した訳じゃない。事件性なしと判断するのは早計です」

「君は本当に変わらんな」

国木田は心底呆れた様子だった。

「上下関係もへったくれもなく、自分で納得できなければ梃子《てこ》でも動かん。あの班長にしてこの部下ありだな」

「誉め言葉と受け取っておきます」

「前回は君の粘りが功を奏した。その実績に免じてやる。ただし猶予《ゆうよ》は二日だ。浦和署の霊安室もあまり広くないからな」

　国木田本人は憎まれ口を叩いたつもりだろうが、渡瀬に比べれば社交辞令のようなものだ。古手川と池上は死体を載せた搬送車が出て行くのを見送る。

「さて。俺はあんな風に大見得切っちまいましたけど、池上さんはどうしますか」

「この後は近隣の訊き込みをするつもりなんでしょう。付き合いますよ」

　いかにも仕方ないといった口調だった。

「古手川さんは自分自身を信じている訳じゃないでしょう。誰かの実績や知見を徹底的に信じている。だから検視官相手に強気で出られる。少し羨ましくなりましたよ」

3

　宣言した通り、古手川は池上とともに近隣への訊き込みを開始した。当該地域は産業道路を挟んだ住宅地で、一般住宅と店舗が混在している。二人が飛び込んだのは隅田家の右隣で店を開いている薬局だった。郊外でよく見かけるようなチェーン店のドラッグストアではなく、こぢんまりとした家族経営の薬局のようだ。

「あー、お隣ねえ」

　白衣姿の女店主は困ったように首を傾げた。

「堅市くんを小さい頃から見ているからねえ。屋根裏部屋で孤独死しているって聞いた時には、何ていうかこう、切ないものがあったよ。ほら、遠くの親戚より近くの他人っていうじゃない。折角のご近所だから何とかしてやりたかったんだけどねえ」

未練そうな口ぶりに隅田家の抱えていた事情が透けてみえる。

「堅市さん、あまり外出はされなかったみたいですね」

古手川が尋ねると女店主は何を今更という顔を向けた。

「そりゃあ引き籠りだからね。しょっちゅう外で見かけたら引き籠りなんて言わないでしょ」

「自宅とコンビニを往復するだけなら充分引き籠りと呼ぶらしいですよ」

「堅市くんはコンビニすら行かなかったから、完璧な引き籠りだったのよ。冷食の会社を辞めるまでは普通の暮らしをしていてさ。顔を合わせたら必ず挨拶《あいさつ》をする子どもだったのよ。会社を辞めてからは本当に一度も顔を見なくなって。時々お隣から声が聞こえるから居ることは分かるんだけど」

「家の中から声が聞こえるというのはあまり普通じゃありませんね」

「だって普通じゃないんだもの」

隅田家に同情しているようで、物言いはまるで容赦ない。

「朝昼晩構わず聞こえてくるのよ。奥さんの悲鳴と堅市くんの怒鳴り声。ご主人がリタイアしてずっと在宅するようになったら少しは治まるかと思ったけど、変わりなかったから」

「声だけですか」

「刑事さんだから正直に言っちゃうけどさ。ウチ、こういう商売でしょ。隅田の奥さんがさ、よく絆創膏《ばんそうこう》とか包帯を買いに来てくれるのよ。恥ずかしそうにさ。こっちも事情を知っているから何食わぬ顔して商品包んでさ」

「怪我が絶えなかったみたいですね。しかし絆創膏の類《たぐい》ならコンビニにも売っています。わざわざ恥ずかしい思いをしてまでお隣で買うというのはどうしてですかね」

「最初のうちはスーパーやコンビニで済ませてたみたいだけど、七十を過ぎた頃になると遠出がきつくなったのよ。コンビニに置いてある絆創膏は小さいサイズしかないし」

女店主は暗に隅田夫婦の怪我が軽度ではなかった事実を告げている。古手川は胸糞《むなくそ》が悪くなるのを堪えられない。古手川は多感な時期に家庭が崩壊同然の憂《う》き目《め》に遭っている。両親に対して敵意を抱いたのも一度や二度ではない。それでも相手を殴りたいとは毛頭思わなかった。幼いながらの倫理観が歯止めになったし、親に手を上げるのは卑怯《ひきょう》な気がしたからだ。

思っていたことが顔に出たのか、女店主は我が意を得たりという風に頷いた。

「刑事さんも嫌な話だと思うだろ」

「どちらにせよ親子間の暴力というのは捜査していても気が滅入《めい》りますよ。隅田家は最近も暴力沙汰が続いていたんですか」

「奥さんが入院した日までずっと。憂さ晴らしだったんだろうねえ。大声で叫んだのはあの夜が最後でさ。憂さ晴らしする相手がいなきゃ叫ぶこともない。隅田さん夫婦が退院してくるまで、物音は一切聞こえなかったから」

「奥さんが入院する直前まで続いたんですね」

「違うわよ。最後に堅市くんの声を聞いたのは奥さんが入院した日の深夜。そりゃあもう今まで聞いた中でも一番の大声で、いったい何時だと思って時計を見たから憶えている。確か夜中の三時過ぎ。ああいうの断末魔の叫びっていうのかしらね」

「怒鳴っているのではなくて叫びですか」

「そっ、ぎゃあああああって。まるで思いきり踏んづけられた猫みたいな声」

夜中の三時過ぎ。その時刻、隅田夫婦は病室にいたはずだ。

「奥さんが入院してご主人が付き添い。二人が帰ってくるまで、家の中には堅市さんしかいなかったんですよね」

「そのはずよ」

「その間、他の誰かが訪ねてきたりはしませんでしたか」

「ないわねえ。わたしが知らないだけかもしれないけど」

薬局を出た古手川は堅市が発した叫び声について、池上に意見を求めた。

「想像ですけどね、古手川さん。真夜中に起きた堅市が何らかの理由で腹を立てた。ところが鬱憤を晴らす相手の両親が不在だったので怒り狂ったんじゃないですか」

「怒り狂っての叫びですか。まるで赤ん坊だ」

「五十にもなって親に寄生しているようなヤツは赤ん坊ですよ。三食は用意してやらなきゃいけない。自分本位の理由でむずかる。腹を立てたら喚《わめ》く、暴れる。赤ん坊なら成長していく楽しみがあるが、五十過ぎは老いていくばかりです。親の気持ちを考えると居たたまれませんよ」

二人は訊き込みを続けたが、証言内容は薬局の女店主と大差なかった。どの家の住人も堅市の暴力に気づいており、隅田夫婦に同情を寄せていた。

「何度か警察に相談したらってアドバイスしたんだけどね、奥さんが警察沙汰だけにはしたくないって」

「俺らもガキの頃から堅市くんを知っているから、どうにも悪者扱いできなくてなあ」

「真夏でもね、痣を隠すために長袖を着ているのよ。それでもウチのことはウチで解決するからって頭下げられたら何も言えないよ」

「この辺、訊き回っているんでしょ。だったら分かると思うけど、ここいら一帯《ち》は家族構成が似ていてさ。老いぼれ夫婦に四、五十の子どもってのが多い。だから隅田さん家のことが他人事じゃないんだよ。みんな同情するというより身につまされてるんだ」

「息子がおかしくなったのはやっぱり隅田さんのせいでもあるんだよ。あれは育て方が悪かった。二十歳《はたち》を過ぎればみんな大人だ。四の五の言わずに家から追い出しゃよかったんだ。いつまでも親が護ろうとするから、精神年齢が子どものまま歳だけ取っていくんだ」

「ご近所だし、堅市さんのことは知っているから皆はっきりとは言わないけどさ。中には胸を撫《な》で下ろした人もいるのよ。ほら、最近引き籠りだった人間が街に出て見ず知らずの人を襲う事件があったじゃない。人権とか偏見とかうるさいから口にはしないけど、やっぱり子どもを持つ身からすると引き籠りって犯罪予備軍に見えちゃうのよね。堅市さんだってお母さんたちからは怖がられていたのよ。いつかとんでもないことをしでかすんじゃないかって。だから今度のことで堅市さんが自殺してくれて、ほっとしているのが本音だったりする訳」

ひと通り訊き込みを終えた古手川は、いつにも増して虚しさを覚える。単細胞が靴を履《は》いているような男だから、白黒が不明瞭な事件には納得がいかない。加害者にも同情すべき点があり被害者にも落ち度があるような事件に耐性がない。

「池上さん、隅田夫婦の入院先に興味ありませんか」

「どうせ近所だし、元々行くつもりだったんでしょう」

香坂医院は同じ町内にあった。大病院ではなく、古くから地元で開業しているらしく白い壁はいい具合にくすんでいる。看板を見れば内科、耳鼻科、泌尿器科、小児科、産科と沢山あるので、医師も複数在籍しているに違いない。

院長の香坂は四十代と思しき男で、隅田夫婦の事件を切り出すと咳払《せきばら》いを一つしてから喋り出した。

「近所ということもあって、ここ最近ご夫婦はわたしが診察していました。奥さんに認知症の兆しが認められた時期と前後して、ご主人にも老化による動脈硬化が認められたので定期的に通院することになったんです」

「隅田夫婦の身体には数多くの痣や傷がありました。夫婦の話によれば堅市さんから受けた暴力の痕でした」

「わたしには転倒してできた傷痕だと言い張っていましたけどね」

「自己申告を信じたんですか」

「まさか。これでも医者の端《はし》くれですからね。転倒した痕にしては患部が妙な位置であることくらい勘づきますよ」

香坂はやんわりと抗議する。

「家庭内暴力であるのは容易に想像がつきましたし、わたしもそれとなく水を向けたのですが、怪我をしている本人たちに違うと言い張られては、それ以上の追及ができませんでした」

高齢者への虐待が明白な場合、「高齢者虐待の防止、高齢者の養護者に対する支援等に関する法律」により診察した医師には通報の義務が生じる。ただし通報を怠《おこた》ったとしても罰則規定はなく、あくまでも家庭内の問題だからと当事者に押し切られればこちらが退くしかない。

「古くからの開業医では地縁を無視できない事情もあります。しかし隅田さんの場合は完全にわたしの判断ミスでした」

「しかし夫婦は三週間ここに入院していたために、それ以上の難を逃れました。死んだのも加虐側でした。ご自身を責める必要はないように思います」

「そう言っていただくのは有難いですが、つまりは結果論です。判断の甘さを痛感した一件です。かかりつけの医者には隠していたのに、刑事さんにはあっさり打ち明けたというのも、いささか職業的な自尊心が傷ついていますしね」

「人一人死んでいるんです。関係者に秘匿《ひとく》され続けているようじゃ、刑事のプライドはずたずたですよ」

古手川と香坂は気まずそうな顔を見合わせる。互いに幼稚なプライドを披瀝《ひれき》し合って、この件はお終いだ。

「ところで、この病院はずいぶん前から建っているようですね」

「建てたのは親父でしてね。わたしは二代目ですよ。十年ほど前に父親がリタイアしたと同時にスタッフごと経営を引き継ぎました」

「上手い具合に引き継ぎができましたね。そういうのは珍しい例じゃありませんか」

「いや、どちらかといえば医者あるあるの部類ですよ」

香坂は苦笑いを浮かべて言う。

「こんなことを言うと経済格差とか教育格差とか怒り出す人がいますけど、医大に入ろうとすると中高から偏差値の高い学校に行かなきゃいけない。頭の出来がそこそこなヤツは塾にも行かなきゃならない。めでたく医大に入学できたとしても入学金や授業料がバカ高い。当然、親に経済力がなかったら続かない訳です」

説明されればなるほどと頷くしかない。

「今のは医者を目指す者の事情ですが、一方医療現場を巡る問題もあります。大学病院とかはともかく、医師は中央に偏在していて大都市以外の地方自治体は慢性的な医師不足に悩んでいる。実際、そういう場所の医師は重労働なんです。人手不足だから労働時間も長いし、訴訟リスクの高い小児科や産科も手掛けなきゃいけない。急患を断れないから実質は二十四時間態勢になっている。世間一般の見方では立派なブラック企業ですよ。実際、過労死した医師も少なからず存在しますしね」

医師が過労死するとはジョークとしても笑えない。喩《たと》えるなら消防署が火事になるようなものだ。

「そんな状況で医療現場は苛酷ですが、医者を親に持つ子どもは物心つく頃から現場を見慣れているので、さほど激務だと思わない。だから医者の仕事を引き継いでも何とかこなしてしまう。医者は家業だと言われる所以《ゆえん》ですよ」

自虐と誇りが同居したような口調だが嫌みではなかった。むしろ己の戦場をここと定めた覚悟が感じられて頼もしくさえある。

「先生が隅田夫婦の主治医になられた経緯は分かりました。では堅市さんはどうですか。彼もいざ治療ということになれば最寄りであるこの病院を訪れると思いますが」

「息子さんですか。いや、幸いと言うべきかわたしが継いでから彼が来院したことはなかったと思います」

「堅市さんはこの町で生まれ育ちました。生まれてからずっと病気知らず怪我知らずというのは、考え難いですね」

「親父の代に診療に来たかもしれませんね」

「もし診察したのならカルテは残っていませんか」

「カルテの保管期間は五年と定められています。大きな病院なら保管場所にも困らないのでしょうが、ウチのような町医者では場所を確保できませんからね。親父の作成したカルテが何年分か残っているはずですが、それだってほんの一部ですからね」

「その中に隅田堅市の受診記録があるかどうか調べていただけませんか」

「今すぐというのは難しいですね」

こんな時、相手の都合を優先させるのが社会的常識なのだろうが、生憎《あいにく》古手川の辞書には落丁や乱丁が多かった。

「実は二日間で事件性の有無を見極める必要があります。最優先でお願いします」

「……ちょっと強引な気がしますね。事件性の有無というのは、ひょっとして解剖絡《がら》みの問題ですか」

「そう捉えてもらって結構です」

香坂はしばらく古手川を軽く睨んでいたが、相手が融通の利かなそうな男だと判断したのかやがて小さく嘆息した。

「本日中に確認しておきましょう」

「よろしくお願いします」

医院を出ると、今まで発言を控えていた池上が訊いてきた。

「古手川さん。隅田堅市の受診記録に拘泥《こうでい》するのには何か理由があるんですか」

問われて古手川は考え込む。自分の考えを言語化しようと試みるが、自前の辞書は収録語彙《ごい》も不足している有様だ。

「言葉にするのは難しいんですけど、要するに勘です」

答えを聞いた池上は明らかに呆れていた。

「ずっと、そういう捜査手法なんですか」

「と言うより、頭に引っ掛かったものを放っておくなと厳命されているんです。今の上司に」

「ああ、捜査一課の渡瀬警部」

「お前の皺《しわ》の少ない脳みそにさえ引っ掛かったものなら、よっぽど間尺《ましゃく》に合わないものに違いない。だから徹底的に解していけば何か分かるだろうって」

「……色々と昭和の香りがする職場なんですね」

「班長が班長ですから。元号が変わったところで人が変わる訳じゃないってのが口癖《くちぐせ》の刑事ですよ」

「それは確かにその通りだと思いますが……次はどこに行きますか」

「隅田悦子の入院が決まった日、勲が息子の食料品を買い求めたホームセンターに行きましょう」

　当該のホームセンターは隅田宅から六ブロック離れた場所にあった。広大な駐車場を擁する郊外型ではなく、コンビニエンスストアを二店舗併《あわ》せたほどの規模だが、生活必需品や食料品を中心とした品揃えなので住宅街では重宝されているのだろう。平日ながら客は少なくない。

　受付カウンターで来意を告げると、奥の部屋からエプロン姿の店長が小走りでやって来た。犯罪捜査で刑事の訪問を受けたのは初めてだと言う。

「四月十九日の夕方頃の購入履歴を見たいのですが」

　勲は買い物をした日時と場所を証言したものの、証憑《しょうひょう》となるレシートは保管していなかった。買ったものを自宅台所のテーブルに並べた後、レシートはどこかに紛失してしまったのだ。自営業者でもない者がレシートをいちいち保管しておくはずもなく、第一買い物をしたのは三週間前だった。仮にポケットに突っ込んでいたとしても、着替えや洗濯をしていれば失うのがむしろ当然と言える。

「店のジャーナルを確認します」

ジャーナルというのは当日の売上内容が印字されたもので、閉店後はレジを締める際に印字し保管されるのが一般的だ。尚ジャーナルは帳簿書類に該当するため、発行した事業年度の確定申告提出期限の翌日から七年間の保管義務がある。

「お客様個別の記録を調べるとなると、ジャーナルを全部解かないと」

「現物を拝見してもいいですか」

「どうぞ」

店長に案内されてバックヤードに足を踏み入れる。鍵付きのキャビネットから取り出されたのは、ロール状になった感熱紙だ。

「ウチはレジが四ケ所あるので、ジャーナルも四個以上あります」

ジャーナルの端には日付が書き込まれている。四月十九日付のものを探すと、全部で十巻あった。

勲からは来店した大体の時間を聞いている。台所のテーブルに置いてあったのがカップ麺にレトルト食品。レンジで温めれば炊き立て状態になる白米。ミネラルウォーターと乾燥タイプの即席味噌汁。卵ワンパックは冷蔵庫に収めたという証言だった。

合致する時間帯で範囲を絞《しぼ》っていくしかない。

「たまにレジの現金が合わなくなると、ジャーナルを解いて照合するんですが、慣れたわたしでもひと巻き一時間はかかりますよ」

十巻を二人で分けて五巻。作業を想像するとうんざりしたが、言い出したのは古手川だから他人任せにはできない。

「署に持ち帰ってもいいですか」

「返却していただけるのなら、ウチは一向に構いませんけど」

二人が次に向かったのは大宮《おおみや》署だった。ここには県警本部の鑑識課と科捜研が入っている。古手川は勝手知ったる家のように鑑識課のフロアに進む。

「そろそろ来る頃だと思っていた」

古手川たちを出迎えたのは鑑識課の土屋《つちや》だった。鑑識課に配属されて長く、見識の深さから渡瀬の信頼を得ている。刑事部のみならず県警本部内で鼻つまみ者の渡瀬だが、実は隠れた支持者が少なくない。土屋もその一人で、文句を垂《た》れながら渡瀬班の我がままに付き合ってくれている。

「一応、解析したが、ほとんどがゲームとアイドルの公式サイトに費《つい》やされている。残りは定番のエロサイトだ」

現場で押収された堅市のスマートフォンは土屋によって丸裸になっていた。携帯端末は個人情報の宝庫だ。簡単な解析ツールだけでもおよその趣味嗜好《しこう》や行動が白日の下に曝される。

「SNSはツイッターだけで、本人が撮った画像は皆無に近い」

「まあ引き籠りですからね。屋根裏部屋にインスタ映《ば》えするようなものは置いてないでしょうし」

古手川のみならず捜査員たちが疑念を抱いたのは、身近に携帯端末がありながら堅市が何の操作もしなかった点だ。

「四月十九日の午後十時二十分にアイドルのツイートに返信したのが最後。それ以降は一日の大半を費やしていたゲームにもアクセスしていない。無論、ツイッターも沈黙したままだ」

現場が密室且《か》つ内側からロックが掛かっており、本人が敢えて絶食していることから、捜査員の大部分は堅市の自殺説を支持していた。四月十九日の夜、惰眠《だみん》から目覚めた堅市は階下に両親が不在なのを知る。その時、両親に寄生しなければ生きていけない自分に絶望して餓死を決意したという説だ。確かに現場の状況からは自殺以外の解釈が思いつかない。

一方、捜査員の一部が自殺説に懐疑的なのは、このスマートフォンの件があるからだ。それまで現実世界と隔絶しネットの世界にどっぷり嵌《はま》っていた人間が自殺を決意したのなら、せめてSNSで遺書じみたものを残すのでないかという理屈にはそれなりに説得力がある。古手川が土屋に保存、あるいは消去された情報の解析を依頼したのは、こうした疑問を払拭するためだった。

「サイトの履歴を削除した形跡はない。本人は日常的にツイッターで呟いていたが、どんな差別的発言も削除していない。アイドルのツイートへの返信も含めて、とにかく思いついたことをそのまま吐き出している。他人の悪口が七割、自己憐憫が二割、あとの一割が呪いといったところだ」

「全部捻《ね》じ曲がってますね」

「現実の人間と碌に会話もせず、ネットの尖った言説にばかり触れていると、耐性のないヤツは大抵こうなる」

「そういうヤツが自殺を決意した際、遺書を残すと思いますか」

　人の気持ちは悪魔でも分からないという格言があるが、と土屋は前置きする。

「発言内容を見る限り、死んだ男は強烈な自己顕示《けんじ》欲の持ち主だ。そういうタイプの男が人生の幕引きをしようって時に無言でいられるかどうか、疑わしいもんだ」

「本人の呟きを纏《まと》めたものはありますか」

「死ぬ一週間前から時系列に並べたものを出しておいた」

　突き出されたＡ４サイズの紙片は全部で十枚。堅市はケーチャンというハンドルネームを使用している。古手川は池上と内容に目を通し始めた。

『今日も愚母の作ったクソまずい飯を食べる。これで体調の悪くならない僕は意外に基礎体力があるかもしれない』

『また愚母がハローワークとか言い出した。馬鹿だな、今は働いたら負けの時代だってのを知らないのか』

『僕のような優秀な人材は工業製品の生産よりはむしろ創作活動に投入した方が国家的利得では

ないかと思う』

『ゲームクリエイターとしても僕はなかなかのものだと自負している。まだゲームを作ったことはないけど』

『大体、この国には僕の能力を生かせる場所が存在しない。敢えて犯人捜しをするなら、就職超氷河期を招いた政治家どもと老害の団塊《だんかい》世代。あいつらが日本をダメにした』

『汗水たらして働いている奴らの気がしれない』

『それにしても神楽坂《かぐらざか》46の梨乃《りの》は最近生意気だな。やっぱり僕が叱ってあげないといかんようだな』

一枚目を読んだだけだが、古手川は早くも気分が悪くなった。土屋の言った通りだ。これほど自己愛と自己顕示欲で膨《ふく》れ上がった人間が遺書を残さずに自殺するとは到底考えられない。池上も似たような感想らしく、紙片から上げた顔には嫌悪感が漂っている。

「刑事がこんなことを言ってはいけないのは重々承知していますが、今回ほど被害者に同情できない事件はありませんね」

キャシーによれば引き籠りは病気の一種であり、その行動は症状として説明がつくという。それが本当であれば病人相手に悪態を吐いていいはずはないのだが、池上の気持ちが痛いほど理解できる自分はいったい何なのだろうか。

「死ぬ時くらい両親に感謝の言葉一つあってもいいのに、それもない。自分がどん底の生活をしているのは全部他人の責任だと言って憚《はばか》らない。本人の呟きを眺めていると、ひたすら気が滅入ってきますよ」

「とにかく本人のスマホからは、自殺説を裏付けるものがないようですね」

二人は浦和署に移動し、ホームセンターから借り受けたジャーナルを解く作業に入った。当初覚悟していたように手作業は存外に手間がかかる。感熱紙に刻まれたカタカナと数字を追っていくだけで目が疲れる。

「でも、この作業もなかなか興味深いところがありますね」

手を動かしながら、池上は満更でもなさそうに言う。

「何てことのない売り上げの記録でも、こうして眺めていると購入者の私生活が透けて見えてくる。この人はガーデニングに凝《こ》っているんだとか、この人は独身者だとか。考えてみれば、買い物の内容だって立派な個人情報なんですよね」

「俺もそう思います。コンビニで買ったものを部屋でレジ袋から出していると、自分の食生活の貧しさを突きつけられているような気がしますから」

ジャーナルを解き始めて二時間ほど経過した時、古手川の目がとうとうそれらしき売り上げを発見した。時間も合致している。購入品の内容はカップ麺に冷凍食品。レンジで温めれば炊き立て状態になる白米。ミネラルウォーターと乾燥タイプの即席味噌汁。卵ワンパック――。

古手川は最後の品目に注目する。勲の証言にはなかった品物だ。しかも食料品ではなく、急に入用になったものとも思えない。念のために前後の売り上げを確認するが他に該当するジャーナルも見当たらない。

池上に見せたが、彼もまた同様の反応を示す。

「確かにこれっぽいですけど、最後のひと品には違和感がありますね。もちろん日用品には違いないんですけど」

現時点で得られた情報は断片的なものばかりで、直ちに堅市が謀殺されたことを裏付けるものではない。ただし自殺説を補完できる材料も見つけられなかった。約束された二日間の猶予はもうすぐ時間切れになる。

古手川は池上を残し、県警本部に取って返す。幸い国木田をすぐに捕まえられた。

「確かに、おとなしく絶望して餓死を選ぶようなタマじゃなさそうだな」

国木田は土屋がプリントアウトしてくれたツイッターの一覧を眺めて言う。

「呟いた内容だけ読めば犯罪予備軍に分類されてもおかしくない。しかし、犯罪予備軍だからといって自殺しないとは限らない」

国木田が逡巡するのは分かる。状況としては自殺説に異論があるものの、覆《くつがえ》せるほどの証拠はない。ホームセンターのジャーナルから発見された手掛かりも違和感を覚えるという程度で、自殺説を積極的に否定する材料とはなり得ない。

だが、何より古手川の勘が自殺説を否定している。己の知見のなさは誰よりも身に沁《し》みている。県警本部内における評判も決して芳《かんば》しいものではない。それでも渡瀬の言葉に従っていれば、大きく道を逸《そ》れることがないのは知っている。

「わずかでも疑問があるのなら解剖するべきです」

古手川は正面から国木田を見据える。

「しかし何度も言うが、わずかな疑問があるというだけで全ての死体を解剖する訳にもいかない」

「前回の広町邦子の事件、あのまま解剖をしなかったら事件は闇に葬《ほうむ》られていました」

「今度もそうだとは限らん」

「検視官は怖くないんですか」

「何がだ」

「事件性なしと判断した案件が本当は他殺だったらと考えたことはありませんか」

国木田は黙り込む。今まで国木田が検視で見逃した事実が光崎によって暴かれたのは一度や二度ではない。その度に国木田が味わった屈辱や羞恥《しゅうち》は容易に想像できる。

「カネの問題で犯人が罪を逃れるなんて間違っている。そう思いませんか」

問い詰めたつもりだったが、国木田は話を外してきた。

「渡瀬班長の下で、もう何年になる」

「そろそろ十年ですかね」

「十年経って、まだそんな青臭いことを言っているのか」

「悪かったですね、成長しなくて」

「班長から叱責されないか」

「ンなこと、しょっちゅうですよ」

「そうか、分かった」

国木田はふと表情を和《やわ》らげると、諦めるように片手を振ってみせた。

「浦和署の署長に報告しておく。本案件は事件性あり、司法解剖の必要がある」

古手川は頭を下げるが、最後の質問の意味を測りかねた。

「どうして俺が班長から叱られ続けてるのが気になるんですか」

「渡瀬班長とは何度か話したことがある。色んな意味で厳しい人だ」

「同意します」

「そんな上司が飽きもせず叱り続けるのは、君の判断力をある程度認めているからだ。ああいう御仁《ごじん》は使い物にならないと判断したら、その場で本人に辞表を書かせる」

# 4

急遽《きゆうきよ》、古手川から司法解剖の要請を受けた真琴は、今回も餓死案件であることに戸惑《とまど》いを覚えていた。

浦和署から搬送車が到着し、遺体とともに古手川がやってくる。

「実はこんな経緯があった」

古手川の口から事件の概要を聞かされる。確かに自殺を思わせる状況でありながら、本人の希《き》死念慮《しねんりよ》は薄弱に思われる。本人がＳＮＳで呟いた内容に目を通してみたが、このタイプの人間は絶望した時、攻撃衝動は自分よりも他者に向けるケースの方が多い。

「古手川さん、両親を疑っているんですね」

「ああ。息子に暴力を受けて母親が入院する羽目になった。父親も日常的に暴力を受けている。父親の立場なら、これ以上息子の暴走を許しておけないと思うんじゃないのか」

断定口調にならないのは慎重さからではない。古手川が慎重さとは無縁の人間であるのは真琴も知っている。勲の心理を断定できないのは、古手川自身が父親との交わりを持っていないからではないのか。

「納得いかないんだよ」

古手川の言葉には熱があった。

「メシを一日抜いただけでも結構辛いのに、堅市は水すらも飲んでいない。想像するしかないけど、餓死なんて一番苦しい死に方じゃないのか」

「死に至るまでの時間が長いから、そういう言い方もできます」

「スマホの接触が途絶えた四月十九日の夜から絶食が開始されたと思われる。でも屋根裏部屋を一歩出たら食料も水もふんだんに用意されているんだぜ。言ってみれば、目と鼻の先に食い物が置いてある。その状態でハンガーストライキをするようなものだ」

喩えが適当かどうかはともかく、状況としては似たようなものだろう。

「結果として、堅市は誘惑に打ち勝って餓死することができましたって話だけど、そもそもそんな根性があるんだったら引き籠りになんてならないんじゃないのか」

もっともな指摘だとは思ったが、引き籠りが心の病気なら一般論は通用しない。

「まだ日本では、引き籠りの人を患者として認識する土壌が育っていないとキャシー先生から聞かされました」

俄《にわか》に古手川は法医学教室の中を見回す。

「キャシー先生は」

「講義の最中。追っつけ駆け込んでくるはずです」

「俺が根性論を言い出したら、キャシー先生の反論が凄いだろうな」

「根性論なんて論理じゃなくて、ただの無理難題ですからね。キャシー先生が一番嫌う迷信です」

噂をすれば何とやら、そのキャシーが教室の中に駆け込んできた。講義終了にはまだ十分ほど残っているが、どうせ早々に切り上げてきたのだろう。キャシーにとって解剖以上に大事な用事などあろうはずもない。

「今回も餓死死体と聞きました」

死体と聞いて目を輝かせるのは、本当にやめてほしいと思う。

「その昔は発展途上国や戦場でしかあり得なかった死体が、今は有数の経済大国で発生している。グローバリズムと格差社会を考察する上で、これはとてもシンボリックな現象です」

古手川は注釈を忘れない。

「ただの餓死死体ではないかもしれません」

「更に興味深いですね。何が被害者を餓死させたのか、判明すれば貴重なサンプルになりそうです」

「サンプル、ですか」

「古手川刑事。ポリスマンであるあなたには理解してもらえると思います。サンプルの蓄積が多ければ多いほど、思い込みや間違いは減少するのです」

「その通りです。はい」

ひとたび議論になれば、論理が白衣を着ているようなキャシーに敵うはずもない。古手川は早々に白旗を上げる。

「そうだ、これがあったんだ」

古手川は慌てた様子で、持参したカバンからファイルを取り出した。

「ここに向かう直前、やっと県警本部に届いた。死体の主、隅田堅市のカルテだ」

「最近のものですか」

「いや、彼がまだ子どもの頃の記録だ。何かの参考になればいいんだが」

「既往歴の有無は必須の確認事項なので有難いです」

どこか不満げな古手川を残し、真琴とキャシーは解剖室へと移動する。解剖室には先刻搬入されたばかりの遺体がストレッチャーに載っている。

二人は慣れた手つきで死体を解剖台に移す。執刀用具（メス、ピンセット、鋏《はさみ》、腸鋏、縫合用糸、肋骨剪刀《せんとう》、ストライカー、コッヘル、計量スプーン、ゾンデ、海綿、メジャー、ラベル付きのルーラーなど）と解剖記録用紙、そしてデジタルカメラを揃える。

準備が整った頃に解剖着姿の光崎が登場した。毎回定められた順序に沿って作業を進めているので当然かもしれないが、二人の動きをどこからか監視しているようなタイミングだった。

「患者には既往歴があります」

光崎は真琴の差し出したカルテに視線を落とす。真琴にすれば珍しい症例だが、光崎は眉一つ動かさない。

カルテを真琴の手に戻し、光崎は全身概観を始める。身長と体重、直腸温を測定。栄養状態、皮膚色などをチェック。隅田堅市は餓死状態だったので、栄養状態は最悪だ。身体中の筋肉が搾《しぼ》られ、脂肪はごっそりと削《そ》げ落ちている。皮膚は変色したまま弛んでおり、生前はいくぶん肥満体型であったことを窺わせる。

次いで乾湿の状態。真琴の見立てでも死後約三週間は経過しており、臓器の融解とは別に皮膚はかさかさに乾いている。空調の利いた室内に放置されていたからだろう。死後硬直は既に解硬《かいこう》している。死斑は背中に集中している。真琴とキャシーは死体の前面と後面を細部に亘《わた》って撮影していく。

「では始める。死体は五十代男性。体表面に外傷は見当たらず、表皮剝脱も皮下出血も認められない。メス」

光崎の手に握られた瞬間から、ただの道具であるはずのメスは意志を持った生き物へと変わる。

死体に切っ先が触れるや否《いな》や、機械のような正確さでY字を描く。最近は真琴も執刀するようになったが、とてもこんな流麗な線は描けない。そもそも凹凸《おうとつ》があり、腸内ガスで膨れ上がっている腹に完全な直線を描くこと自体が困難なのだ。

肋骨剪刀で胸を開き、臓器の状態を確認する。予測した通りだ。脱水症状によって消化器官系の臓器は軒並み損傷を受けている。極端に萎縮したもの、部分的に壊死《えし》したもの。いずれも本来の色を失くして黒みがかっている。

胃を切除して内部を確認する。やはり内容物は胃壁にこびりついた残滓《ざんし》があるだけだ。ほとんど空の状態であり、死因が脱水症状と栄養不足であるのを否定する材料は何もない。

だが光崎の指は意外な場所を探索する。消化器官系周辺の血管を切除し始めたのだ。

「膿盆」

真琴の差し出した膿盆に切除したばかりの血管が載せられる。ただ載せているのではない。言外に観察しろと命じているのだ。

異状はすぐに判明した。どの血管も著しく細くなっているのだ。

「血管が細いのは先天的なものでしょうか」

「違う。脱水のために血液量が減っているからだ」

真琴の質問に答えながら、光崎は血管の一つをすうっと輪切りにする。

中には血栓が詰まっていた。

光崎はここぞと思える部位の血管を輪切りにしていく。すると冠状動脈の中にも大小の血栓が認められた。

「脱水症状のせいでできた血栓ですね。じゃあ、血栓による梗塞《こうそく》ですか」

脱水症状に見舞われると血液が濃縮され、血栓となって脳梗塞や心筋梗塞を引き起こす。

「確かに冠状動脈に血栓が生じ、臓器に虚血部位が出現しているが原因が違う。先に血管が収縮したから血栓ができやすくなったんだ」

言われてカルテにあった既往症を思い出した。

「恐怖症……」

「臓器周辺に留まらず、血栓ができた事実と恐怖症の関連を否定する材料はない」

恐怖を感じると脳の中央部にある扁桃体《へんとうたい》が興奮を覚える。すると扁桃体から視床下部に向けてホルモンの分泌が指令される。視床下部から下垂体を介して指令を受けた副腎はストレスホルモンと呼ばれる物質を大量に放出するのだが、これはコルチゾール、アドレナリン、ノルアドレナリンといったホルモン群であり、血流に乗って全身に行き渡る。

更に指令は交感神経にも発せられる。自律神経は臓器だけではなく末端の血管にまで走っており、指令を受けた自律神経は全身の血管を収縮させてしまう。

次に光崎は頭部を切開し、頭蓋骨を外して脳動脈の一部を切除する。

「脳動脈内に血栓、凝固塊、脂肪塊、石灰片は認められない。従って急速な血管収縮に伴う心筋梗塞と脱水症状による臓器障害が死因と推測される」

「でも、血管収縮が連続するにはストレスホルモンの絶え間ない放出が必要になります」

「恐怖が連続する限り、ホルモンの放出も続く。個人差もあるだろうが、生涯のトラウマになるような恐怖症だったとすれば、本人は長時間極限状況に置かれたことになる」

真琴は再度カルテに明示された症名を見つめる。

『Arachnophobia アラクノフォビア（クモ恐怖症）』

＊

「先代の香坂先生が堅市さんのカルテを保管してくれていました」

取調室のパイプ椅子に座る勲は、古手川が机の上に広げたカルテの写しに力なく視線を落とす。

「先代の先生は几帳面な性格だったらしいですね。しかし亡くなった後も、しかも選《よ》りに選って堅市のカルテが残っているなんて想像もしていませんでした」

「クモ恐怖症というのが大層珍しい病気だったからでしょうね」

「堅市は本当にクモが苦手で、見るのはもちろん、クモが出そうなところに近づくだけで泣き喚いていました。あれはパニック状態というんでしょうか、クモを至近距離で見つけた時なんて、泡を吹いて全身が痙攣するんです。ウチは家が古いせいかクモも多い」

「無臭だったので当初は気づきませんでしたけど、屋根裏部屋の壁や天井には殺虫剤が染み込んでいました」

「あれはクモ除《よ》けでした。自分の周囲が殺虫剤に覆われてなければ安眠もできないようでした。屋根裏部屋は壁の面積が小さくて、殺虫剤を隙間なく塗るには都合がよかった。元々の部屋は角部屋という条件もあって外からクモが出入りすることも多かったので、自然に息子の居場所は屋根裏部屋になっていきました」

「息子さんがそこまでクモに怯えるようになった原因は何だったんですか」

「小学生の頃だったと思います。外で遊んでいる時、クモに咬《か》まれたんですよ。カバキコマチグモというのをご存じですか」

「初耳です」

「古くからの在来種で、沖縄以外ならどこにでも生息している。神経毒を持っていて、咬まれると死にはしないものの数日は激痛に苦しめられるそうです。堅市の場合は一週間高熱が収まらず、その後十日間痺れが残りました。クモを病的に怖がるようになったのはそれからです」

幼少期にそんな出来事に見舞われたら恐怖症になるのも無理はない。極度の恐怖からストレスホルモンが分泌され続けたという光崎の仮説にも信憑性が加わる。

「当日あなたが立ち寄ったホームセンターに購買の記録が残っていました」

古手川が次に広げたのは件のジャーナルの写しだ。上から食料品の名前が並ぶ中、最後の行に『ムシトリシート　20コ』とある。

「このムシトリシートというのは害虫の誘引シートであなたが購入したのはクモ専用のものです。粘着テープの上にクモの好物をまぶして捕獲し、後は丸めて捨てるタイプです。元からクモの多い家ということなら不思議はないのでしょうが、これは五枚でワンセットの商品を二十セット、つまり百枚も購入しています。一度の買い物としてはいくら何でも多過ぎる。しかも家の中には空箱一つ残っていなかった」

勲は項垂《うなだ》れたまま顔を上げようとしない。古手川は仕方なく説明を続ける。

「ホームセンターで大量の捕獲シートを買い込んだあなたは二階に上がり、堅市さんが寝静まっているのを見計らって屋根裏部屋に侵入した。そうですね」

「はい。堅市が引き籠るようになってからは一切使わなかったんですが、裏の工具置き場に脚立が置いてあるんです。それで天井蓋を開けました」

「ロックは掛かっていなかったんですか」

「堅市が腹を立てた時や、わたしたちに入ってきてもらっては都合の悪い時以外は開いていました」

「部屋に侵入してからどうしました」

「本人が寝ているのを確認してから、スマホを盗りました」

本人がスマートフォンに触れなかった理由はこれだった。

「あなたと一緒に部屋に踏み込んだ巡査は、死体を発見した後、連絡のためにいったん部屋から出た。あなたは奪ったスマホをその隙に現場に戻しておいたんですね」

「あいつを屋根裏部屋に閉じ込めたまま、外から助けを呼ばせたくなかったんです」

「話を犯行時まで戻します。屋根裏部屋を出たあなたは二階の廊下に足の踏み場もないくらいに捕獲シートを敷き詰めた。短時間でクモを誘い込み、廊下をクモだらけにするためです。こうすればクモ恐怖症の堅市さんは決して下りて来られない」

「病院から戻って二階に上がると壮観でした。何しろシートいっぱいにクモが捕獲されていて、まるで黒い絨毯《じゆうたん》を敷いたようでした」

「シートの残骸《ざんがい》や空箱が見当たらなかったのは、あなたが片づけたからですね」

「ええ。台所のテーブルに置いたものに何一つ手がつけられていなかったのを見て、堅市が餓死したことは分かっていましたから。二階の廊下をすっかり片づけてから警察に通報したんです」

「屋根裏部屋は内側からロックが掛かっていました」

「ええ、外から開けられませんでした」

「何故だと思いますか」

「天井蓋を開けた時、廊下はクモで一杯だった。あいつは咄嗟に蓋を閉めて、クモが中に入って来れないようにしたんでしょう」

　近隣住人が聞いた真夜中の絶叫は、おそらくクモの大群を見た堅市の悲鳴だったに違いない。クモのいそうな場所に近づくことさえできない恐怖症の持ち主が絨毯を敷き詰めたようなクモの塊を見たのだ。悲鳴を上げたのはむしろ当然だろう。

「そこまで本人の心理を読んでいたんですか」

「まさか。わたしは堅市を閉じ込めさえすればよかったんです。ロックが掛かっていようが開いていようが、どうでもよかった」

「堅市さんの殺害を思い立ったのは、奥さんがひどい暴力を受けたからですか」

「はい。このままでは妻が殺されると思いました。わたしが殺される分には一向に構いませんけど」

俯いたままでも、勲が絞り出すように喋っているのが分かる。まるで血を吐いているようだと古手川は思った。

「司法解剖の結果、堅市さんは脱水症状の他、恐怖からくるストレスで心筋梗塞を発症したことが判明しました。つまりそれほど長くは苦しまなかったと思われます」

すると勲はゆっくり面を上げた。

「本当ですか」

「胃の内容物の消化具合を考えると、絶命に二日もかからなかったようです」

「そうですか」

勲は心底安堵《あんど》したように頷いた。

「そうですか」

たちまち古手川に疑問が湧き起こった。

「息子さんが苦しまずに死んだことが、そんなに嬉しいですか」

「長く苦しませるのが目的じゃありません。できれば安らかに死んでほしい。親の気持ちとしては当たり前じゃないですか」

詮無《せんな》い質問だと分かっていたが、訊かない訳にはいかなかった。

「隅田さん。あなたの話は矛盾してやいませんか。それほど大事に思っている息子を、どうして殺したんですか」

「わたしは選ばなきゃならなかった」

勲の目には涙が溜まっていた。

「そのまま妻を見殺しにするか、息子を殺してしまうか。わたしは後者を選択しました。妻が息子に殺められるような悲劇だけは断じて防ぎたかったんです」

大粒の涙が机の上に落ちると、息子を殺した父親は肩を震わせ始めた。

# 三　8070

## 1

「こんにちは」

近所の主婦と出くわした小田嶋仲丈《おだじまのぶたけ》は、そう声を掛けられた。仲丈は頭を下げるものの、車椅子に乗せられた妻の薫《かおる》はただ会釈《えしゃく》を返すのみだ。

「いつも仲がよろしくて結構ですこと」

「いやあ」

「ホント、ウチの亭主に見せつけてあげたいくらい」

仲丈は照れたように笑うと、そのまま車椅子を押していく。こうして薫とともに家を出発し、駅前商店街で食材を購入して戻るのが仲丈の日課だった。商店街までは片道十五分。今年七十になる仲丈には、ちょうどいい運動になる。

古くからの住宅地なので道すがら何人もの顔見知りに出会うが、仲丈はその度《たび》に頭を下げる。

「こんにちは」

「こんにちは」

「こんにちは」

こうして足腰の弱った薫と連れ立って歩くのは商店街の風景の一つになったのではないか――

伸丈はそんな風に想像する。

八百屋《やおや》に到着すると、早速店主が二人を見つけてくれた。

「やっ、小田嶋さん、らっしゃい。いつも仲がよくっていいねっ」

「どうも」

「何をお求めですか」

「夕飯に何か見繕《みつくろ》おうと思って」

「旬《しゅん》のものなら新ジャガとアスパラが入ってますよ」

「どれどれ」

店主が指し示した籠《かご》の中を見る。確かにジャガイモもアスパラガスも旬ならではの瑞々《みずみず》しさが感じられる。

「じゃあ、二つとももらおうか」

「毎度ありい」

「二人しかいないから、そんなには要らないけど」

「分かってますって」

買った食材はエコバッグに詰め、薫の膝上に置く。伸丈は車椅子を押すだけなので、さほど負担はない。

「ちょっと羨ましいねっ」

「何が」

「おしどり夫婦ってのは小田嶋さんたちみたいなのを言うんだろうね」

「いやあ」

照れたように頭を掻きながら、伸丈は元来た道を戻る。

家に戻り、玄関に入ると車椅子を上がり框《かまち》の前に止める。薫の前に回り込み、背負うようにして起き上がらせる。自分たちが車椅子の世話になることを予想できていたら段差のない玄関にするのも可能だったが、今となっては後の祭りだ。

夕飯の下ごしらえをしてから居間に戻ると、薫が再放送の刑事ドラマに見入っていた。去年ゴールデンタイムで一度観たはずだから出演者もストーリーも再見のはずだが、薫は視線をテレビ画面に固定して近づいた伸丈に気がつく様子もない。

「これ、犯人知ってるだろ。二度目で、そんなに面白いのか」

ゆっくりと薫の顔がこちらを向く。

「あなたは、どちら様ですか」

薫が伸丈の顔を不審げに見て訊いてきた。薫が長年連れ添った配偶者の顔を忘れたのはこれが初めてではない。伸丈はいつもと同じように返す。

「お前の亭主だ」

しばらく伸丈の目を覗《のぞ》き込むようにしてから、薫は思い出したように呟く。

「そう。そうよね。お父さんよね」

薫は儚《はかな》げに笑う。きっと自分の記憶に自信がないのだろう。

「ずっと一緒に暮らしているんだ。飯を食べたかどうかより、まず亭主の顔は忘れるなよ」

「わたし、忘れてないよ。お父さんは昔からお父さんじゃないの」

薫は心外そうに言う。

「たった今、忘れていたじゃないか」

「そんなことないったら」

薫はむきになって反論する。己の記憶力を疑われるのはやはり応《こた》えるらしい。

「今日の夕飯、まだだぞ」

「ちゃんと分かってるわよっ」

甲高い声は耳障りだが、こうして本人の劣等感を刺激するのもボケ防止の一つだ。民間の自立支援団体の神原という担当者に相談した際、担当者はたとえ本人が嫌な顔をしても忘れたという事実をないことにしてはいけないとアドバイスをくれた。

『忘れてはいけない、忘れたら恥だと思わせるんです。ほら、よく人の名前がなかなか出ない時ってありますよね。そんな時はすぐに諦めるようなことはせず、思い出すまで努力させる。それを続けると記憶力の低下をある程度は抑えることができるんです』

記憶力は鍛えるものだ。そう告げられた時には、なるほどと腑に落ちた。そう言えば学生の頃、英単語や化学式は強制的に頭に詰め込んだ。真に理解するのは後回し、まずは覚えるのが先決だったではないか。

　十も年上の薫に変調が現れ始めたのは去年の今頃だった。最初は人やモノの固有名詞がなかなか口から出てこず、そのうち物忘れを頻繁《ひんぱん》にするようになった。それまでは何の徴候もなかったから考えつきもしなかったが、薫も八十に手が届いている。もしやと思い、嫌がる本人とともに病院で診察してもらうと、怖れていた認知症の診断を下された。

　検査内容は多岐に亘った。面談、一般的な身体検査、問診、そしてCT検査。薫は検査医の用意した質問に満足に答えられず、画像では脳の萎縮傾向が認められた。

『奥さんの認知症はまだ軽度ですが、放置しておくとどんどん進行していきます。定期的な投薬と通院を続けるように』

　しかし八十になろうとする薫は、医者の勧めをひどく面倒臭がった。伸丈も高齢なので気持ちは分からなくもない。最近の病院に行くと待合室は老人たちに占領されていて、まるで老人ホームになっている。伸丈も薫も高齢者なので偉そうなことは言えないが、老人の集団に囲まれていると、自分たちの老化が早まるような印象がある。

　結局、薫は二度と病院に行こうとはしなくなった。薬も最初に処方された分がなくなると、それきりになった。日常生活をそつなくこなしていけば、これ以上はボケないと薫本人が宣言したのだ。

　しかし老いも病も本人の都合や希望的観測に合わせてはくれない。ひと月ふた月経過するうち、薫の症状は目に見えて悪化していった。

決定的だったのは去年の大晦日《おおみそか》だった。例年通り二人で「紅白歌合戦」を観ている最中、不意に薫が尋ねてきたのだ。

『あなたは、どちら様ですか』

ついに夫の顔や存在まで認識できなくなった瞬間だった。

それでも少し説明してやれば直ちに伸丈の名前も思い出したのでひと安心したが、こうしたひどい健忘がやがてみ月に一度からひと月に一度と間隔を狭めてきて、最近では三日に一度の割合で夫の顔と名前を忘れるようになった。

最初こそ衝撃的だったが、二度三度と続くうちにああまたかとしか思わなくなった。どんな悲劇も恐怖も慣れてしまえば日常になるのだと知った。

「ごはん早くう」

薫が子どものような喋り方で夕飯を催促してきた。認知症が進んでくると、薫は調味料を間違え始め、やがてガスの火を点《つ》けたかどうかも忘れるようになった。住宅街の真ん中で火を出し、万一類焼でもさせようものなら取り返しがつかなくなる。それからは伸丈が馴れぬ炊事を担当するようになった。元よりリタイアして日がな一日家にいる身なので、暇だけはある。市販のレシピ本と悪戦苦闘するうちにどうにか食えるものが作れるようになった。今晩の献立は新ジャガのそぼろ煮とアスパラのお浸《ひた》しで、盛り付けは悲惨なものだが味はまあまあと自画自賛している。

「いただきます」

薫は消え入りそうな声で言うと、早速箸《はし》で皿の上のものをつつき始める。以前はもっとはっきり喋っていたのだが、認知症の兆候が現れてからは会話そのものが少なくなったような気がする。食事にしてもそうだ。口に運び、もそもそと咀嚼《そしやく》するのだが美味《うま》いとも不味《まず》いとも言わない。薫の称賛を心待ちにしている訳ではないが、何の反応もないと作った甲斐がない。もっともそれは伸丈も同様で、薫が作った料理を品評もしなければ感想も言わなかった。今更言えた義理ではない。

見ている側《そば》から薫はジャガイモの欠片をテーブルの上にこぼす。これもやはり認知症を患《わずら》ってからの口元の緩さで、いちいち拭き取るのは面倒臭いので、薫が食べ終えてから始末するようにしている。行儀が悪いのを教えるために時々睨んでやるが決して怒鳴ったりはしない。

伸丈の振る舞いは、傍目《はため》には献身的な夫に映るだろう。怒鳴ったりしないのは、その印象を崩したくないからだ。

食事を済ませて洗い物を片づけると、風呂の湯沸《わか》しを始める。浴槽《よくそう》に栓《せん》がしてあるのを確かめて蓋をすれば、後はスイッチを入れるだけなので助かる。

脱衣にはまだ羞恥心《しゆうちしん》があるらしいので本人にさせる。全裸にさせてから浴室に追い込む。伸丈はもっぱら介助役で身体を洗ってやる。

男も女も老いぼれると身体つきが似通ってくる。肉は弛み、張りがなくなり、尻が四角くなる。自分より十も年嵩《としかさ》の女の身体だから余計にそう感じるのかもしれない。もはや異性というよりは〈老人〉という生き物にしか見えない。いや、事によれば生き物ですらなく、薫の肉体からは朽《く》ち果てる寸前の木のような臭気さえ漂っている。

身体を洗い、泡を落としてから薫の腰を摑んで持ち上げる。薫はいったん屈《かが》むと、自力では立ち上がれないほど足腰が萎《な》えてしまっているからだ。

湯船に浸《つか》らせて五分、のぼせないうちに浴槽から引き上げる。元々長風呂ではなかったから薫本人にも不満はないはずだ。

手が後ろに回らないので背中だけは拭いてやる。パジャマに着替えさせたら、後は寝室に押し込む。この時、大体時刻は午後七時を少し過ぎた頃になる。入浴だけで体力を使うのか、薫はベッドに横たわるとすぐに寝息を立て始める。認知症を発症してからというもの、寝室を別にしているので薫の睡眠にはもう何の邪魔も入らない。

ここから就寝までの数時間が伸丈の自由時間となる。二人の間に子どもができなかったのを薫はひどく悔やんでいたが、伸丈の方に後悔はない。子どもなど手間とカネがかかるだけで、己に益をもたらすものではないと考えている。実際、隣近所の夫婦は子どもがいても、結婚を機に家を出て別に所帯を持ったので家には自分たちしか住んでいない。結局は小田嶋家と同様老老介護に陥っており、子どもを養育した時間とカネはドブに捨てたようなものではないか。

伸丈はいそいそと身だしなみを整えると外出着に着替えて家を出る。老人臭を少しでも掻き消すため、香水を満遍《まんべん》なく振りかけるのも忘れない。こうした夜遊びが気楽にできるのも、子どもを持たない身軽さのお蔭だ。

行き先は毎度決まっている。西川口《にしかわぐち》の駅周辺にある所謂《いわゆる》風俗街だ。

街には雑居ビルがひしめき合っている。飲食店と風俗店の毒々しいネオンに囲まれていると時間を忘れてしまいそうになる。この歳になるまでおよそ夜遊びに縁のなかった伸丈には碌な免疫もなく、一度覚えた快楽の味はそうそう忘れられるものではない。

雑居ビルの一つに入り四階フロアへと進む。エレベーターのドアが開いた瞬間、〈ニュー・マーメイド〉の看板が目に飛び込んでくる。二年前にオープンしたばかりのキャバレーで、伸丈は常連客の扱いを受けていた。

伸丈の姿を認めたマネージャーはすぐにすり寄ってきた。

「いらっしゃいませ、小田嶋様」

「いるかい」

「もちろん。小田嶋様のために待機させておりました。こちらへどうぞ」

誘われてテーブルに座る。少し待っていると奥からお目当てのチヒロが現れた。

「オダジマさあん」

鼻を鳴らして小田嶋の隣に座る。すっかりお馴染《なじ》みになったシャネルだかディオールの香水が鼻腔《びこう》をくすぐる。〈チヒロ〉はもちろん源氏名であり、本人に聞くとフィリピン国籍だと言う。店の体裁はフィリピン・バーではないため、敢えて日本人めいた源氏名を名乗らせているらしい。

だが伸丈は却って正解ではないかと思っている。チヒロの面立《おもだ》ちは日本人に近く、黙っていれば十人のうち八人は間違えるのではないか。正確な年齢を尋ねたことはないが、見掛けは二十代半ば。彫りの深い瓜実顔《うりざねがお》は伸丈の好みだった。

仲丈が常連客になったのも最初の接客がチヒロだったからだ。他のホステスが相手だったら、これほど毎週のように通いはしなかっただろう。

「とりあえずビール」

「ワタシもビールいい？」

「ああ、何杯でも持っておいで」

常連だから、ホステスに呑ませる酒が割高なのは承知している。それでも快く奢《おご》っているのは、客の財布が軽くなる度にチヒロの成績が上がるのを知っているからだ。自分にもっと蓄えや定期収入があれば毎日でも通い、いくらでもカネを注《つ》ぎ込んでやれるのにと、仲丈は己の甲斐性のなさが情けない。今は支給される年金からここでの遊興費を用立てるのが精一杯で、最近は虎の子の預金にまで手を出し始めている。

「カンパーイ」

「乾杯」

チヒロはとにかく屈託なく笑う。孫ほども歳の違う娘に心惹《ひ》かれたのは一にも二にもこの笑顔に魅《み》せられたからだ。同年代でも日本人女性からは失われてしまって久しい奥床しさが内包されている。仲丈が青年時代には、日本にもこういう女性が沢山いたのだ。

「キョウね、マニラのおウチにデンワしたの。そしたら、まだパパ、グアイがワルいって」

「病院には行ったのかい」

「ビョウインはタカくてチヒロのウチはナンドもカヨえないよ」

チヒロが日本に来たのは一家の生活を支えるためだった。日本で数年働けば家が建つとの伝聞は、今でもかの地で囁《ささや》かれているらしい。経済成長を続けているかの地だが、未だに貧富の差が激しく、下層の人々は恩恵を受けていないそうだ。

仲丈がチヒロに惹かれたのは笑顔もさることながら、親思いである点だった。家計を支えるために異国で働く。これもまた最近の日本女性には見られなくなった美徳ではないか。

「ここの稼ぎだけでは不足なのかい」

「ヤチンやケータイでどんどんヒかれるとあまりノコらない」

チヒロの視線が切なげに絡んでくる。

「フィリピン、サイキンはイロイロなもののネダンがアがっているし」

経済成長を続けるということは、わずかずつインフレが進行するのと同義だ。ところがチヒロの働いている日本はデフレで給料が上がらない。折角出稼ぎに来たというのに、これでは仕送りを続けても実質的には効果が薄れていることになる。チヒロの困惑はそういう事情だった。

「マネージャーには相談したのかい」

「したよ」

「彼は何と言ったんだ」

「ハタラくバショをカえないかって。ケイレツのおミセにソープランドがあって、そこだとイマのサンバイのキュウリョウがもらえるってイわれた」

「ソープって……」

仲丈は絶句しそうになる。この手の風俗店がグループを構成しているのは聞き知っていたが、まさかチヒロのような子がソープに回されるとは予想もしていなかった。

「チヒロちゃん、ソープがどういう仕事をする場所なのか知っているのか」

「シってる」

チヒロは少し俯き加減になって言う。

「でも、それしかキュウリョウ、アップするホウホウがなかったらしょうがない」

「しょうがないって、そんな」

「パパをタスけなきゃいけないから、しょうがないよ」

呑んでいたビールが急に苦くなる。チヒロの事情は重々承知しているが、それでもカネのために肉体を売らなければならないというのは理不尽に過ぎる。

「それともオダジマさんがタスけてくれるの」

仲丈は返事に窮した。

チヒロとの切ない会話を切り上げた仲丈は、帰りがけにマネージャーを捕まえた。

「チヒロちゃんをソープに回すというのは本当なのかい」

「回すという言い方は心外です」

マネージャーは本当に心外そうだった。

「明朗会計はお客様だけではなく、女の子にも徹底しています。グループでは職種ごとに基本給を決めています。どれがいいかは女の子の資質にもよりますけど、まず彼女たち自身に決めてもらっています」

「だってフィリピンに病気の親を抱えているのに、それで売春させるなんて」

途端にマネージャーの顔色が変わった。

「口には気をつけてください、小田嶋様。当グループは従業員に売春を強制している訳でも斡旋《あっせん》している訳でもありません。お客様はサービスを受けるために個室に入る。そこから先、お客様と女の子が自由恋愛に発展しても当グループの関知するところではありません」

マネージャーの言い分が欺瞞《ぎまん》であるのは分かっているが、法律に詳しくない伸丈は反論することができない。

「それにですね、何の資格も持たない外国人女性がこの国で仕事をしようとしたら、どうしても選択は限られてきます。重ねて申し上げますが、手前どもは職場を提供しているだけで、選んでいるのは彼女たちです」

いくぶん強面《こわもて》だが、マネージャーの言葉はそれなりに真摯だった。需要と供給、合法と非合法。彼らもまた二つの狭間《はざま》を行き来する職業人なのだ。

「……可哀《かわい》そうだとは思わないんですか」

「思うのは誰でもできます。しかし実際に彼女たちの人生に関与できる人間は資格を持った者だけです」

「どんな人たちですか」

「労働局か入国管理局の役人。あるいはカネを持っている人です」

ここでもカネか。

「失礼なことを言ってすみませんでした」

「いいえ。これからもご贔屓《ひいき》に。小田嶋様にご来店いただければチヒロちゃんも喜びます」

マネージャーに詫びても伸丈の心は少しも晴れなかった。

カネ、カネ、カネ、カネ。薫の介護にしてもチヒロの救済にしても全てはカネの問題に帰結する。経済的弱者は困窮者に手を差し伸べてやることも許されないというのか。同情心だけでは何の役にも立たないというのか。

西川口から電車に乗っても、悶々《もんもん》とした思いはなかなか消えない。かつて伸丈は区役所勤めだった。大した昇進もしない代わりに大したミスもせず、定年退職後は蓄えと年金だけで薫と生活できていた。だが、それは悠々自適というレベルにはほど遠く、とてもではないが外国人女性の苦境を救える余裕など見当たらない。

何とかできないものだろうか。

チヒロに対する恋慕に同情が加わり、義憤が拍車をかける。今まで女遊びをしてこなかったせいで、チヒロとの出逢いがこの上なく運命的なもののように思える。

彼女を救えるのは自分しかいない——そう考えると、久しく忘れていた情熱と自己顕示欲が頭を擡《もた》げてきた。それより何よりチヒロを妻に迎えるという、妄想じみた願望が迸《ほとばし》る。今まで単なる夢想だと片づけてきたことが、俄然《がぜん》明確なかたちを持った瞬間だった。

だが、全てはカネがものを言う。貧乏人には発言権がない。カネがないのは首がないのと一緒だ。仲丈名義の預金はあといくら残っていたか。おそらく百万円程度ではなかったか。百万円ぽっちではチヒロの半年分の給料にもならないだろう。

今から働こうにも、七十歳の老人が就ける仕事は限られている。再就職できたとしても賃金は間違いなくチヒロの得ている額に劣る。

その時、頭の隅から邪悪な考えが黒雲のように湧き起こった。

死亡保険金。確か薫が契約していた生命保険では、死亡時に一千万円が給付される。保険金の受取人も仲丈になっているはずだ。

薫を亡き者にすることは以前から夢想していた。長年連れ添った者の介護でも、毎日続くと心身に応える。妻への愛情が累積する疲労によって削り取られていく。薫を愛しいと思っていたのがずいぶん昔の記憶に思える。今の薫に心はない。朽ち果てゆく肉体を持った、時折喋るだけの植物に過ぎない。他人の前ではおしどり夫婦を装っているが、それも限界に近付いている。第一、まともな会話すら成立しなくなった相手をどうやって愛せというのか。

それに比べてチヒロの肉体の何と瑞々しいことか。野菜に喩えれば、あれこそ旬といえるものだ。

薫が死ねば一千万円が手に入る。それだけあればチヒロを援助できるし、事によればキャバレー勤めから解放させてやることもできる。そうなれば彼女と二人で生活するのも夢物語ではなくなる。

チヒロを後添えに迎えた、二人きりの生活。それはどんなに甘やかで、そして愉《たの》しいものなのだろう。想像するだけで心が浮き立ってくる。七十歳にして、自分は第二の人生を始められるかもしれない。

幸か不幸か薫は認知症を患っている。半分植物のような存在だから、あまり抵抗しないだろう。相手が植物なら、良心の呵責《かしやく》も最小限で済む。

何ということだ。ありとあらゆる条件が自分を後押ししているではないか。

電車の吊り革に摑まっていると、目の前に座っていたＯＬが駅に着く前に席を立った。ちらりとこちらを見た目が、ひどく気味悪そうな色を帯びていた。

伸丈は椅子に腰を下ろして熟考に入る。どうすれば事故に見せかけて薫を殺害することができるか。薫が死んだ時、自分には決して疑いがかからないようにするにはどうしたらいいのか。

もちろん実行するのが前提だが、こうして考えているだけでも戦慄《せんりつ》に似た興奮が背筋から立ち上ってくる。血が逆流しているかのように感情が昂《たかぶ》っているのに、頭は冷静に計画を立てている。

驚くべきは己の沈着冷静さだった。配偶者を殺す算段をしているというのに、思考には微塵の躊躇もない。まるで害虫を駆除するように可能性を取捨選択している。自分はこんなにも冷血な人間だったのか。いいや、違う。長引く介護の疲れで、倫理観の基礎が崩れてしまったに違いない。だからこそ、こんな計画に頭を絞っていてもさっぱり罪悪感が湧かないのだ。

まず家に戻ったら保険証券を取り出して規約を確認してみよう。今、薫が死んだら伸丈にはいくらの現金が転がり込んでくるのか。それを確かめたら計画の立案だ。もっとも薫を苦しめるのは本意ではない。可能な限り安らかに殺してやりたい。四十年以上も夫婦だったのだから、せめて最低限の敬意は払うべきだろう。では、それにはどんな方法が適当か。

　考えるべき問題はまだ山ほどある。伸丈には周りの風景すら目に入らなくなった。

## 2

　五月二十日午前七時三十二分、緑《みどり》区中尾《なかお》の住宅で老人の死体が発見されたとの通報が警察にもたらされた。直ちに付近を巡回中だった機捜と浦和東署の強行犯係が現場に急行し、死体が不審死であることが確認された。次いで県警本部捜査一課に出動命令が下り、渡瀬班が臨場するに至った。

　死体が発見されたのは小田嶋という家で、老いた夫婦の二人住まいと聞いている。表札を見れば、確かに〈小田嶋伸丈　薫〉と二人の名前が記《しる》されている。

「どうもお疲れ様です」

　古手川たちを迎えたのは浦和東署の船戸《ふなと》という男だった。

「死体はどこですか」

「浴室です。案内しますよ」

　先着していた鑑識の間を縫うようにして進む。既に敷かれている歩行帯がところどころ濡れているのは現場が浴室だからだろう。

浴室では二名の鑑識係が遺留品の採取作業を行っている最中だった。

「どうぞ」

促されて浴室を覗き込むと、入浴剤で薄い緑色になった浴槽の底に死体が沈んでいた。浴室内に血液らしきものや争った形跡などは見当たらない。

「もうじき検視官が到着しますから」

つまりそれまでは現場に足を踏み入れることも手を触れることもできないという意味だ。

死体は老人だった。上を向いているので顔が見える。七十代の老人で着衣のまま沈んでいる。

「被害者はこの家の住人で小田嶋伸丈七十歳。今朝、隣宅の主婦が立ち寄ってみるとドアが開いていたそうです。玄関から声を掛けると奥から女の呻き声のようなものが聞こえる。小田嶋宅は老夫婦の二人住まいというのは分かっていたので、まさかと思い声のする浴室の方に行ってみると、真っ裸になった妻が浴槽の横で途方に暮れている。ふと見れば浴槽の底に夫が沈んでいたという次第です」

「隣の主婦が立ち寄った理由は何ですか。普通ならドアが開いていていても、中に入るまではしないと思いますけど」

「自治会の掃除ですよ。今日の当番は被害者だったようです」

「浴槽の横には妻がいたと言いましたね。立派な目撃者じゃないですか。もう証言は取れたんですか」

「それが、ちょっと」

船戸は気まずそうに言葉尻を濁《にご》す。

「まだ動揺が収まらないので事情聴取できないとか」

「いや、落ち着くには落ち着いたんですが。古手川さんから質問してみますか」

「もちろん」

妻の薫は居間で女性警官の介抱を受けていた。パジャマの上から厚手のタオルを羽織り、空《うつ》ろな視線を前方に向けている。隣人が死体を発見したのは午前七時三十二分。入浴が何時だったかは不明だが、真っ裸のまま何時間も座っていたのなら風邪をひく惧《おそ》れがある。

「体調はどうですか」

女性警官は無表情で頷く。

「浴室内の温度が高く、今が五月であるのも幸いしました。風邪などの症状は見られません」

「じゃあ早速、事情聴取をしたいですね」

「困難かもしれません」

「体調は悪くないんですよね」

古手川が念を押すと、女性警官は無言で場所を替わってくれた。古手川が正面に立つと、薫はにこにこしながら訊いてきた。

「あなたは、どちら様ですか」

「埼玉県警捜査一課の古手川といいます。ご主人を亡くされた直後で大変だと思いますが、捜査にご協力ください」

「ああ、警察の人。見回りご苦労様ですねえ」

「いいえ、見回りではなく、捜査を」

「でも、あまり心配はしていないんですよ。この辺りは昔っから泥棒とかひったくりとかなくて。そういう事件が多いのは西川口の方じゃないの」

薫の話し方で察しがついた。女性警官と船戸を見ると、二人とも諦めたように首を横に振る。

「認知症ですよ。台所のハガキ差しに診察券が入っていました。病院には確認済みです」

「ひょっとして、目の前で夫が沈んでいたのが認識できないんですか」

「そのようです。まず、視線が浴槽ではなく壁を向いていました。隣人が駆けつけた時も、心ここにあらずだったそうで、浴槽の死体を見せると驚きはするものの、それが誰かは認識していません」

「じゃあ、何が起きたかも分からないんですか」

「我々も重ねて質問したのですが、暖簾《のれん》に腕押しと言うか馬耳東風《ばじとうふう》と言うか反応はさっぱりです」

「通報者がここまで入って来られたのは玄関が開いていたからですよね」

「ええ、施錠はされていなかったということです」

「外部からの侵入者による犯行ですかね」

「まだ何とも。ただ現状では、浴室から夫婦以外の残留物は見つかっていないようです」

古手川は未練がましく薫に向き直る。

「奥さん、あなたのご主人、亡くなったんですよ」

「ええ、ええ、主人は仲丈といいましてね。わたしより十も若いんですけど、万事に細か過ぎるのが難で」

今まで色んな人間に事情聴取してきたが、認知症の患者を相手にするのは初めてだった。同じ言語を使用する者と意思の疎通ができないのは、何とも歯痒《はがゆ》い不条理だと感じる。

やがて検視官が到着した。藤宮《ふじみや》という検視官で、国木田よりも長くこの仕事を務めている。検視の最中も鑑識係は粛々と作業を進め、浴室内での証拠採取はあらかた終了したようだった。

検視が済むと、早速古手川と船戸が呼ばれた。死体は浴室から運び出され、廊下の上に横たわっている。

「湯を張った浴槽に沈んでいたから、死後も体温が保たれていて死亡推定時刻の測定を困難にしている。空気に触れていないので眼球もさほど白濁していない。残る手がかりは死斑と死後硬直だが、こちらも熱湯の中に放置されていたという特殊事情から推定の幅が広くなる。昨夜の午後六時から十時までといったところだろう」

「詳細は司法解剖待ちですか」

「司法解剖の必要は認められないな」

藤宮は言下に否定する。

「でも司法解剖すれば胃の内容物の消化具合で、死亡推定時刻はもう少し絞れるでしょう」

「死亡推定時刻に拘泥する必要がないということだ。死因は溺死《できし》。浴槽に背中から落ちて溺《おぼ》れか。


た。事故だよ」

「断定できるんですか」

「入浴中の死亡例は全国で年間約一万九千例もある」

古手川はその数字に少なからず怯《ひる》む。一万九千なら交通事故の死亡者数よりも多いではないか。

「気道内には白色細小泡沫《ほうまつ》も確認できる。溺死の典型的な所見だ。細小泡沫は知っているか」

藤宮の物言いに引っ掛かったが、古手川は無言で頷いてみせる。法医学教室に足繁《しげ》く通っているお蔭で、門前の小僧よろしくその程度の言葉なら理解している。

気道内に水が入ると、気道の粘液と水、そして空気が攪拌《かくはん》されて細かく白い泡沫ができる。通常、気道内に大量の水が侵入することはないので溺死の代表的な所見として挙げられる。

「この死体は泡沫が鼻孔部周辺にも漏れている。しかも気道内から採取された水は、浴槽に溜められた入浴剤混じりのものだ。別の場所で溺死した死体を運んだとかの可能性はない」

「しかし着衣のままというのが解《げ》せません。少なくとも入浴中に溺死したようには見えませんよ」

「似たような前例が少なくないんだ。浴槽の横で茫然《ぼうぜん》としていた妻は認知症を患って要介護だったな。つまり被害者は介護者として、彼女の入浴を介助していた。彼女の身体を洗い、浴槽の中に入れようとした。ところが手か足が滑って勢い余って自分が浴槽に落ちてしまった」

藤宮は浴槽に目を向けた。

「昔ながらの狭い浴室の特徴で浴槽も六百ミリと深くなっている。この深さで背中から落ちている。正面から落ちたのなら腕を立てれば簡単に起き上がれるが、背面では容易じゃない。深いから浴槽の縁に手が届かない。加えて被害者は高齢者だ。もがくうち気道内に湯が入り、溺死する。よくある老老介護の悲劇だよ」

説明を聞き終えた古手川は再度死体に目を向ける。かっと目を見開き、鼻に泡沫を付着させた死体。説明自体は充分に理解できるものだが、死体を見下ろしていると、死体の顔がどうしても何事かを訴えているように思えてしようがない。

死に顔が無念そうなのは死後の硬直によるものであり、必ずしも死亡時点での状況を明示するものではない。そんなことは百も承知している。しかし、何百という死に顔を見てきたからこそ分かることもある。

畏敬する光崎の言葉ではないが、死体は常に何かを語りたがっているのだ。

「司法解剖に回すつもりはありませんか」

「ない」

清々《すがすが》しいほど歯切れのいい返答だった。

「事故ということで処理されそうですね」

古手川とともに説明を聞いていた船戸は、安堵したように言う。所轄も多くの事件を抱えている。一件でも事件性のある案件が加わるのは勘弁してほしいのだろう。

だが県警本部や所轄の都合など、知ったことではない。

「第一発見者と話はできますか」

隣宅の主婦はさほど怯えた様子を見せなかった。

「二人ともいい歳だったんで、そんなにショックはないのよ。まさかご主人が先に逝っちゃうというのは予想外だったけど」

「奥さんの認知症は前からですか」

「詳しいことは家族じゃないから知らないけど、去年くらいじゃないかな。ご主人が奥さんを車椅子に乗せて散歩し始めたのがその頃だから」

「以前から仲睦まじかったんですか」

「周りが当てられるくらいになったのは奥さんがそんな風になってからだと思う。やっぱりさ、どちらかが大変になった時、夫婦の絆というのが試されるんだよ。その点、小田嶋のご主人は立派だった」

主婦の口からは仲丈を褒める言葉しか出てこなかった。

「いくら認知症でも、旦那が死んだのは分かるのかねえ。わたしが浴室を覗いた時、奥さん本当にぼおっとしていてさ。心ここにあらずっていう風だったから。ご主人は浴槽の底に沈んで全然動く様子もなかったから、すぐにケータイで通報したのよ」

「玄関の鍵は開いていたんですよね」

「そうなの。実は小田嶋のご主人には前々から頼まれていて、インターホンで呼んで応答がなくてドアも開いていたら、構わず中に入ってくれていいと言われてたの。老老介護の家だから何があるとも限らないからって」

主婦の証言が真実なら、仲丈の危機管理能力は大したものだ。もっとも、当の自分がこんな目に遭うとは想像もしていなかっただろうが。

「あと、どうしますか」

船戸は手持ち無沙汰に訊いてくる。藤宮が事件性なしと判断した以上、早々に捜査を切り上げたいという態度がありありと出ていた。

「ハガキ差しに診察券があったんですよね。見せてもらえませんか」

少しして鑑識係が件のカードを持ってきた。カードの表には〈境川《さかいがわ》メンタルクリニック〉の病院名と小田嶋薫の名前が記載されている。

「この病院に行ってみましょう」

「もう問い合わせして、彼女が認知症を患っているのは確認したんですよ」

「事情聴取は対面でやれっていうのが渡瀬班長の口癖でしてね」

渡瀬の名前を出された途端、船戸の表情が微妙に変化した。

「もちろん対面が原則ですとも」

口調はきびきびしているものの、目はすっかり怯えている。渡瀬の勇名あるいは悪名は、いったいどこまでどんなかたちで轟いているのか確かめたくなる。ともあれ上司の威光をふんだんに使い、古手川は船戸とともに病院へと向かった。

境川メンタルクリニックは小田嶋宅から徒歩圏内にあった。瀟洒《しょうしゃ》な外観が周囲から浮いて見える。

受付で来意を告げると、数分待たされてから診察室に招かれた。

「今、空いている部屋がなく、こんな場所で申し訳ありませんね。院長の境川です」

境川は嫌な顔一つせずに二人を迎えた。

「ウチで診察した患者さんが事故に巻き込まれたとか聞きましたが」

「正確には患者の家族ですね。こちらで診察する際、付き添いをしていた夫が遺体で発見されました」

古手川が事件の概要を告げると、境川は憂鬱《ゆううつ》そうな目を向けてきた。

「事故ですか」

「現状では、入浴の介助中に手か足を滑らせて浴槽内に落ちたという認識です」

「素人《しろうと》の介助というのは危険なんです。患者が暴れて介助者が怪我をするケースが多々ある。だからこそ資格を持つ介護士なり介護サービスの会社が存在している」

「ここで診察されてから介護サービスの会社と契約した記録は見当たりません」

「そうしたケアを含めて通院をお勧めしているんです。初診から何の音沙汰もないから心配はしていたのですが、よもや最悪の事態になっていたとは……残念ですな」

「初診で小田嶋薫を認知症と診断されたんですよね」

「身体検査と問診の後、認知症検査を行うのですが、その結果中等度と判明しました」

境川は次のような検査を行ったと言う。
１　認知機能検査
・長谷川式簡易知能評価スケール（ＨＤＳ－Ｒ）
年齢、日時・場所の見当識、三単語の即時記銘と遅延再生、計算、数字の逆唱、物品記銘、言語の流暢《りゅうちょう》性の各項目を三十点満点で評価。
２　ＣＴによる脳の断層撮影
「神経心理学検査には他にもスクリーニング検査があるのですが、小田嶋さんの場合はＨＤＳ－Ｒの段階で認知症の疑いが濃厚だったため、すぐＣＴ検査に移行しました。案の定、脳の萎縮が認められました。中等度の進行だったので投薬と通院が必要だと懇々《こんこん》と説明したんです」

「先生の説明を聞いている最中、夫の様子はどうでしたか」

「深刻というよりは当惑という顔をしていましたね。さほど困窮しているようにも見えないので、ウチへの通院を続けるか介護サービスに依頼するとばかり思っていました。まさか老老介護に踏み切るとは」

最近は介護制度が充実してきたので、小田嶋のように元公務員であれば相応の介護サービスも受けられたはずだ。それができなかったのには理由があるはずだった。

「当惑、つまりこんなはずじゃなかったということなんですかね」

「他人の気持ちを推し量ることは難しいですが、いかにも厄介事を抱え込んだという顔でしたね。一方、患者さんの方はまだ認識能力があるので、認知症と診断された時は愕然《がくぜん》としていました。まあ当然の反応でしょう」

病院を出ると、船戸が申し訳なさそうに話し掛けてきた。

「すみません、すっかり報告するのを忘れていたんですが、被害者の持ち物を調べていたら本人の札入れからキャバレーの会員証が出てきたんです」

年金収入がありながら介護費用に回せなかったのはそれが原因か。

「店には二年前から週一で通っています」

「それでやむなく自分で介護するようになった訳ですね」

「結局は自分で介助している最中に事故に遭った訳ですから、自業自得というか哀れな話ですよ」

本当にそうだろうかと古手川は自問する。状況証拠と検視結果を総合すれば、たしかに船戸の言う通りだ。だが伸丈の死に顔を見た古手川には、事故と断定することに戸惑いがある。あの死体は語りたがっている——そう考えると俄に落ち着かなくなってきた。

「どうかしましたか、古手川さん」

「船戸さん。もうちょっと調べてみましょうよ」

# 3

「その死体は語りたがっている。古手川さんは、そう思ったんですね」

「うん」

「根拠は何なんですか」

「根拠は特にない。敢えて言うなら死者の叫びが聞こえたというか何というか」

　古手川の弁明を聞きながら真琴は憮然《ぶぜん》としていた。霊媒師でもあるまいし、そうそう死者の声が聞こえて堪るものか。

　しかし真琴は古手川の言葉を一笑に付すことができない。死体が語りたがっているという妄想は、おそらく光崎および浦和医大法医学教室チームのせいに他ならないからだ。主任教授の光崎をはじめ、キャシーも真琴も、全ての死体は解剖されて然《しか》るべきという立場を取っている。法医学教室に足繁く通っている古手川が影響を受けないはずがなかった。

　古手川が持ち込んできた案件は八十歳の妻を七十歳の夫が世話をするという、老老介護の典型例だった。検視官の見立てでは、妻の入浴を介助していた夫が誤って浴槽に落ち溺死したのだという。真琴自身がよく聞く事例であり、古手川がこの件に拘泥する理由が今一つ分からない。

「死んだ亭主がホステスに入れ揚げていたらしくて、年金どころか預金まで取り崩してキャバレー通いしていた。介護施設のサービスを利用しなかったのは、そのせいだと考えられる」

「夫は七十歳だったんですよね。お盛んだこと」

「あっちの方に年齢は関係ないって言うしなあ」

真琴がひと睨みすると、古手川は慌てて視線を逸らせた。

「真面目《まじめ》な話、古手川さんは何が引っ掛かるんですか」

「近所の評判」

古手川は面白くなさそうに言う。

「小田嶋夫婦は隣近所でも評判のおしどり夫婦だったらしい。夫が妻の車椅子を押して買い物をする姿は商店街の名物になっていた」

「それが引っ掛かるんですか」

「おしどり夫婦のはずが、夫の方はホステスに入れ揚げていた。もちろん人間に裏表があるのは当たり前なんだけど、落差の大きさが気になる」

「落差が大きいとどうなるんですか」

「受け売りなんだけど、ギャップが大きい生活は長続きしない。何かの拍子で破綻《はたん》する」

受け売りの許《もと》は間違いなく渡瀬だろう。古手川が背伸びをするような言葉を口にする時、背後には必ず渡瀬の姿が見え隠れする。

「小田嶋伸丈の生活が破綻したとしたら、それはどんな破綻の仕方だったのか。それが気になる」

「それで司法解剖をウチに要請するというんですか」

古手川は訴えるような視線を送ってきた。

「法医学教室に通うようになってから、俺は痛感した。死体は嘘を吐かない」

「それは光崎教授の口癖です」

「生前の小田嶋は近所に、ひょっとしたら家の中でも嘘を吐いていた。だけど死体となった今なら正直になっているんじゃないか」

「翻訳すると、解剖したら検視では見逃されたことが明らかになるんじゃないかと期待しているんですね」

「ご名答」

「ご名答は結構だけど、お話を聞く限り明らかに古手川さんの独断専行ですよね、これ」

「一つ提案がある」

嫌な予感がした。

「真琴先生が一枚加わってくれれば独断専行にはならなくなる」

「何ですか、その小学生みたいな理屈は」

「法医学教室は死体の声を聞くんじゃなかったのか」

小学生の稚拙な理屈と大人の急所を突いた論法で攻めてくる。これが古手川以外の男相手なら、とっくに無視するか猛然と反発しているところだ。

「とにかく小田嶋の死体を見てくれないか。それで真琴先生が興味を持てば司法解剖してくれ」

「わたしが興味を持てなかったらどうするんですか」

「その時はキャシー先生に見てもらう」

「……懲りない人ですね」

「簡単に懲りるヤツなら、とっくに光崎先生に恐れをなしてここには来ていない」

これも子どもの理屈だが、光崎が絡むと妙に納得してしまえるのが不思議だった。

小田嶋伸丈の死体は浦和東署に保管されていた。担当の船戸は事前に連絡を受けていたらしく、二人が訪れると挨拶もそこそこに霊安室へと案内してくれた。

「本当にいいんですか、古手川さん」

船戸は心配そうに聞いてくる。

「藤宮検視官は司法解剖の必要を認めませんでしたよ」

「真琴先生が認めたら話は違ってきますよ」

古手川は法医学教室チームの判断が検視官のそれに優先するようなことを言うが、手続き上は逆だ。持ち上げられて悪い気はしないが、いつもはらはらして聞いている真琴の気持ちが分かっているのか。

霊安室に入り、船戸がキャビネットの一つを引き出す。真琴は合掌してから小田嶋伸丈の死体を検案する。

鼻孔部周辺に付着した白色細小泡沫は、まさしく溺死体を特徴づけるものだ。欧米と異なり、全身浴の習慣がある日本人には浴槽での溺死が少なくない。二〇一四年の厚生労働省の研究班の調査では浴室で死亡する者は年間約一万九千人と推定され、また消費者庁は溺死者数が四千八百六十六人となったことを発表した。この四千八百六十六人の九割が六十五歳以上の高齢者で占められている。小田嶋のような死亡例は決して珍しいものではない。

「気道内の水は分析されたのですよね」

「ええ。被害者が沈んでいた、入浴剤入りの風呂水でしたよ」

浴槽での溺死を疑う要素は何もない。真琴は体表面を隈《くま》なく観察するが、外傷らしきものも見当たらない。

古手川はと見ると、自分の解答が正しいかどうかの評価を待つ子どものような目をしている。小田嶋が不審死である根拠を知りたいのはこちらなのに。

真琴は視線を鼻孔部に戻す。溺死体の全てが白色細小泡沫を示すものではないが、泡沫が認められればまず溺死と判断できる。藤宮検視官の判断もそれに拠ってのことだろう。検分を多くこなしている検視官ならむしろ当然の判断と言えよう。

だが次の瞬間、真琴の目が異状を見つけた。

泡沫の奥深くに赤黒いものが覗いている。よほど仔細に観察しなければ発見できなかっただろう。

「すみません。ピンセットと膿盆を貸してください」

慌てて船戸が霊安室の中を見回すが、手頃なものはどこにもない。申し訳なさそうに首を振るだけだ。

赤黒いものの正体はおそらく血液と思われる。

「泡沫のサンプルを採取したいのですが」

「少し待っていてもらえますか。お望みのものがあるかどうか、鑑識に行って確認してきます」

船戸が霊安室を出ていった後、真琴は古手川に異状点を指し示す。古手川は細い目で何とか血液を確認できた様子だった。

「あんな小さなもの、よく見逃さないな。俺には血に見えるけど」

「理由は不明ですけど、わたしも出血だと思います」

サンプルを分析した上で、不審な点が明らかになれば司法解剖すればいい。そう考えていると、ドアを開けて何者かが入ってきた。

船戸ではなかった。

「君たちはここで何をしているんだ」

「藤宮検視官」

古手川が意外そうに呟く。

「はじめまして。浦和医大法医学教室の栂野と申します」

「自己紹介はいいが、別の場面でしたかったな」

淡々とした口調からも当惑と怒りが聞き取れる。

「検視済みの死体を調べにきた医療関係者がいると聞いて駆けつけてみれば法医学教室の人間だったか」

その時、開いたドアから船戸の顔が覗いた。驚いた様子から察するに、彼も藤宮の急襲は意外だったらしい。つまり船戸以外の人間が真琴の来訪を報告したとみえる。

「いったい、わたしの検視に不満でもあるのか、古手川」

「不満は特にありません」

古手川は半ば開き直ったように答える。

「複数の専門家の意見を聞きたいと考えただけです」

「やっぱり不満ということか」

横で聞きながら真琴は既視感に襲われる。まただ。古手川の子どもっぽさが悪い方に転がる局面だった。

「検視官の報告が信用できないのなら、捜査が立ちゆかなくなるぞ」

「何度も言っているように検視官の見立てが信用できないのではありません。事故死を補完する意見も聞きたかったんですよ」

「補完ねえ。光崎教授のご意見ならともかく、こんな若いお嬢さんの意見を拝聴しなきゃならんとはな」

〈若い〉と〈お嬢さん〉が真琴のプライドを刺激する。司法解剖の件数や浅学さを指摘されるならまだしも、年齢と性別がどうして信頼度を左右するのか。

口を開こうとしたが、古手川に先を越された。

「藤宮検視官、今の言葉は撤回した方がいいですよ」

「何だと」

「まこと……栂野先生が今までバラした死体の数を知っていますか」

「執刀といっても、どうせ光崎教授の補佐だろう。そんなもの、数のうちには入らん」

「しかし検視官は実際に解剖したことがないでしょう」

今度は藤宮が自尊心を傷つけられたらしい。

「検視官は司法解剖の必要性を判断するのが職務だ。解剖の経験値を問われる訳じゃない」

これも分業制の弊害だと思った。藤宮の言い分は間違っていないものの、満足できる回答ではない。分業制であるからこそ、他の知識が必要なのだ。

「栂野先生は浦和医大で教授をされているのかな」

「助教です」

助教と聞いた途端、藤宮の顔に侮蔑《ぶべつ》の色が広がる。何と分かり易《やす》い男なのだろう。まだ古手川の方が思慮深い。言い換えれば藤宮は園児並みということだ。

性差での差別に年齢の差別、おまけに肩書への差別ときた。真琴の中ではスリーアウト・チェンジだ。

「わざわざご足労いただいたが、ここに栂野先生が活躍する場所はない。県警本部は他に死因不明の死体を何体も抱えている。法医学の知識を生かしたいのなら、その死体たちに向けてくれませんか」

「ご忠告、承りました」

真琴はそれだけ言うと、丁重に死体を元に戻す。そして後ろも見ずに霊安室を出た。

しばらくすると自分の背後に駆け寄る者がいた。いちいち振り返らずとも足音で誰かは分かる。

「待てよ、真琴先生」

「待ちません」

「ここで真琴先生にへそを曲げられたら」

「曲がるようなおへそは持っていません」

「じゃあ今度見せてくれ……って、冗談だって」

真琴が振り向きざまに手を振り上げると、いち早く古手川が謝ってきた。

「でも光崎先生の下にいたら、いつか曲がるかもしれんぞ。あの先生のへそ曲がりは普通じゃないからな」

「ここだけですか」

「へっ」

「小田嶋さんの遺体を検案させるだけの目的でわたしを連れ出したんですか」

「さすが真琴先生。実はもう一カ所、同行してほしい場所がある」

「今すぐ行きましょう」

「エンジンが掛かったみたいだな」

「ムチャクチャ、腹が立った。こんなにムカついたの何年ぶりだろ」

「まあ色々と問題のある検視官だよな」

「埼玉県警というところは、問題のある人物でも検視官になれるんですね。ちょっと幻滅」

「ウチの班長が未だに階級が警部なんだから、その辺は推して知るべしさ」

死体の声を聞くという最初の目的に別の項目が加わった。光崎の補佐は数のうちに入らないという妄言《もうげん》を撤回させなければ、浦和医大法医学教室の名折れだ。

「次はどこへ行けばいいんですか」

「ついてくれば分かる」


古手川と真琴が次に向かったのは西川口だった。駅周辺の風俗街に小田嶋の通い詰めた店があるという。

〈ニュー・マーメイド〉のマネージャーは正田《しょうだ》という男で、古手川が警察手帳を呈示するとひどく恐縮していた。

「いや、風営法関係の取り締まりじゃないですよ」

用件が小田嶋についてだと知るや否や、正田は露骨に緊張を解いてみせた。その仕草だけで、このマネージャーが小田嶋をどう扱っていたかが垣間見える気がした。

「常連さんでしてね。週一で通っていらっしゃいました」

「週一というのは結構な回数なんでしょうか」

「普通ですね」

正田の答えはにべもない。

「中には週二、週三のお客様もいらっしゃいますので」

「店での振る舞いはどうでしたか。お大尽《だいじん》遊びをしていたとかちびちびやっていたとか」

「年金で生活されていたようですので、お大尽遊びというのはちょっと……一人の女の子とちびちび長時間という遊び方でしたね」

正田の口ぶりからも、小田嶋が多くのカネを落としていく客ではなかったことが窺える。水商売でカネを出し渋る客がどんな扱いを受けるかくらいは、真琴でも容易に想像がつく。

「一人の女の子。指名ですか」

「ええ、チヒロという子です。ちょうど出勤してきたところですが、お話しされますか」

「是非」

数分待たされ、二人の目の前に二十代と思しきフィリピン人女性が現れた。小田嶋にすれば娘どころか孫のような年頃ではないか。真琴は小田嶋を「お盛ん」と形容したのを撤回したくなった。

「チヒロです」

「早速ですが、常連客の小田嶋さんが亡くなったのはご存じですか」

「シってます。オダジマさん、いいおキャクさんでした」

「ずっとあなたを指名されていたようですね」

「はい、シメイ、ウレしかったです」

「ええと、お店の外で会ったりはしていませんでしたか」

古手川の問いにチヒロは不思議そうな顔をする。

「つまりデートとか」

途端にチヒロはけたけたと笑い出す。

「ドーハンのことですか。いいえ、オダジマさんとはイチドもドーハンしていませんよ」

「小田嶋さんとは。じゃあ他のお客さんとは行くんですか」

「はい。オダジマさんよりもキマエのいいおキャクさんがいますから」

古手川と真琴は顔を見合わせる。何やら妙な雲行きになってきた。

「小田嶋さんはどんなお客さんでしたか」

「ちょっと、しつこい」

チヒロは困惑を隠そうともしない。

「チヒロに、ケッコンしようってナンドもイってきたんです」

「チヒロさんは小田嶋さんのことをどう思っていたんですか」

「ただのおキャクさん。シタしそうにハナシはするけど、ここ、そういうおシゴトだから。ホンキにされるとコマる」

薄々想像はしていたが、実際にチヒロの口から聞かされると小田嶋に対して同情よりも嫌悪感が湧いた。老いらくの恋などと聞こえはいいが、女の立場からすればとんでもない勘違いジジイでしかない。

「チヒロさんがそう小田嶋さんに持ちかけたとかじゃないんですか」

「ゼンゼン！　オダジマさん、七十サイよ。おじいちゃんよ。おマワりさん、あなたおカネモチでもない、五十サイもトシのハナれたおばあちゃんとケッコンできますか」

これはチヒロの勝ちだろう。古手川は返す言葉もないといった体で項垂れている。

「それにワタシ、フィリピンにフィアンセがいます。おカネがタまったらカレとイッショになるんです。だからこのシゴトしているんです」

「小田嶋さんと最後に会ったのはいつでしたか」

「十八ニチ」

十八日と言えば小田嶋が浴槽で溺れる前日だ。

「その際、小田嶋さんは何か言ってましたか」

「もうすぐチヒロにラクをさせてあげられるかもしれないって。ナンのことかワからなかったけど。あの、もうそろそろカイテンジカンなので」

チヒロへの質問を切り上げた古手川は、次に正田に同じ質問をぶつけてみた。

「十八日。ええ、確かにいつもの時間に小田嶋様がご来店されましたよ」

「何か変わった言動はありませんでしたか」

「チヒロちゃんを身請けするにはいくら必要なんだと訊かれました」

正田は苦笑しながら言う。

「今時、身請けなんて言葉を使うのかと驚きました。女郎屋じゃあるまいし、ウチを何の店だと思っていらしたのか」

これも正田の受け答えが真っ当だと思った。いったい風俗店で働く女を何と思っていたのか。

「あれくらいのご高齢者の中には時々いらっしゃるんですよ。苦界で借金に喘《あえ》いでいる若い娘を救うんだとか何とか」

「しかしホステスの方から深刻な打ち明け話でもない限り、そんなとっちらかった誤解はそうそうしないでしょう」

「それがしちゃうんですよ」

もはや正田は被害者の顔をしている。

「女の子だって客商売ですからねえ。多少は気のあるふりをしてみせたり、不幸な身の上話くらいはしますすよ。それをファンタジーとして客も楽しむから、店内での疑似恋愛が成立している。それを全部本気にするお客様というのは、失礼ですけど遊び慣れていない人なんです」

「小田嶋さんは遊び慣れていない客ですか」

「典型でしたねえ。確か元は公務員をされていたとか。現役時分に遊ばなかった人が水商売の女にハマるとああなるという見本でした。ウチにおカネを落としてくれるから忠告めいたことはしませんでしたけどね。哀れだなとは思いました」

「近々、大金が入るような口ぶりだったんですか」

さあ、と正田は首を捻《ひね》る。

「店内でしか通用しないファンタジーを店外にまで持っていくお客様には、思い込みの激しい人が多いんです。大金が入る云々の話を聞いた記憶はありませんが、聞いたとしても本気にはしなかったでしょうねえ。そういう人がするおカネの話も多分にファンタジーめいたことが多いんですよ。もっと明け透けなことを言いますとね」

　正田は声を一段潜めた。

「本当に羽振りがいい人は、もっと別の店で遊びます。ここは年金暮らしのお客様でも遊べるリーズナブルな店ですから」

　古手川と真琴が店を出る頃には、そろそろ夕闇が迫りつつあった。

さっきから古手川が浮かない顔をしているので理由を訊いてみた。

「いや、ただ小田嶋が哀れに思えてきてさ」

「わたしは少し違う意見」

「言ってみなよ」

「もし小田嶋さんが独身だったのなら、ただの遊び慣れていない遊び人。でも長年連れ添った奥さんがいる時点でペケ。ただの色ボケ老人」

「……それ、厳し過ぎやしないか。一応、故人なんだしさ」

「ホステスに入れ揚げる七十歳既婚者という前提での一般論。でもわたし、身近に光崎教授を知っているから尚更高齢者の潔癖さを求める傾向がないとは言い切れない」

「あのな、真琴先生。光崎先生を他の年寄り連中と同じに扱ったら、話が拗《こじ》れるからやめとけ」

「どうしてですか」

「あの人は生きている人間より死んだ人間の方に興味があるんだぜ」

それもそうだと真琴は納得してしまう。

「で、どうする。小田嶋の解剖は」

「やります」

小田嶋の人間性はともかくとして、泡沫の奥に覗いていた血液の原因は明らかにしなければならない。

「遺体さえ搬送してくれれば浦和医大で解剖します」

4

古手川がどう根回しをしたのかは分からなかったが、その日のうちに小田嶋の遺体が法医学教室に搬送されてきた。

既に午後八時を過ぎていたが、法医学教室のブラック体質は今に始まったことではない。真琴とキャシーは文句一つ垂れることもなく粛々と解剖の準備を執り行う。

「それにしても真琴の手綱捌《たづなさば》きは日に日にレベルアップしていきますね」

「何ですか、その手綱捌きというのは」

「真琴は古手川刑事に、遺体さえ搬送してくれれば浦和医大で解剖しますと伝えたのですよね。それが功を奏して即日の司法解剖となった訳ですから、いかに彼が獅子奮迅《ししふんじん》の働きをしたかが分かろうというものです。それも真琴のひと言が古手川刑事を突き動かしたに違いありません」

「誤解を招くような言い方はやめてください」

「では、誤解でないのならよいのですね」

キャシーは悪戯っぽく笑ってみせる。

確かに真琴が条件を提示してから小田嶋の遺体が搬送されるまで二時間を要しなかった。いったい古手川が上司をどうやって説得したのか興味があったが、それを知るのは解剖を終えてからでも遅くないだろう。

「今のうちにハズ（夫）の操縦法をマスターしておけば、結婚後も真琴は楽ができます」

「わたしは旦那様を操縦したり尻に敷いたりしたいなんて、これっぽっちも考えていません」

「そうです。真琴は無意識のうちに、フィーリングで古手川刑事を操っています。とても高度な技ですね」

喋るだけキャシーにからかわれるので、真琴は口を噤む。

遺体が解剖台に載り、全ての準備が整ったところで教室の主が降臨する。

解剖着に着替えた光崎はいつものように体表面をチェックし、口腔内を覗き、上半身を起こして死斑の広がり具合を見る。幸いだったのは、小田嶋が浴槽に浸かっていたのが半日程度だったという事実だ。温水に浸されていたために死亡推定時刻の算出が困難になったとはいえ、原形を留めているだけマシだ。

過去に真琴が遭遇した浴槽での溺死案件はもっと凄《すさ》まじかった。自動追い炊き機能付きの風呂に入った男性がそのまま脳卒中で死亡。ところが独り暮らしであったために発見が一週間遅れ、その間死体は一週間に亘って四十三度の湯で煮続けられた。発見された時は、皮膚と筋肉と脂肪がほぼ溶け出して、浴槽は人間スープの様相を呈していたのだ。

全身を隈なくキャシーに撮影させてから、いよいよ光崎は執刀に取り掛かる。

「では始める。死体は七十代男性。死後、自宅浴槽内で発見。鼻孔部周辺に白色細小泡沫あり」

鎖骨《さこつ》の辺りを起点としたY字切開。メスは正中線に沿って腹部へと延びていく。光崎の握るメスは人体に入る時、いささかの抵抗もない。まるで常温のバターにナイフが入っていくようだ。

光崎の両手が死体を左右に開いていく。肋骨が露出するが、そこで光崎の手が止まった。

左右の肋骨が数本折れていた。元より肋骨は人体の中で最も折れやすい骨の一つだが。数えてみれば左右で十一本も折れている。

光崎は折れた肋骨を胸骨とともに取り出す。うち二本は肺に深く突き刺さっていた。

それで真琴は納得がいった。白色細小泡沫の奥に覗いていた血は肺からのものだ。肋骨が刺さって肺の内部から出血し、泡沫と一緒に鼻に届いたに相違なかった。

予想通り肺腔は膨満《ぼうまん》している。気腫と鬱血《うっけつ》が混在し大理石模様となった表面は気泡に塗れ、光崎が押すと指が沈んでいく。

肺の表面が気泡に溢《あふ》れているのは、肺に流れ込んだ水が中に入っていた空気を押し出すからだ。こうした形状のものは溺死肺と呼ばれ、溺死体の特徴の一つになっている。

光崎が肺を切り裂き、中の水を採取する。万が一、このサンプルの中にプランクトンの存在が認められれば、小田嶋は浴槽以外で溺死させられたことになる。

各臓器を摘出し終えると、光崎の関心は頭部へと移った。頭蓋を電動ノコギリで切断していく。

しゅいん、しゅいん。

光崎に扱わせると、電動ノコギリすら乱暴な音は立てなくなる。風を切るような静かな音とともに頭蓋に綺麗な線が入っていく。やがて切断された骨弁がゆっくりと外される。

現れたのは脳髄を覆う硬膜だ。光崎のメスが脳髄との間に入り、硬膜を綺麗に剝離させていく。

開頭したのは脳溢血の有無を確認するためだ。気道から水が入っていたとしても、前後に脳溢血を起こしていたら報告書の内容が変わってしまう。

だが真琴の見る限り脳のどこにも異状は見当たらない。現状、小田嶋の死因は溺水による窒息死のままだ。

「直接の死因は溺水による窒息死と思われる。尚、脳溢血、心臓発作など他の徴候は見られず。閉腹する」

宣言の後、光崎は直ちに解剖した箇所を閉じていく。澱みも躊躇もない動きはいつもの通りだ。

死因は藤宮検視官の見立て通り、溺水による窒息死。

だが、やはり解剖しなければ判明し得なかった事実を彼は見逃していた。

翌日、古手川は真琴を伴って小田嶋家に向かっていた。

「どうしてわたしが同行しなきゃいけないんですか」

「ひょっとしたら真琴先生の手助けが必要になるかもしれない」

古手川はさも当然のように言う。

「古手川さんは忘れているかもしれないけど、わたしはあくまで法医学教室の助教であって埼玉県警の刑事じゃないんですよ」

「自分たちで解剖した死体が何故、どんな風に死んだのか興味が湧かないか」

真琴は返答に詰まる。野次馬根性とは思いたくないが、一体解剖するとその死体の由来が知りたくなるのは人情だ。

ところが光崎ときたら死因究明のみが関心事で、犯人やら動機やらには毛ほども興味を示さない。死体偏重のきらいはあるが、あれはまさしくスペシャリストの典型だろう。

片やキャシーはと言えば、故郷アメリカに検視法廷がある。異状死体が自殺か他殺か事故死かを判断する場であり、かの国の司法システムの中に組み込まれている。自《おの》ずと検視官は背後関係や動機を知る必要があり、犯罪捜査に大きく関わってくる。検視官を目指すキャシーはそれゆえに死因のみか犯罪全体に興味の対象を広げている。

最近、自分はどちらなのだろうかと迷うようになった。光崎のようなスペシャリストには畏敬の念があり、キャシーが望むゼネラリストにも憧憬《しょうけい》を覚える。助教になって三年、そろそろ己の方向性を決める時期が迫っていた。

小田嶋宅を訪れると、民間自立支援団体〈ハンドインハンド〉の神原が薫の介護をしていた。

「ああ、古手川さんでしたね。お久しぶりです」

ともに年金生活者の小田嶋夫婦だったが、仲丈の死亡により薫の介護者が不在となったため、行政が介入して神原に介護の委託をしたらしい。

「亡くなったご主人から奥さんの介護について相談を受けたことがあって。今回はその縁で市から委託を受けたんです」

ちょうど昼食を終えた直後で、神原は薫の口元を拭き、食器を片づけていた。薫の認知症の進行が気になった真琴は神原に話し掛ける。

「症状は進んでいるんですか」

神原は表情を曇《くも》らせる。

「最初にお目にかかった時よりもひどいですね。やはりご主人に亡くなられたのが災いしていると思います」

「ご主人が亡くなられたことは認識しているんですか」

「していますよ。ただし、いつ、どんな風に亡くなったのかまでは把握しているかどうか」

「これから薫さんはどうなるんでしょうか」

「現状、ウチが市からの要請で訪問していますが、いずれは市の担当者が本人と相談の上で正式に介護サービスを受けさせるなり、あるいは支援打ち切りになる可能性があります」

神原は立ち去る直前、ひどく遣る瀬無い表情を見せた。

「善意があっても、おカネがなければどうしようもない。それは介護の世界も一緒なんです」

神原が行ってしまった後、会話が途絶えた。

居間に引っ込んだ薫は刑事ドラマの再放送に見入っている。

古手川は薫に近づき、隣に腰掛ける。

「こんにちは、小田嶋薫さん」

「あなたは、どちら様ですか」

「埼玉県警捜査一課の古手川です。先日もお邪魔しました」

「ああ、そう。ご苦労様です」

薫は古手川と、その背後に立つ真琴の存在を気にも留めない様子でドラマに釘付けになっている。

「これ、再放送ですよね。本放送は観なかったんですか」

「観たかもしれないけど、憶えてなくって」

「主演している俳優が好きなんですか」

「男前よねえ」

「俺はこの女優さんが好きで。新人の中では一番演技が上手いっていう評判なんですよ」

「わたしは、こんなキツい性格の女の人は苦手ねえ。もっと優しい印象の子の方がいい」

「それが演技力の賜物じゃないですか」

「いくらお芝居していても、その人の素が出るものよ」

「〈ニュー・マーメイド〉」

店名を告げられた瞬間、薫はさっと古手川に振り向いた。驚愕《きょうがく》と憎悪、そして悔恨の入り混じった不思議な表情だった。

だが、すぐに視線をテレビ画面へと戻した。

「やっぱり反応しましたね」

薫の返事はない。

「キャバレーの会員証からは伸丈さんの指紋以外にあなたの指紋も検出されました。奥さん。あなたはご主人が年金や預金を取り崩してキャバレー通いしていることを知っていた。本来なら介護サービスに回せるカネをホステスに溶かしてしまった。しかも自分にはひと言の断りもなく」

薫は視線をテレビ画面に固定したまま動かない。

「そればかりじゃない。伸丈さんは亡くなる前日、保険会社に規約の内容を確認していました。今、妻が死んだら、いったいいくらの現金が入ってくるんだと。保険会社の通話記録によれば固定電話からの問い合わせでしたから、伸丈さんはここから電話をしていた。しかもあなたが家にいる時にです」

長年連れ添った相手が自分たちの余生のために貯めていたおカネを風俗に散財していた。しかも死亡保険金目当てに自分の殺害まで計画しているらしい——それを知った薫の心境を思うと、真琴は恐ろしくて叫び出したくなる。そして、薫が逆に伸丈を殺そうと企《くわだ》てるのも当然だと考えつく。

「あなたは自分の身を護るため、そして裏切りに対する報復としてご主人の殺害を計画した。方法は至極簡単です。日常繰り返していることをそのまま利用した」

相変わらず薫の反応はない。しかし、相手の耳に届けばいいとばかりに古手川は話すのをやめようとしない。

「あなたが入浴する際、いつもご主人が介助した。あなたを湯船に入れる時には後ろから腰を摑んで持ち上げる。あなたがしたのは、まず踏ん張って素直に持ち上げさせなかった。当然、ご主人は更に引っ張り上げようとして力を込める。あなたはタイミングを見計らって踏ん張るどころか逆に腰を上げる。勢い余ったご主人はバランスを崩し、浴槽に放り込まれる。浴槽の深さは六百ミリ、縁までは手も届かない。しかし、ひょっとしたら片手くらいは届いてしまったのかもしれない。あるいは念には念を入れようとしたのかもしれない。あなたは浴槽の底でもがくご主人の上に、重しのように乗ったんです」

伸丈の肋骨は外部からの圧迫で折れていた。これは仰臥位《ぎようがい》の伸丈の真上から急激な力が加わった結果と判断され、光崎も解剖報告書の所見欄にそう記していた。

「これは通報されて駆けつけた鑑識が撮った現場写真の一枚です」

浴槽に沈んだ伸丈が目をかっと見開いている。浴槽の内側の水位はかなり下にある。

写真を目の前に持ってこられると、薫は煩《うるさ》そうに片手で払い除《の》けた。

「深さ六百ミリの浴槽でこの水位では半身浴になってしまいます。ところがここに大人二人が入ると中の湯が溢れ出し、一人が出た後はちょうどこの水位になる。あなたは溺れるご主人の上に伸し掛かり、完全に溺れたことを確認すると外に出た。身体をいったん拭き、後は温かい浴室の中で自分たちが発見されるのを待った。朝の七時になれば隣宅の住人が呼びに来ることも、インターホンで呼んで応答がない時はそのまま家の中に入ってくるのも承知していたからだ」

古手川は薫の前に回り、正面を見据えた。

「あなたがご主人を殺したんだ」

しばらく沈黙が下り、やがて薫が口を開いた。

「あなたは、どちら様ですか」

古手川はゆっくりと肩を落とした。


小田嶋宅を退去する際、古手川は悔しそうに玄関ドアを睨んだ。

「彼女の詐病《さびょう》を証明することはできないのか」

詮無いことだと分かっていながら、真琴は答えずにはいられない。

「以前に診察された段階で中程度の認知症と診断され、脳の萎縮も確認されているんです。症状の進み具合は本人にしか分かりません。ううん、本人にも分からないかもしれません。夫を浴槽に沈めたのは確かでしょうけど、それを薫さん自身が記憶しているかどうかも証明しようがないんです」

「犯行の事実も動機も記憶の彼方という訳か」

真琴は押し黙る。仮に薫の殺意と犯行を立証できたとしても、彼女の認知症は進行している。己の行為すら認識できない人間を裁くことは困難だ。弁護士なら当然のごとく刑法第三十九条の適用を主張してくる。また、裁判所が弁護側の主張を退けて薫に何らかの刑罰を与えたとしても、齢《よわい》八十の薫にどれだけの意味があるのか。刑の執行期間が終わる前に彼女の死期が追いついてしまう。

「古手川さんも、こうなることが予測できたはずですよね」

「うん」

「それなのに、どうして本人に自白させようとしたんですか」

しばらく考えてから古手川はぽつりと言った。

「きっと彼女の中に良心が残っているのを確かめたかったんだろうな。俺の独りよがりなんだけどな」

肩を落とした古手川の背中はいつもより小さく見えた。

真琴は再び小田嶋家を振り返る。

あの家はやがて朽ち果てる。

住んでいる薫と、殺人の記憶を道連れに消えていく。

それは意識の明瞭な薫が下した、最後の判断だったのかもしれない。

「だけど古手川さん、今回はすごかったですね。いったい、どうやって刑事部長を説得したんですか」

「ああ。真琴先生をダシに使った」

古手川は悪びれもせずに言う。

「あの光崎先生の秘蔵っ子が藤宮検視官の判断に異議を唱えている。ここで司法解剖に踏み込まなかったら、今後浦和医大法医学教室とは良好な関係が保てなくなるかもしれない。そう言ったら、案外すんなりと許可が下りた」

真琴はしばらく口もきいてやらなかった。

# 四　9060

## 1

楠村和夫翁《くすむらかずおおう》のかかりつけの病院は今日も老人で賑わっていた。

「やあ、楠村さん。今日も元気そうだねえ」

通院仲間の佐伯爺《さえきじい》さんが親しげに声を掛けてくる。病院の待合室で元気そうも何もないものだが、実際ここにいる老人たちは多少の持病があるものの、自力で通院しているのだから寝たきり老人よりはずっと壮健だ。逆に、この待合室に顔を見せなくなると、「あの人はいよいよ危ないらしい」などと陰口を叩かれる始末だ。

「そう言や、楠村さん、来年は卒寿《そつじゅ》じゃなかったのかね」

「いや、今年だよ」

「そりゃあ、めでたい」

「おっ死《ち》ぬまで、あとわずかだという印だ。何がめでたいものか」

「九十まで生きられたらめでたい話だよ」

佐伯爺さんの言葉を聞き流す一方、楠村は果たしてそうだろうかと考える。楠村がまだ二十代だった頃、六十代は敗残兵の印象でしかなかった。敗残は老醜《ろうしゅう》と同義語であり、長く生きればそれだけ後進の妨げになるのではないかという思いが強い。

従って楠村自身はどれだけ生きるかよりもどう生きるか、そして何を残せるかを考えてきた。だから特段健康に気を使った覚えはなく、どちらかと言えば徹夜と偏食が目立つ日常だった。ヘビースモーカーでおまけに酒量も尋常とは言い難かった。

ところが自分は何と九十まで生き永らえているではないか。これはもう天命というよりは何かの悪ふざけとしか思えず、楠村自身が呆れてしまっている。

生きている限り働けという思し召しと解釈した楠村は長年奉職した警察を六十歳で定年退職した後も、七十歳まで警備会社で働いた。それでも楽隠居するつもりは毛頭なく、次は八十歳まで民生委員を務めた。

ところが、数年前の定期健診の際、大腸がんが見つかった。大腸がんは長期間に亘って成長し、しかも自覚症状がない。急遽手術することになったが、高齢で手術に耐えられるかどうか担当医師は最初から不安を口にしたものだ。

さすがに楠村も死を覚悟した。ところがやはり天は易々と迎えてくれる気がないらしく、がんの摘出手術は一応の成功を収め、楠村はがんとの闘いから生還を果たした。一応の成功というのは、摘出後もがんが転移している可能性が捨てきれないからだ。

以来、楠村は通院を続けている。通院して判明したのは、病院が高齢者たちの社交場と化している現実だった。

病院が社交場になることへの批判はともかく、高齢者の集う場所があるのは悪いことではない。お蔭で同じ高齢者たちが抱える共通の悩みや対処法を聞くことができる。

「九十まで生きても、それほど賢くなった訳じゃない」

決して謙遜ではなく、楠村は本音で答える。若い頃は、老人はフクロウのように賢明なものと決めてかかっていたが、最近はどうやらそれが間違いであったと考えている。もちろん二十代の若者のような悩みは既に忘却の彼方だが、高齢者には高齢者なりの、楠村には楠村なりの悩みがあるのだ。

「いやいやいや。いつも楠村さんはそう言いますが、わたしのような若輩者にすれば尊敬すべきところばかりです」

楠村はそろそろ閉口し始める。話し好きなのは結構だが、佐伯爺さんは興《きょう》が乗ってくるとすぐにプライベートな部分にまで首を突っ込んでくる。

「楠村さんのような父親なら、さぞかし息子さんからも尊敬されているんでしょうね。息子さん、おいくつでしたか」

「今年で六十になります」

「ほう。その歳ならそろそろお孫さんもできる。つまり楠村さんは曾祖父さんですか」

「言わんでください。ますます気が滅入ってきます」

待合室で佐伯たちと話していると、楠村の順番がきた。本日は前回のX線検査、大腸内視鏡検査、胸部・腹部ＣＴそして便潜血検査の結果を知らされる予定だった。

診察室では主治医の本間《ほんま》が待っていた。

「一応、まだ再発や転移の徴候は見られませんね」

まだ、という言葉からは再発や転移して当然という響きが聞き取れた。

「ひと安心しました」

「ただし油断は禁物です。大腸がんは肺や肝臓に転移しやすいですから」

転移して当然という物言いに反感を覚えたままなので、楠村はつい天邪鬼《あまのじゃく》な質問をしたくなる。卒寿を迎えた者が大人げないと思うものの、性格はなかなか変えられない。

「先生。老人になるとがん細胞の成長も遅くなると聞きました」

「あくまで比較対照の話ですが、確かに若年層と比べれば進行が速いとは言えません」

「それなら以前のように晩酌するくらいはいいんじゃないでしょうか」

途端に本間は眉を顰めた。

「主治医の前でそういうことを言わないでください。許可するはずがないじゃないですか」

「どうせ老い先短いのなら、好きなものを飲み食いして死ぬのが本望という人もいるでしょう」

「たとえ老い先短くとも、死期を早めるような生活を医者が勧めるものですか」

医者としては真っ当過ぎる意見なので、渋々承諾しておく。

診察を終えて処方箋をもらい、医院に隣接した薬局で薬を受け取る。

医院から自宅まではバスで十五分程度。以前は自家用車で街中を行き来していたが、警備会社を退職した年に運転免許証を返納した。

我が家は築六十年の木造住宅。長男の繁一郎《しげいちろう》が誕生したのを機に建売住宅を購入した。当時は外観もモダンだったが、今となっては楠村同様すっかり老朽化してしまった。

「ただいま」

玄関で声を上げるが返事はない。連れ合いの美津子《みつこ》は楠村が七十五歳の時、食道がんで先に逝ってしまった。以来、楠村家は父子の二人所帯となっている。

返事がないものの、繁一郎が部屋にいるのは土間にスニーカーがあるので一目瞭然だ。もっとも、このスニーカーが消えているのを長らく見ていない。記憶によれば繁一郎がこれを最後に履いたのは美津子の葬儀ではなかったか。

ともあれ繁一郎が息をしているかどうか確認するのは日課になっている。これは美津子の日課だったが、彼女亡き後に楠村が引き継いだかたちだった。

二階の奥が繁一郎の部屋だが、与えたのは小学一年の時だった。まさかそれから半世紀以上に亘って使い続けるなどとは思いもよらなかった。

薄いドアなので、軽くノックするだけで結構な音が響く。

「いるのか、繁一郎」

ドアノブを回しても開かない。いつものように内側から鍵が掛かっている。繁一郎が鍵を掛けているのは、大抵がアダルトビデオを鑑賞している時と決まっている。

六十男が昼間から部屋に閉じ籠り、卑猥《ひわい》な映像に見入っている図など褒められたものではない。佐伯爺さんが見たら、いったいどんな顔をすることやら。

今度はもう少し強くノックする。

しばらくするとドアの向こう側からノックしてきた。部屋にはいるが、入ってくるなという合図だ。とにかく生きていることは確認できたので楠村は階下に戻る。

佐伯爺さんと話していて気が滅入ったのは、繁一郎のことがあるからだった。六十歳になっても長男は未だ独身であり、孫など望むべくもない。近所に知られるのは仕方ないにしても、通院仲間に実情を告げるのはあまりに恥ずかしい。

繁一郎が引き籠るようになったのは勤めていた資材会社を辞めてからだった。本人の弁では社内の人間関係が原因という話だが、会社に確認はしていない。だが繁一郎の心が折れたのは本当らしく、以来飯を食う時と風呂に入る時、そして用を足す時以外は自室に籠りきりとなった。

この時、繁一郎は三十五歳。まだまだ再就職できる年齢だったが、楠村がいくら強制しても繁一郎はハローワークに通うどころか家から一歩も出ようとしなかった。

あなたが強制するから繁くんは余計閉じ籠っちゃうのよ。

美津子はそう言って楠村を咎めた。とうに三十を過ぎた息子にくん付けも何もないものだが、母親にしてみれば子どもは白髪が生えても子どもなのだろう。

昔から美津子は繁一郎を溺愛し、繁一郎もまた母親離れできなかった。大学進学の際、自宅通学ならカネがかからないからと地元の大学に入学させたのが間違いだった。今思えば繁一郎の自立を促し美津子を子離れさせるために、無理をしてでも県外の大学に通わせるべきだったのだ。

だが楠村はその絶好の機会を逃した。当時は警察官として多忙を極めていた時期でもあり、家庭を顧《かえり》みる余裕がなかったせいでもある。

結局、繁一郎は大学卒業後も地元の資材会社に入社し、またしても自宅通いの日々を送ることとなった。

生まれてから一度も実家を出ていかなかった子どもがどれほど親に依存するか、その生きた見本が繁一郎だ。会社で嫌なことがあれば、普通は上司や同僚に愚痴をこぼすものだが、繁一郎は母親に全てを吐露した。美津子を通じて聞かされた時には歯痒くてならなかった。クラスでいじめられたことを母親に報告する小学生と一緒ではないか。

図体だけは歳相応に育っているが、精神年齢は小学生のまま。親として恥ずかしい限りだが、繁一郎はそういう人間に育ってしまった。無論、楠村とて手をこまねいていた訳ではない。自立支援のNPO団体に相談を持ち掛けたこともあった。しかし楠村の話を聞いた代表者は溜息交じりにこう言ったものだ。

『申し訳ありませんが、息子さんが六十歳となると対処法はあまりありませんね。これが三十代四十代ということなら、再就職して自立の道を模索する手もあるのですが』

『手遅れということですか』

『なかなか身内だと実感が湧かないかもしれませんが、六十歳というのはお孫さんがいてもおかしくない年齢ですからね。その歳になるまで自立できない人は、結婚でもしない限り実家を出ていこうとしません。ですから再就職よりは結婚相手を探すのを優先した方がいいでしょうね』

代表者の話を聞きながら、楠村はゆっくりと落胆する。財産も持たない六十男と結婚しようとする女を、いったいどこでどんな風に探せというのだろう。

　夕食の時間になると、繁一郎は二階の部屋から下りてきた。

「今日の夕飯、何」

「餃子《ギョウザ》」

「また冷食かあ」

「文句があるなら自分で買ってきて作るなり外食するなりしろ」

　少しきつく言われると、繁一郎は黙り込む。母親に文句を言えても父親には口答え一つできない。気弱なところも子どもの頃のままだ。職場での人間関係が退職の原因と繁一郎は言うが、実際は本人の精神が脆弱に過ぎただけではないのか。

　目の前に皿を出されると、繁一郎は手も合わせずに餃子を摘み出す。最低限の礼儀さえ守れない息子がつくづく情けないが、六十過ぎの男にいちいち食事のマナーを指摘するのも馬鹿馬鹿しい。

　繁一郎は餃子をもそもそと実に不味そうに食べる。いくら電子レンジで温めるだけとはいえ、用意をした楠村への敬意は欠片も感じられない。

「今日、がん検診の結果を聞いてきた」

　話し掛けたが、繁一郎はまるで興味がないというように箸を動かし続ける。

「まだ、がんが転移した徴候は見られないそうだ。おい、聞いているか」

「ちゃんと聞いてる。よかったじゃない」

「ただし現時点では、という趣旨だ。大腸がん自体がいつ再発するか分からないし、他の臓器に転移しやすいのは変わらん」

「大丈夫だろ、きっと」

「どうして大丈夫だと言いきれる」

「……前も手術して助かったじゃないか」

「手術したのは十年以上前だ。今、再発したら今度は体力が保ちそうにない」

「お父さんなら大丈夫だよ」

繁一郎は何の根拠もなく楽観論を繰り返す。完全に他人事として捉えている証拠だった。

「大丈夫じゃなかった場合を考えたことがあるか」

問い質されると、繁一郎の箸がいったん止まる。しかしまた楠村の言葉を待たずに動き始める。

「俺が死んだら……」

「そういうのは考えたくない」

「考えたくなくても、いずれそうなる。俺は今年で卒寿だ。いつどうなってもおかしくない。死んだら年金も支給されなくなるんだぞ」

現状、楠村家の収入は楠村の年金だけだ。加入時期が七十年ほども前なので、納めた分の数倍は支給されているはずだ。無職となった楠村の生活がそれなりに安定しているのは、偏《ひとえ》に年金支給のお蔭だった。だが、それも楠村の死去とともに途絶してしまう。

「いい加減、自立しろ」

なるべく角の立たない言い方を心掛けたつもりだが、口に出すとやはり端々が尖る。そもそも六十男に告げる言葉ではないし、この歳になっての自立がどれだけ困難なのかも見当くらいはつく。

案の定、繁一郎は露骨に顔を顰《しか》めてみせた。告げた楠村が気まずい思いをしているのだから、告げられる方はもっと気まずいに決まっている。

「今更その歳で職探しは大変だろうが、俺がまだ生きているうちに食い扶持《ぶち》を見つけておかないと、お前が飢えることになる」

繁一郎はまだ三つほど餃子の残った皿を取って、椅子から立ち上がる。

「自分の部屋で食べる」

「待て。まだ話は終わっていない」

「嫌なんだよ。そういう鬱陶《うっとう》しい話を聞くのは」

「嫌でも聞かなきゃならん」

「いよいよとなったら、その時に考える」

「その時になったら遅いんだ」

「俺はスロー・スターターなんだよ」

これ以上の会話は拒否すると言わんばかりに、繁一郎は皿を持ったままそそくさと台所を出ていく。

今までにも幾度となく繰り返されてきた茶番だった。楠村が現実に向き合えと忠告する度に繁一郎は逃げてきた。どれだけ現実が苛酷であっても、自分の部屋に逃げ込みさえすれば身を護れると思っている。六畳の自室は鉄壁の要塞だと信じている。

いや、逃げているのは苛酷な現実からではない。己自身から逃げているのだ。

六十にもなって扶養する家族も付き合っている女もおらず、碌に仕事もしていない。近所の目があるからと言って家から一歩も出ず、日がな一日アダルトビデオを見て時間を潰している。もちろん収入はなく親の年金だけを頼りにして、預金もゼロに近い。本人は独身貴族を謳歌《おうか》しているつもりかもしれないが、世間一般から見れば人間のクズでしかない。

束の間の躊躇の後、楠村も席を立ち息子の後を追うことにした。

「待て、繁一郎」

ここで対話を諦めてしまえば、いつもと同じだ。気まずさからはいっとき解放されるだろうが、要するに問題の解決を先送りするだけのことだ。

だが九十歳と六十歳ではやはり動きに差が出る。楠村が階段下に辿り着く頃には、繁一郎は部屋の中に籠ってしまっていた。

楠村は大きく嘆息すると台所に引き返す。一人きりで咀嚼する夕食は砂を噛むようだった。

このまま放っておいていいはずがない。

己の命がいつ尽きるかは誰にも分からない。しかし九十の齢を数える楠村に残された時間はあとわずかだ。

考え事をしながらもそもそと咀嚼して唐突に気づく。この食べ方は繁一郎と同じではないか。親子だから多少は似ている部分もあるが、やはり自分と繁一郎とでは、物事への処し方が違う。いよいよとなったらその時に考えると繁一郎は言ったが、どうせ時期が到来しても困惑して何もできずに終わるか、さもなければ混迷の果て突拍子もない行動に出て自滅するのがおちだろう。

楠村は食事を終えてからも、しばらく座ったまま考えを巡らせていた。


翌日、楠村は近所のショッピングモールに出掛けてつば広のサンバイザーとショッピングカートを購入してきた。

サンバイザーを着用するのは初めてだったが、装着するとなかなか具合がいい。この時期、陽射しは強くなる一方だ。九十歳の目にも濃いめのシールドはとても有難い。元々はレディース用でUVカット対応を謳《うた》い、つばは真下にまで曲がるようになっている。

以前は何となく敬遠していたショッピングカートも、いざ使ってみるとこれまた快適だ。カートに全体重を預けて前傾姿勢になっても、ゆっくり前進するだけで転倒する惧れはない。少なくとも杖一本で身体を支えるよりはずっと安定している。外見に拘るあまり、どうして今まで購入しなかったのかと遅まきながら後悔した。

ゆったりとした上下のジャージに着替え、カートに支えられて家を出る。初夏に向かう季節、風は適度な湿り気を帯びて肌に心地いい。

「おはようございます、楠村さん」

隣に住む渡辺《わたなべ》家の奥さんが声を掛けてきた。

「あれあれ、サンバイザーにカート。新調されたんですかあ」

「もう九十ですからね。こういうものに頼らないと散歩もできません」

「そのお歳で散歩されるというのが、もうすごいと思いますよ」

「それじゃあ」

軽く手を振ってから、楠村はカートを押して歩き始める。散歩のコースは景色をみながら決めるとしよう。

杖に頼らない歩行は存外に快適で、楠村の足は自然に前へ前へと進む。サンバイザーを完全に下ろしても、楠村を知る近隣住人はすれ違いざまに会釈して寄越す。

「おはようございます」

「おはようございます」

「おはようございます」

卒寿を迎えて未だ意気盛んとでも思われているのか、楠村は近所でも畏敬の目で見られている。それぞれに会釈を返しながら、楠村は悠然と歩き続ける。

馴染み深い住宅街からはあっという間に抜け出た。駅前に続く表通りに入ると、俄にクルマの行き来が多くなる。それでも歩道は広めに設定されているので、楠村は危なげなく歩くことができる。

十五分ほど進むと小さな公園に到着した。楠村は公園内のベンチに腰を下ろし、しばし日光浴を愉しむ。じわじわと身体中が温まり、体内の老廃物が排出されていくような気分を味わう。

充分に太陽を浴びると楠村は立ち上がり、元来た道を引き返す。上出来だ。足腰は多少疲れるが気分転換にはうってつけだと確信した。この日から楠村の散歩は日課となり、近隣住人も散歩中の楠村を風景の一部として捉え始めた。

## 2

『民生委員を務めていた知人の様子がおかしいんです』

県警本部にもたらされた市民からの電話はまず刑事部に回され、続いて捜査一課に丸投げされた。こういう場合、最終的に対応させられるのは一番の若手か、さもなければくじ運の悪い者と相場が決まっている。

そして両方の条件を備えていたのが古手川だった。

「すいませんが、もう少し状況を詳しく教えてくれませんか」

紺野《こんの》と名乗る男性は言葉を続ける。

『正確に言うと十年も前に民生委員を辞めた、楠村和夫という人です』

「その楠村さんの何がおかしいのですか」

『実は相談事ができたので、楠村さんのケータイに電話したのですが、電源が入っていないとかで全然繋がらないのです』

「たまたま電源が入ってなかったり、電波の届かない場所にいたんじゃないですか」

『四日間に亘ってコールし続けたんですが、結局ダメだったんです』

四日間というのは結構な期間だ。紺野が訝《いぶか》しむのも当然と思える。

「その楠村という人はおいくつなんですか」

『確か今年で九十二歳だったと記憶しています』

九十二歳。古手川は危うく驚きの声を上げそうになる。それでようやく紺野の危惧《きぐ》が理解できた。

「紺野さんは、楠村さんがトラブルに巻き込まれていると考えているんですね」

『何しろご高齢ですから。自宅で倒れていたとしても不思議じゃありません。幸い場所も離れていないので、自宅まで様子を見にいったんです』

何だ、紺野自らが出向いたのか。それなら話が早い。

「で、行ってみてどうだったんですか」

『それが、よく分からないのですよ。インターホン越しに楠村さんらしき人が出るんですが、今は体調がよくないので会えないと言うんです。しかし、それでも電話くらい出られるでしょう』

「電源切れを知らずに放置していたのかもしれませんよ」

『わたしもそれは考えました。しかしですね、偶然通りかかった近所の人に尋ねると、楠村さんは毎日決まった時間に散歩をしているって言うんです。それでもう本当に訳が分からなくなって』

どうも話が要領を得なくなってきた。

「直接、お会いできませんか」

紺野も面談を希望していたのか、二つ返事で応諾した。古手川は一階フロアの隅にある応接室に招き入れる。これが果たして事件と呼べるものかどうかは判然としないが、話を聞くだけなら誰の許可も要らない。

わざわざ紺野は県警本部まで足を運んでくれた。

「わたしも地域の民生委員を務めていまして、高齢者のいる家庭から自宅介護について相談を受けていたんです」

紺野はそう切り出した。

「介護の相談まで引き受けるんですか」

「行政と住民との架け橋になるのも民生委員の重要な仕事なんです。ところが、わたしも自宅介護に関してはどの介護サービスに連絡すれば一番適切なのか分からなかった。そこで退任したとはいえ経験が豊富で、しかもご自身が後期高齢者である楠村さんの知恵を借りようと考えたのです」

だが自宅を訪れても楠村は体調不良で外に出られないと言い、一方近隣住人の話では毎日散歩に出かけているという。

「何か紺野さんと顔を合わせたくない理由があるんじゃないですか」

「私には思い当たることはありません。それでインターホン越しに、介護サービスの会社を紹介してくれとお願いしたのですが、すげなく断られてしまって。楠村さんは実直で親切な人です。あんな断り方をする人ではなかったはずなんです」

「楠村さんに家族はいるんですか」

「奥さんにはずいぶん前に先立たれまして、今は息子さんと二人暮らしのはずです」

同居家族がいるのなら、高齢者に異状があれば何らかの対処をしているはずだ。古手川はその点が引っ掛かった。

「楠村さんの最近の暮らしぶりはどうだったんですか」

「以前から年に一、二度は電話連絡しておったんですが、民生委員を辞めてからは悠々自適といった感じでしたね。まあ卒寿を迎えた老人があくせく働かなきゃならんというのも考えものなんですが」

「資産家なのですか」

「元々は警察官だったと聞いています」

同業者か。では資産家とは縁遠いと考えた方がよさそうだ。

紺野の話を聞いていると、古手川にも様々な疑念が浮かんできた。一方、紺野からの伝聞では憶測しか立てられないもどかしさがある。

やはり自分は思考するよりも行動する方が性《しょう》に合っているのだろう。浮かんだ疑念は足で解決するのが古手川流だ。

「今から楠村さんの自宅に伺ってみましょうか」

古手川の申し出に紺野は意外そうな顔をする。

「今からですか。わたしにすれば願ったり叶ったりですが」

「初動捜査は早ければ早いほどいいんです。これも上司の受け売りですけどね」

楠村の自宅はさいたま市桜《さくら》区西堀《にしぼり》にあった。埼京《さいきよう》線沿いに延びる住宅街だが、鴻沼川《こうぬまがわ》流域は市街化調整区域であるために農地や林地が点在する。古手川の目にはほどよく市街化の進んだ田舎に映る。

紺野に案内されて楠村宅前に到着する。早速、古手川はインターホンを押した。

四回目でようやく反応があった。

『……どなたですか』

「埼玉県警刑事部の者です。楠村和夫さんはいらっしゃいますか」

『いませんよ。外出しています』

いくぶん早口気味の返事はそれきりで途切れた。後は何度も鳴らしたが応答なしだった。

「出直しましょうか」

紺野はそう申し出たが、無論このまま引き返すつもりはない。古手川は隣の渡辺宅に移動する。

呼び出しに応じて姿を現した渡辺家の主婦は、古手川から身分を告げられると目を丸くした。

「お隣の楠村さんはお留守ですか」

「いると思いますよ。お昼前も散歩に出掛けていましたから」

「散歩。時間を憶えていらっしゃいますか」

「憶えるも何も毎日のことですから。いつも外に出てから帰ってくる時間が決まっているんですよ。午前九時に出て、帰宅は十一時。とても正確なものだから、近所じゃ時計代わりにしている人もいるくらいで。つば広のサンバイザーとカートで楠村さんとすぐに分かるし。ついさっきも、外から帰ったばかりのはずですよ」

古手川は紺野と顔を見合わせる。すぐ楠村家に取って返し、再びインターホンを押す。

『……はい』

「度々すいません。先ほど伺った埼玉県警の者です」

いくぶん声を低くして話す。古手川なりに威圧したつもりだったが、相手の声色に変化は見られない。

『父はいません』

では声の主は楠村の一人息子か。

「ご近所のお話では、ついさっき帰宅したばかりと聞きましたよ」

返答が途絶える。

「あなたの言い分と食い違っています」

『一緒に住んでいる家族がそう言ってるんですよ』

「それを確認するためにも、家に上がらせてください」

『強制ですか』

「まさか。でも理由なく断られると、疑わなくていいことまで疑いたくなりますね」

再び返事が途絶えたと思うと、ややあって玄関ドアに隙間が生じた。

顔を覗かせたのは六十代と思しき男だった。

「どうぞ」

顔つきも声も陰気臭い男というのが第一印象だった。古手川は紺野とともに家の中に足を踏み入れる。

家にはそれぞれ特有の臭いがある。乳幼児の甘酸っぱい臭い。年頃の子どもが住む若い汗の臭い。タバコの臭い。酒の臭い。そして貧乏の臭い。楠村家の中に漂っているのは腐葉土に似た老人の臭いだった。

古手川の視線が玄関の中を見回す。初めて踏み入れた場所を観察するのは刑事の習い性のようなものだ。

玄関脇にショッピングカートが立て掛けてある。隣家の主婦の証言を信じれば、ここにカートがあるということは楠村の在宅を意味している。

楠村の息子は繁一郎と名乗った。中肉中背なのに猫背気味で歩くから、実際より背が低く見える。髪には白いものが混じり、風采《ふうさい》は老人そのものだ。楠村和夫が卒寿を過ぎているのだから息子が老いているのは当然だが、楠村家の中に漂う老人臭の発生源は繁一郎なのかもしれない。

応接間は和室だった。古手川は畳の縁に注意しながら繁一郎の正面に座る。

「父は先ほど外出したばかりなんです」

繁一郎はそう切り出した。

「どこに出掛けましたか。帰宅時間が分かればお待ちしますが」

「子どもじゃあるまいし、いちいち行き先や帰りの時間なんて言いやしませんよ」

「楠村さん、確か九十二歳の高齢者ですよね。どこかで急に具合が悪くなったりしないかとか不安になりませんか」

「ウチの父親は頑健ですからそんなに心配はしていません。夜になっても帰らなかったら、さすがに探し回るでしょうけど」

「しかし玄関にショッピングカートが置いてありました。あれがなければ歩行は困難じゃないんですか」

「カートを使い出したのはここ二年くらいの話で、それ以前は杖一本あれば事足りていましたよ」

繁一郎は迷惑そうな態度を隠そうともしない。

「第一、家族の行方が分からなくなった時点で交番に駆け込むか、最寄りの警察署に捜索願を出しますよ。どうして家族が心配していない時点で警察に介入されなきゃならないんですか」

繁一郎の態度はともかく、理屈は間違っていない。

「失礼しました。市民の安全とともに治安を護るのが警察の役目ですので」

古手川は最低限の弁明をして、あっさりと引き下がる。一瞬、繁一郎の顔に安堵の色が浮かんだように見えた。

古手川と紺野は半ば追い出されるように楠村宅を退出する。二人が元来た道を歩き始めると、ようやく玄関ドアの閉まる音が聞こえた。

「古手川さん」

「まだ振り返らないでください。息子がこちらの様子を窺っているかもしれません」

「さっきの説明で納得できましたか」

「九十歳過ぎの父親と同居している息子としては、やや無責任な感じはしますね。ただ、それだけの理由で警察が介入する理由にはなりません」

一拍置いてから言葉を継いだ。

「もっと事件性を疑わせるような出来事があれば話は別です」


翌日の午前九時。いつものように楠村宅の玄関ドアからショッピングカートを押した楠村翁の姿が現れる。隣宅の主婦がそれを見て、やはりいつものように声を掛ける。

「楠村さん、おはようございます」

老人はぺこりと頭を下げて彼女の横を通り過ぎる。

いつもの道を十五分ほど歩くと小さな公園に到着した。公園内のベンチに腰を下ろして日光浴を愉しもうとしたその時だった。

「昨日はどうも」

何の前触れもなく、古手川は彼の背後から声を掛けた。その横には紺野も控えている。

「今日もお散歩ですか」

古手川は老人の顔を覗き込もうとするが、シールドを完全に下ろしているので表情が読めない。

「こんなにいい天気なんです。サンバイザーで顔を隠しておくのはもったいないですよっ」

古手川はシールドの端を摑むと、一気にサンバイザーを引き上げた。

そこに出現したのは繁一郎の顔だった。下手なメイクで皺を描いているが、父親の老人顔にはほど遠い。

「やっぱりあなただったんですか」

古手川は勝ち誇ったように言う。

「親子だから顔の造りは似ている。メイクで皺を増やし、サンバイザーで覆ってしまえば隣近所の目も欺《あざむ》ける。ゆったりとしたジャージを着て前傾姿勢でいれば体格も誤魔化せる。杖に替えてショッピングカートを使い出したのも、そういう理由があったからですね」

正体を曝された繁一郎はおろおろと狼狽《ろうばい》し、ひと言も反論できない。

「さて繁一郎さん。どうしてあなたは毎日父親のふりをして外出しているんです。いや、そもそも楠村和夫さんはいったいどこにいるんですか」

　繁一郎は顔を背けて答えようとしない。

　まあいい。答えたくなければ、こちらで居所を探すまでだ。

「署にご同行を……と言いたいところですが、その前にいったんご自宅に戻りましょうか。確認したいこともありますから」

　楠村宅に到着すると、古手川は有無を言わせぬ口調で繁一郎に迫る。

「さあ、案内してください」

　現時点で捜査令状は発行されていない。楠村宅内部の捜索はあくまで繁一郎の任意によるものでなければならない。

　繁一郎に先導させながら古手川は話し続ける。

「和夫さんのケータイが不通になり、息子であるあなたが和夫さんのふりをして毎日散歩に出掛ける。いや、散歩が目的じゃなく、和夫さんが未だに健在であるのを隣近所に認識させるための行為だった」

　古手川の説明に反応したのは紺野だった。

「古手川さん。それじゃあ楠村さんは」

「少なくとも健在ではないと思います」

　不意に繁一郎の足が止まる。ゆっくりと振り返った目は最後の抵抗を試みようとしていた。

「親父の真似をしていたのは認めますよ。でも、それがどんな罪になるっていうんですか」

「確かにコスプレだけなら何の罪にもなりません。ただし事件性を疑わせるような行為ではありません。もし和夫さんが健在であれば、あなたがそんな真似をする必要はありませんからね」

古手川は繁一郎を促して応接間に入る。昨日足を踏み入れた時から気になっていた。

畳の敷き方が奇妙だったのだ。

応接間は六畳あったが、六枚の畳のうち二枚だけが畳目の方向が交互になっていなかった。違和感を覚えたので署に戻って渡瀬に訊いてみると、こんな答えが返ってきた。

『昔の建売住宅は、最低一間は和室にしていた。その際、畳の向きを交互にすることが多かった。光の反射で色が若干変わって洒落《しやれ》て見えるからだ。二枚だけそのルールに外れているのは、何も知らない素人が後から嵌め直した可能性が高いな』

呆れるくらいに雑多なことを知っている上司だったが、拝聴して損はない。今回もそれが役立ったのだ。

応接間に入った古手川は問題の畳の縁に手を掛ける。

「け、刑事さん。勝手に何してるんですか」

「いやあ、この二つの畳、向きが逆なんじゃないかと思って」

これも有無を言わせず、強引に畳を引き剝がす。

床板が露《あら》わになると同時に異臭が鼻を突いた。捜査一課の刑事なら嗅ぎ慣れた臭いだった。

「床下から動物の腐ったような臭いがしますね」

繁一郎は唇を嚙み締めて、膝から下を細かく震わせていた。

「紺野さん、手伝ってもらえますか」

紺野と二人がかりで床板を剝がす。

地面の一部が盛り上がり、骨らしきものが突き出ていた。

紺野は腰が抜けたように座り込む。

古手川はスマートフォンを取り出すと、県警本部に連絡を入れた。

繁一郎は地面を見下ろして立ち尽くしていた。

## 3

古手川から死体発見の通報を受け、県警本部捜査一課の面々が現場に到着した。直ちに他の床下も剝がされ、応接間は見るも無残な状態となった。

いや、それよりも無残だったのは床下から掘り出された死体だ。地面から突き出ていた指先もそうだったが、埋められていた部分のほとんどが白骨化していた。

死体発見とともに繁一郎は捜査一課の監視下に置かれた。楠村和夫を装って毎日散歩に出掛けていたとなれば、捜査陣の抱く心証は真っ黒だ。この段階で死体の主が誰なのかは未確定だったが、家の床下から死体が発見されて住人が無関係とは考え難い。

死体の頭部は申し訳程度に毛髪が残存しているだけで年齢も不明、辛《かろ》うじて骨盤の形状で男性であると見当がつく程度だった。

「死体はひと晩ふた晩で白骨化するもんじゃない」

古手川は台所に軟禁状態となった繁一郎に話し掛ける。

「地上に放置されていれば夏場で数週間、冬場で一年ぐらい。つまり死体は少なくともそれより前に埋められていたことになる。第一、人一人埋めるのはひと仕事です。掘り返すのにこれだけの人員と手間隙がかかるんだから」

実際、死体の発掘には捜査員五人がかりでも一時間を要した。埋めるのにも同等の労力が必要だったと考えるべきだろう。

「応接間でそんな大仕事がされているってのに、家人《かじん》がそれに気づかないなんて有り得ない。違いますか」

「俺は自分の部屋に引き籠っていることが多いので。部屋でビデオとか、それもヘッドホン装着で鑑賞していたら、他の部屋で物音がしても気づかないですよ」

怒るというよりも呆れた。そんな屁理屈で刑事が納得するとでも思っているのだろうか。

「埋められていたのが誰なのか見当つきますか」

さあ、と繁一郎はまるで気のない返事をする。あからさまに顔を背ける仕草はまるで中学生のようで、とても六十男とは思えない。こういう相手には多少高圧的に攻めた方がいいかもしれない。

「楠村和夫さんじゃありませんか。あなたはそれを知っていたから、近所の目を誤魔化すために父親のふりをしていた」

「白骨化するのにそれだけ時間がかかるのなら、少なくとも親父じゃないですよ」

「別の見方をするなら、かなり以前からあなたは父親のふりをしていたことになる。コスプレをしていたなんて言い訳は、もう通用しない。ＤＮＡ鑑定すれば死体が楠村和夫さんであるかどうかは、たちどころに判明します。無論、いつ頃死亡したのかも」

古手川は繁一郎に詰め寄る。

「家の床下に、あなたが演じ続けた父親の死体が埋められている。あなたが無関係だと信じる人間はまずいない。だから今のうちに自供した方がいい」

ずいぶん威圧的な喋り方と表情をしたつもりだったが、対する繁一郎はまるで蛙《かえる》の面《つら》に小便といった風でいささかも動じた様子はない。

「何と言われても、俺が親父を殺した証拠がある訳じゃない」

そう言ったきり、繁一郎は口を噤む。穏やかな黙秘といったところか。弁護士を呼べと言わないだけ、まだましかもしれない。

この手の容疑者は虚勢を張っている者が多い。自白さえしなければ警察も追及を諦めると高《たか》を括《くく》っている手合いだ。言い換えれば、歴然とした物的証拠を突きつけてやれば呆気《あっけ》なく白旗を揚げる。

「いずれにしても、あなたには署までご同行を願います。ゆっくりと話そうじゃありませんか」

繁一郎の身柄を他の捜査員に託すと、古手川は検視にあたった国木田の許に向かう。既に検視を終えたらしい国木田は、古手川の顔をみるなりげんなりとした表情になる。

「君はこういう訳あり物件専門なのか」

「たまたまですよ、たまたま」

「確率が高いのは、たまたまと言わんだろう」

「それより検視官。被害者の年齢は分かりそうですか」

「頭部がすっかり白骨化していて逆に幸いした。頭蓋骨の縫合が完全に癒着している。かなりの高齢者とみて間違いない」

頭蓋骨の縫合については真琴から以前にレクチャーを受けていた。頭蓋骨間の縫合部分というのは幼児期には離れていて、成長とともに次第にくっついていく。そして老年期には完全に癒着して今度は線が消え始める。縫合による年齢判断はかなり正確で、およそ五歳刻みの判断が可能なのだという。

「歯も相当に摩滅《まめつ》している。歯科治療のカルテがあれば確認できるが、いずれにしても高齢者であることに間違いはない」

楠村和夫は今年で九十二歳。被害者が彼なら国木田の見立ては正しい。

「死因は何ですか」

「骨だけでは判別が難しいな」

国木田はあっさりと不明を告げる。

「外傷があったとしても組織部分はほぼ崩れている。眼球は消失し鬱血していたかどうかも分からない。そもそも高齢者なら衰弱死の可能性もある」

「司法解剖を要請しますか」

「メスを入れる場所にも躊躇するような死体だ。解剖報告書を作るにも苦労が伴う」

国木田の顔が皮肉に歪む。

「だが、あの老教授なら眉一つ動かさずに執刀するだろうな。本件は浦和医大法医学教室に司法解剖を要請する」

「そうこなくっちゃ」

「あの偏屈な先生に毒舌を吐かれるのが、そんなに嬉しいか」

国木田は不思議そうな顔をする。敢えて反論しようとは思わない。毒舌だろうが憎まれ口だろうが、毎度毎度聞かされたら慣れもする。言葉よりは行動に見習うべきものがあるから離れ難いのだ。

応接間では鑑識が、それ以外の部屋では捜査員たちが動き回っている。古手川は彼らの間をすり抜けて楠村和夫の寝室へと向かう。寝室では、今まさに鑑識作業の真っ最中だった。枕の表面、シーツの上を丹念に調べて毛髪や体液痕や微物などを採取している。

寝室の様子を見て古手川は確信した。

この部屋は使用されるどころか、しばらく人の出入りさえない。ベッドの上には肉眼で視認できるほど埃が積もり、部屋の中にはかび臭さが充満している。日常的に使用されていれば、決してこんな臭いはしないはずだ。

寝室の中を見回しても特筆すべきものは見当たらない。カレンダーや写真一枚貼ってある訳でもなく、唯々《ただただ》殺風景なだけだ。脱ぎ散らかしたパジャマも古着というよりは衣類ゴミの印象が強く、部屋全体が物置のような感がある。鑑識の一人を捕まえて意見を訊いてみる。

「床に積もった埃から考えて、まず一年以上は足を踏み入れてませんね」

発見された死体が楠村和夫のものならば、彼の寝室が使われなくなった理由にも合点がいく。ここは死者の部屋なのだ。

次に向かったのは繁一郎の部屋だった。二階に上がって奥へ進む。突き当たって左の部屋がそうだと聞いている。

ドアを開けた瞬間、異臭が鼻を突いた。体臭を煮詰めたような酸味のある臭いだ。

カーテンが閉め切られており、中は薄暗い。注意深くカーテンを開いた古手川は陽光に照らし出された内部を見て、うっと声を洩らしそうになった。

机の上には古い型のパソコンが一台置いてある。問題はパソコンの型ではなく机の方で、何と子どもの勉強机ではないか。おそらくは半世紀も前の代物《しろもの》で、塗装はすっかり剝げ落ちている。机とパソコンの世代が違い過ぎて違和感が甚《はなは》だしい。

壁の飾り棚には特撮ヒーローのフィギュアが並んでいる。繁一郎なりに厳選しているのか、真下に置かれた段ボール箱の中には他のフィギュアが溢れ返らんばかりに放り込まれている。

壁に貼られているのは古手川の知らないアイドルのポスターだ。褪色《たいしょく》具合からこれも年代ものと思われる。

床に脱ぎ散らかしているのはパジャマ代わりらしきジャージの上下だ。一目で量販店のものと分かる安物で、胸に大きくキャラクターが描かれている。六十男が身に着けているのを想像すると、滑稽《こっけい》というよりは気味悪さが先に立つ。

繁一郎本人と話していて感じた違和感が甦《よみがえ》る。子供部屋に住まう六十男。話しぶりや仕草も幼いが、それでも六十過ぎには違いない。そのちぐはぐさが違和感の正体だった。

階下に戻ると、別の捜査員が楠村和夫の診察カードを見つけ出していた。カードには〈本間医院〉という病院名と連絡先、そして楠村和夫のカルテナンバーが記載されている。見つけた捜査員が、その場で本間医院に連絡したのは言うまでもない。

電話での応対だったが古手川がカルテナンバーを告げると、楠村和夫がかつては定期健診に訪れていたことだけは認めた。詳細を訊き出すには、捜査関係事項照会書を出すか直接医師に面会するしかないだろう。

古手川の手法は単純明快だ。

時間のかかる文書のやり取りより直接会って訊いた方が手っ取り早く、しかも確実だ。

楠村宅を出た古手川は再び隣宅渡辺家の主婦を捕まえた。主婦の方も捜査員が大挙して押し寄せた理由を知りたくてうずうずしているようだったので話は早かった。もちろん今の段階で話せるのは身元不明の死体が見つかった事実だけだが、主婦はそれだけで好奇心を満足させたらしい。

「わたしが嫁いできた頃は、まだ美津子さんがいて、ずっと繁一郎さんの面倒をみていたんです」

古手川が水を向けると、主婦は生き生きと喋り出した。

「傍で見ていても美津子さんは繁一郎さんをべた可愛がりで。大学の入学式どころか入社式まで ついていったんですよ」

大学の入学式に親同伴は聞いたことがあるが、入社式にもというのは初耳だった。

「子どもの頃から溺愛していたみたいで、亡くなる直前まで繁くん繁くんて呼んでました。繁一郎さんは親離れしていないなんて言う人もいますけど、あれは美津子さんも子離れできなかったんです。別に悪口とかじゃないんですけど繁一郎さんを早くから手放していたら、絶対あんな風にはならなかった」

立派な悪口ではないかと思ったが、口にはしなかった。

「繁一郎さんも悪いんですよ。何かトラブルがある度、美津子さんの後ろに隠れていましたからねえ。折角入った資材会社を辞める際も本人は家から出ようとせず、頭を下げにいったのは美津子さんだったもの。嫌なことから逃げ回る癖がつけば、そりゃあ引き籠りにもなるわよね。だって世間なんて嫌なことと怖いことが山ほどあるんだから」

「でも、お母さんはずいぶん前に亡くなったんですよね」

「十五年以上も前にね。お葬式の時にはちゃんと繁一郎さんも参列していたけど、家から出たのはあれが最後じゃなかったかしら」

「それ以降、繁一郎さんが外出したのは見かけていないんですか」

「さっぱり」

渡辺家以外の近隣にも同じ質問をしたが、返ってきたのは同様の回答だった。

訊き込みを終えた古手川は、その足で県警本部へと取って返す。繁一郎の所在を尋ねると、既に取り調べに入ったらしい。

「取り調べ、俺に代わらせてください」

いささか強引だが、死体を発見したのは他でもない古手川だ。取り調べ主任も渋々ながら古手川の申し出を受け入れざるを得なかった。

「あんたか」

古手川が取調室に入ると、繁一郎はあからさまに嫌そうな顔をみせた。

「そんな顔しないでください。少なくとも送検するまでは、ずっと付き合ってもらうんですから」

「同じことを繰り返すけど、俺は親父のふりをして毎日散歩に出掛けていただけだ。殺しちゃいない」

「楠村和夫さんの寝室は一年以上、人が出入りした形跡がない。和夫さんの扮装をした理由はともかく、その期間は相当長かったんじゃないのか。言っておくけど、昨日今日からなんて言い訳はもう通用しませんよ」

「床下から出てきた死体が親父のものだとは」

「ついさっき簡易鑑定の結果が出ました。和夫さんの枕から採取された毛髪と死体に残存していた毛髪の特徴が一致しました。あの一部白骨化した死体は紛れもなくあなたの父親だ」

寝室の状態と死体の素性。この二つの事実を突きつけて、楠村和夫が死亡し床下に埋められていたのは一年以上前であるのを自白させる――それが古手川の目論見《もくろみ》だった。

果たして繁一郎は反論を諦めたように口を噤む。あとひと息だ。

「押収した和夫さん名義の預金通帳も調べました。偶数月に少なくない額の年金が振り込まれ、同日に支給額とほぼ同額が引き出されている。預金を引き出せる家族といえばあなたしかいない。あなたが父親の姿に扮装して散歩に出掛けていたのは、それが理由だ。毎日、日課のように外出していた和夫さんの姿が見えなくなれば近所が怪しむ。誰かが行政に告げ口するかもしれない。近所の目を誤魔化すために、あなたは芝居を続けなければならなかった。そうじゃないんですか」

問い詰められた繁一郎は、まだ口を閉じている。さては黙秘権でも行使するつもりなのか。

「黙っていれば逃れられると思っているのなら大間違いだ」

古手川はわざと口調を荒くする。

「これだけ状況証拠が揃っていれば充分に立件できる。黙秘すればするだけ不利になる」

古手川の強気は満更はったりでもない。現状、繁一郎が父親を殺害した物的証拠は見つかっていないが、一年以上に亘って床下に死体を隠し続けた事実は動かし難い。死体遺棄容疑なら逮捕状が取れるだろう。いったん死体遺棄容疑で逮捕した後、尋問で詰めて殺人容疑に切り替えればいい。

さあ、どう出る。

このまま沈黙を続けるか、それとも古手川の誘導に乗せられて自供するか。

しばらく机に視線を落としていた繁一郎は、やがてゆっくりと顔を上げた。

「俺のケータイ、返してくれませんか」

取り調べに入る前、繁一郎が持っていた携帯電話はこちらで預かっていた。

「返したら、どうするつもりですか。弁護士でも呼びますか」

「刑事さんに見せたいものがあるんです」

繁一郎が何を企んでいるかは不明だが、まだ容疑者の段階で預かったものを返却しない訳にはいかない。こちらに見せたいものが何なのかも気になるところだ。

早速、携帯電話を持ってこさせて繁一郎に渡す。昔懐《なつ》かしきガラケーだが、母親の葬儀以来外出していない繁一郎なら新機種に変更できなくて当然だろう。

「親父が死んだのは去年の夏です」

唐突に繁一郎は語り出す。やっと自供する気になったかと古手川が身を乗り出す。

しかし、繁一郎が口にしたのは極めて予想外の話だった。

「死んだのを隠していたのは悪かったと思いますが、それも親父の指示でした」

「何だって」

「子煩悩《こぼんのう》を通り越して過保護だったんですよ。母親も、父親も」

繁一郎は携帯電話のボタンに指を這わせると、古手川の側に向けてきた。

表示されていたのは老人の顔がアップになった動画だった。

「親父ですよ」

なるほど繁一郎を更に老《ふ》けさせると、こういう顔になるだろう。画面の隅には一昨年七月六日の日付が入っている。

『わたしは楠村和夫です。今年、卒寿を迎えました』

画面の中の和夫は、老いたりといえども口調もしっかりしている。

『この動画は息子の繁一郎にケータイで撮らせている。つまり息子も、このことを承知しているという証拠になります。まず言っておきたいのは、わたしは完全に正常な精神状態の下で話しています。決して錯乱《さくらん》したり脅《おど》されたりはしていません』

動画を見せている繁一郎の顔には余裕が浮かんでいる。この先を古手川に聞かせるのが楽しみで仕方がないという風だ。

『わたしは以前大腸がんという大病を患いました。優秀な医者が手術してくれたお蔭で一命を取り留めましたが、依然再発や転移の惧れはあります。そもそも卒寿を迎えた者が長生きを望むのは罰当たりという気がします』

和夫はいったん言葉を切って咳《せ》き込む。痰《たん》の絡んだ咳で、ずいぶん辛そうだ。

『この歳まで生きれば充分です。これ以上長生きをしたいとも思わない。しかし一つだけ気掛かりなことがある。一人息子である繁一郎の行く末です。もう六十だというのに定職も面倒をみてくれる家族もいない。わたしが死ねば年金収入も途絶えるので、息子は生活の糧《かて》を失ってしまう。わたしは懸命に考えました。仮にわたしが急死しても、息子が自立できる猶予期間を作れないかと。それで一計を案じました』

聞いている途中から嫌な予感がしてきた。

『繁一郎がわたしのふりをして毎日外出し、近所の目を誤魔化すという方法です。これならわたしが死んでもしばらくは年金が支給され、その間に繁一郎に外出癖がつきます。そして、いよいよ繁一郎が引き籠りでなくなった時、仕事を見つけて自立する。その段階でわたしの扮装を解く。わたしは一石二鳥《いつせきにちよう》の妙案だと思ったのです。従って、わたしが家の中で息を引き取った場合は、床下に埋めておくように指示もしました』

繁一郎の顔に余裕が広がる。それで今までの態度が腑に落ちた。父親の告白という絶対の証拠を隠し持っていたから、古手川たちの追及にも怯まなかったのだ。

『計画を立てると、わたしはサンバイザーとショッピングカートを購入し、毎日決まった時間に散歩するようにしました。サンバイザーは深く下ろすと顔が隠れます。カートを押しながら歩くと前傾姿勢になり、余計に人相が分からなくなります。上下のジャージはわざと目立つ色にしました。つまりいつものジャージを着て、サンバイザーを目深《まぶか》に被っていれば、ご近所はそれが楠村和夫だと認識してくれるからです。こうしてその姿を意識に刷り込んでおけば、繁一郎が同じ扮装をするだけで充分騙し果《おお》せると考えたのです』

和夫の着眼点は間違っていなかった。事実渡辺家の主婦を含めた近隣住人は、その出で立ちに騙され続けてきた。この事実を知った和夫は、あの世でほくそ笑んでいることだろう。

『この動画が息子以外の人に公開されるのは、わたしの亡骸《なきがら》が発見された後でしょう。身内の死を隠し通し、年金を騙し取る。それが褒められた行いでないのは重々承知しています。息子にも相応の咎めが及ぶでしょう。しかし全てはこの楠村和夫の責任と指示で行ったことです。繁一郎はただ父親の言いつけに従っただけであり、そこに邪心や謀《はかりごと》の類はなかった。それは父親であるわたしが保証します』

　動画の中で和夫は深々と頭を下げる。

『この動画を見ているのが警察の人なら、どうかお願いです。全ての罪はわたしが子育てに失敗したことに端を発しています。何卒、繁一郎の罪を軽くし、一日も早く社会復帰ができるように取り計らってください。後生《ごしょう》でございます』

　動画はそこで終わった。

「これが親父の伝言、というか遺言です」

　繁一郎は勝ち誇るように薄く笑う。

　無論、父親の指示であったとしても繁一郎が死体遺棄罪を犯しているのは明白だ。本人も自供した。だが死体遺棄罪が成立しても量刑はせいぜい懲役三年以下だ。法廷で今の動画が公開されれば、お人好《ひとよ》しの裁判員は必ずや楠村和夫に同情の念を示し、繁一郎に対する刑を軽減させるに違いない。

　対象者が死亡したにも拘わらず年金を受け取り続けるのは詐欺《さぎ》罪に該当する。国民年金は死後十四日以内、厚生年金は死後十日以内に届け出なければ不正受給とみなされ、国民年金法で三年以下の懲役、または百万円以下の罰金になる。更に手口が悪質と判断された場合は詐欺罪が適用され、十年以下の懲役もあり得る。しかし、これとても裁判官の心証一つで減刑が可能だ。

繁一郎は公判になった際の流れを確実に見通している。勝ち誇ったような薄笑いが、それを物語っている。

警察は為す術がない。死体を掘り起こし、素性を明らかにし、繁一郎の関与を立証できたとしても、彼に罪を償わせるのは困難だった。

試合に勝って勝負に負ける。この案件はそういう類のものだ。

繁一郎はまだにやにやと笑っている。

今度は古手川が黙り込む番だった。

取調室から出た古手川は、そのまま診察カードを発行した本間医院へ向かう。受付で来意を告げると、すぐに本間医師が対応してくれた。

「楠村さんのことはわたしも気懸《きが》かりだったんです」

本間は楠村和夫の死を知らされても、さほど驚いた様子ではなかった。

「手術後、がんの再発や転移こそ認められなかったものの、あのご高齢です。二度目の手術には堪《た》えられそうもないので、転移してしまえばどうしようもない。楠村さん本人もそのことは承知していたと思います」

自分が老い先短いと知れば、当然残された家族に思いがいく。楠村和夫が繁一郎の行く末を案じたのも無理はない。

古手川は無力感に苛まれて医院を後にする。

生きている繁一郎ではなく、とっくに死んでいた和夫にいいように振り回されたのだから、敗北感も一入《ひとしお》だった。

# 4

国木田検視官から検案要請を受けた直後、同一の案件で古手川から電話が掛かってきた。古手川が担当検視官の見解に異を唱えるのは今に始まったことではないが、今回のそれは真琴を大いに困惑させるものだった。

『光崎先生に解剖してもらう甲斐がないかもしれない』

検視官が司法解剖の必要なしと断じた案件を、古手川が無理やり司法解剖に持ち込む事例は少なくないが、これはまるで逆のパターンだった。

『ほとんど白骨化して、メスを入れる場所もない死体なんだ』

「らしくもない。解剖は死者の声を聞く作業なんだって、散々古手川さんも言ってたじゃないですか」

『死者の声なら、画像つきで聞かされた』

古手川の愚痴によれば白骨死体の素性は既に判明しており、そればかりか死者は生前に遺言動画を残していたという。

『楠村和夫本人は自分の死後も息子が生活できるよう、台本を練っていた。息子の繁一郎は台本通りに振る舞っていただけだ。繁一郎にしてみれば従来通り年金が支給され続ければ問題はなかった訳で、わざわざ父親を殺す理由もない』

「卒寿を過ぎていたんですよね」

『ああ。そんな年齢ならわざわざ手を下さなくても、やがて老衰でおっ死ぬ』

「それって息子の殺意が立証できないから、解剖しても無駄だという理屈ですよね」

『検視官の役目は司法解剖が必要かどうかを判断することだ。自分で死因が判断できなきゃ、当然のように解剖を要請する』

「古手川さん、何年ウチに出入りしているんですか」

つい言葉が尖った。

「光崎教授は動機とか犯人には何の興味もありません。本法医学教室が解剖する目的は死因の究明だけです。殺意の立証とか立件の可能性は、あくまでも捜査機関の都合でしょう。法医学教室は警察の出先機関じゃないんですよ」

『悪い』

電話の向こう側で、古手川はすぐに謝罪した。

『真琴先生の言う通り、らしくなかった。俺としたことが弱気になっていた』

「遺体は本日、法医学教室に到着しました。準備が出来次第解剖室に搬送しますが、古手川さんはどうしますか」

『今からそっちに向かう』

電話を終えた後、少し言い方がきつかったかと反省したが、あの鈍感男にはあれくらいがちょうどいいのだと思い直した。いったんは萎《しお》れてもすぐさま復活するのが、古手川の長所であり短所でもある。

「痴話喧嘩《ちわげんか》ですか、真琴」

今まで横で聞き耳を立てていたキャシーがにやにやしながら話し掛けてきた。

「キャシー先生。痴話喧嘩の意味、分かって使っていますか」

「ワタシはガイコクジンなのでよく分かりません」

キャシーは解剖を至上の悦《よろこ》びとしているが、それ以外にも真琴と古手川を冷やかすのを趣味としているきらいがある。真琴にすれば迷惑千万なのだが、いくら抗議しても本人は全く改めようとしない。

「珍しく古手川刑事が解剖に消極的だったようですね」

「死者が生前に自分の計画を告白した動画を残しているから、事件は既に解明されている。それから対象が白骨死体なので解剖してもメスを入れる場所はないいんじゃないかって」

「今更ながら、とんでもない誤解ですね」

キャシーは俄に不機嫌な顔になる。

「ボスがその気になれば、火葬した死体さえ死因を特定できるというのに。ボスに対するトラストが足りないにも程があります。古手川刑事はこちらに来るのですか」

「今から向かうそうです」

「それなら改めてマエストロの術式の素晴らしさを披露してあげなくてはいけませんね。切断した白骨の粉が彼の顔に掛かるような近接距離で」

キャシーは今にも舌なめずりしそうな笑みを浮かべた。


古手川が法医学教室に到着すると、キャシーは有無を言わせず解剖着を押しつけた。

「さあ、古手川刑事も着替えましょう」

キャシーの口調だけで説明は不要だったらしく、古手川は唇をへの字に曲げたまま解剖着に袖を通す。まるで罰ゲームを命じられた子どものような仕草だった。

真琴とキャシーは搬送されてきた白骨死体を解剖室へと運び込む。

白骨といえば事情を知らない者は即座に骨格標本を連想するだろうが、実際はそんな綺麗なものではない。大抵は変色しており、土や泥が付着したまま運ばれてくる。殊に今回の場合は腹部と関節部に腐乱した臓器や腱《けん》が残っているので、慣れない者が見れば一目散でトイレに駆け込むだろう。

浦和医大法医学教室の場合、白骨に付着した土は解剖室で丁寧に除去する。腐敗の過程で土に染み込んだ体液を分析するためだ。

土には体液以外にも有用な情報が紛れている。その一つがウジやアリ、あるいはシデムシといった昆虫類だ。この昆虫類は日本全国に生息しており、地上や土中の死体を蚕食《さんしょく》することで知られている。その成育具合から死後経過時間を推定する方法もあるので無視はできない。

単純作業のようだが、白骨は崩れやすい部分もあるので、それこそ化石を掘り出すような繊細さも必要だ。解剖室の隅で古手川が所在なげに立っているが、もちろん手伝わせるつもりは毛頭ない。

全ての土をこそげ落とすと、白骨はようやくすっきりした顔になる。妙な表現だと真琴も思うが、汚れを拭き取られたら生者も死者もなく、快適なのではないだろうか。

そして、いよいよ光崎が登場する。

解剖着姿の光崎が足を踏み入れるなり、部屋の空気がぴんと張り詰める。今まで解剖嬉しさに頰を緩ませていたキャシーでさえも唇を引き締める。光崎の執刀に慣れているはずの古手川も腕組みを解き、背筋を伸ばした。

白骨死体であろうが腐乱死体であろうが、解剖の手順に大きな違いはない。まず全体、次に各部位を撮影してから体表面を隈なく観察する。楠村和夫の死体は死後硬直の加減か両手と左足が屈曲している。腹部にはかさかさに乾燥しきった臓器が、両腕の関節には寸断された腱が繊維の切れ端のように残っている。

光崎は白骨の表裏を真琴たちに撮影させた後、頭蓋骨の頭部に指を這わせる。縫合部の癒着具合を調べるためだが、光崎の指はまるで慈《いつく》しむように頭蓋骨の表面を滑っていく。

キャシーの弁によれば、光崎は生きている人間よりも死体を愛しているというが、この様子を眺めていると満更嘘とは思えなくなる。

やがて体表面の観察を終えた光崎は執刀の開始を告げる。

「では始める。死体は九十代男性。死後数カ月を経過し、ほぼ白骨化している。取り扱いには細心の注意を払うように。肋骨剪刀」

光崎の手に渡った肋骨剪刀が軽やかな音とともに骨を切断していく。水分を失った骨は切断時に乾いた音がする。

「メス」

露出した臓器は蚕食と乾燥で、すっかり色も形状も別物と化している。しかし光崎の手はどの臓器かを判別した上で、一つずつ丁寧に摘出していく。

骨と同様に水分を失った臓器は、出来の悪い干し柿のようだ。摘出してからメスを入れ、内部を露わにする。臓器が開かれた途端、内部に巣食っていたアリの群れがわらわらと這い出て四散する。さすがに古手川も顔を顰めてその様を眺めているが、キャシーは眉一つ動かさずに逃げ出したアリを一匹ずつ捕獲していく。

どれだけ対象物が小さくまた変形していても、光崎の視線は終始穏やかに内部を愛《め》でる。

「肺は縮んで乾いて小さくなっている」

各々の部位についての所見は洩れなくキャシーが録音している。しかし録音は単なる覚書にしか過ぎず、光崎は所見を声に出すことで真琴とキャシーに要点を説明してくれている。ヒントはやるから自分でも死因を考察しろという無言の指示だった。

光崎の手が胃の内部を開く。

「胃に穿孔《せんこう》あり」

胃は全体的に黄ばんでおり、光崎の指摘した腐蝕部分はどす黒く穴まで開いている。喩えるならプラスチックを高熱で溶かしたような穴だ。

ステンレス製の膿盆に置かれた胃を注視していた光崎は、何を思ったか一瞬マスクをずらし、腐蝕部分に鼻を近づけた。

「内容物に微かな石油臭あり」

あらかたの消化器官を摘出し終えると、光崎の関心は四肢の関節部に纏わりつく腱の切れ端の束に移った。束は十数本に及び、長いものは十センチほどもある。光崎はその中でも特に長い数本を根元から切除する。

「クロマトグラフィーに」

キャシーが恭《うやうや》しく膿盆を受け取る。試料の分析はキャシーと真琴に委ねられているが、光崎の指示は薄層《はくそう》クロマトグラフィー（thin-layer chromatography）による定性分析だ。ガラス板に担体《たんたい》を付着させた薄層板を用い、短時間で多数の試料を分析できるメリットがある。装置自体が安価なので、常時予算捻出《ねんしゅつ》に苦労している法医学教室では格好の分離装置だった。

最後に光崎の手は頭蓋骨に伸びる。

「開頭する。ストライカー」

電動ノコギリの振動音が響く。往復刃が頭蓋骨に真っ直ぐな線を入れる際の音もまた乾いている。

「プラ板を切る時の音とそっくりだな」

何の前触れもなく古手川が呟く。本人も無意識の呟きだったらしく、古手川は口に出してからしまったという顔をする。案の定、光崎が振り返り、古手川を睨み据える。

なるほどプラモデル工作はこういう音がするのかと、真琴は専門外の知識を得る。古手川にはご愁傷様《しゅうしょうさま》としか言いようがない。

頭蓋が切断されると光崎は骨片を取り外す。本来であれば硬膜が現れるところだが今回は違った。

そこに硬膜の姿はなく、代わりにアリを含めた昆虫の群れが溢れ出したのだ。

「うえ」

思わずといったように古手川が呻く。ただし頭蓋骨の中に多数の蚕食昆虫類が巣食っているのは既に想定済みであり、頭部の下には擂鉢《すりばち》状のプレートが置かれている。溢れ出たアリたちはプレートの中から逃げられない。

蚕食昆虫類が溢れ出た後の頭蓋は土くれだけの空洞だった。脳髄は臓器と同様、彼らの大好物だ。地中に埋められていた数カ月の間に硬膜を含めた全てを食い尽くしてしまったに違いない。

光崎は大して落胆した様子もなく骨片を嵌め直す。

「若造」

唸るような呼びかけに古手川が再び背筋を伸ばした。

「検視官の見立てはどうだった」

「衰弱死の可能性があるとのことでした。何しろ年齢が年齢ですから」

「報告書にはクロマトグラフィーの分析結果を添付しておく」

簡潔過ぎて慣れない者には充分に意図が伝わらないだろう。だが、真琴はもちろん古手川にも声ならぬ声が伝わっている。

本来、古手川が見学している場所には国木田をはじめとした検視官たちが立つべきなのだ。検視官では握れないメスによって、死者が饒舌《じょうぜつ》に己の死を語る様を目撃するべきなのだ。

「衰弱死ではない」

光崎はその後に自身の所見を述べ、摘出した臓器を元に戻し始めた。

全てを語り終えたらしき白骨はどこか安堵しているように見えた。


古手川から楠村繁一郎の取り調べに同席してくれと頼まれた時は、我が耳を疑った。

「どうしてわたしがそんなことしなきゃいけないんですか」

「容疑者の繁一郎は父親の遺言動画を切り札に隠していた。実際あれは大したご利益《りやく》で、自分が罪に問われるとしたら死体遺棄だけだと高を括っている。典型的な引き籠りだが、歳相応の狡《ずる》さを持っている」

「六十二歳でしたよね」

「ああいうタイプは美人に弱い」

「……またいい加減なことを」

「繁一郎がこの歳まで独身だったのは別に性癖のせいじゃない。徹底的に奥手だったか、それとも縁がなかったのか。どちらにしてもむくつけき野郎と話すよりは隙ができやすい」

同様のタイプの容疑者と対峙した先例でもあるのか、古手川は自信たっぷりに言う。

「それに法医学者の立場から淡々と説明してやれば、反論できる余地もないだろうし」

「でも、取り調べの席に警察官以外の人間が同席するなんて許されるんですか」

「解剖室に法医学者以外の人間を同席させたのはどこの誰だよ。第一、真琴先生が同席するのは取り調べじゃない。ただの説明会だ」

古手川の説明によれば、繁一郎が犯行を認めた段階から調書を作成するので特に問題はないという。

「問題ないんじゃなくて、問題ある箇所を見ないふりしているだけじゃないですか」

「ウチの班では日常茶飯事《さはんじ》だよ」

古手川は事もなげに言う。日頃の古手川や上司の渡瀬を知っている真琴は危うく首肯しそうになるが、埼玉県警の刑事部がそんな横紙破りを常態にしているはずもなかった。おそらくは古手川の独断に近いものだろう。

巻き込まれたら危ないという警報が頭の中で鳴り響くが、一方で古手川に協力したい気持ちもある。年金欲しさに父親の死を隠蔽《いんぺい》し続けた六十男にはやはり同情しづらい。光崎の解剖所見が捜査の決め手になるのなら、関係者の一人として説明責任も発生する。

「法医学分野の説明だけなら」

「そうこなくっちゃ」


真琴が取調室に入ると、既に待機していた繁一郎は目を丸くした。まさか取り調べ担当の刑事に交じって白衣の女性が現れるとは想像もしていなかったに違いない。

「こちらは和夫さんの司法解剖を行った浦和医大法医学教室の栂野先生です」

古手川の紹介は虚偽ではないものの、真琴が執刀医のように受け取られかねない。明らかに繁一郎に誤認させるつもりらしいので、敢えて訂正はしなかった。

「こんな別嬪《べっぴん》さんが死体を切り刻むのかね」

「性差は関係のない職業ですから。先に結論を申し上げます。楠村和夫さんの死因は衰弱死ではありません」

真琴は解剖報告書に記載された内容をそのまま口にする。

「中毒死。具体的には有機リン系の毒物による急性中毒です」

それまで弛緩していた繁一郎の表情が凝固した。

「有機リン剤は殺虫剤や除草剤といった農薬に多く含まれる化合物で、中にはパラチオンのように使用禁止になったものもありますが、ＥＰＮといった致死濃度の低い化合物は現用されています。有機リン剤による中毒死の特徴は顕著な縮瞳《しゅくどう》」

「待てよ」

説明の途中で繁一郎が口を挟む。

「親父の死体はほぼ完全に白骨化していた。目玉はとうになかったし、血が残っていたようには見えなかった。どこにそんな化合物があったっていうんだ」

「特徴は他にもあります。胃の粘膜が腐蝕し、内容物は石油臭を発するんです」

「それがどうした。どこからそんな化合物が検出されたかを聞いているんだ」

「腱です」

真琴は自分の肘《ひじ》を指して説明を続ける。

「白骨死体でも関節部には数本の腱が残存していました。その腱を薄層クロマトグラフィー分析した結果、有機リン剤が検出されたのです」

「さて、ここからは刑事の出番だ」

阿吽《あうん》の呼吸で古手川が真琴と入れ替わる。

「押収していたあんたのパソコンを解析させてもらった。一年ほど前、外国メーカーから殺虫剤をネット購入していただろう」

いきなりの選手交代に、繁一郎は面食らっているようだった。

「問題の殺虫剤の成分表を確認するとＥＰＮを含有《がんゆう》していた。しかもかなりの高濃度でだ。ところが、あんたの家には殺虫剤を必要とするような広い庭もなければ畑もない。購入した殺虫剤を何に使ったか、詳しく話してくれませんか。ついでに言っておくと、法医学教室で分析した有機リン剤の成分と殺虫剤の成分は一致している」

相手に反論させる間も与えず、畳み掛けるように物証を重ねていく。いささか強引な手法だとも思ったが、きっと繁一郎のような容疑者には有効だと踏んだのだろう。

沈黙していた繁一郎は、やがてゆっくりと項垂れた。

「元々、親父の計画なのは本当だったんだ」

ぼそぼそと不明瞭な声だった。

「自分が死んだ後もしばらくは年金が支給されるように仕組んだ。親父にしてみれば俺が有難がると思ったんだろうが、正直うんざりだった」

「しかし、あんたも計略に乗ったんだろう」

「鬱陶しかったんだよ」

繁一郎は吐き捨てるように言う。

「俺が親父に依存していたのはその通りだよ。しかしな、刑事さん。学生の身ならともかく三十や四十、ましてや六十になってまで父親に依存している本人が内心へらへらしていられると思うか。親父から計略を打ち明けられた時は有難いのが半分、後の半分は嫌で嫌でしょうがなかった。こいつは死んだ後も俺を縛るつもりなのかと頭にきた」

繁一郎の言葉には矛盾がある。しかし、六十になっても父親の庇護下でなければ生活できなかった境遇を鑑《かんが》みれば理解できる矛盾だった。

「自立支援の団体に連れていかれた時も、息子さんが六十歳となると対処法はあまりありません、六十歳というのは孫がいてもおかしくない年代だからその歳になるまで自立できない人は再就職よりは結婚相手を探すのを優先した方がいいとか、言われ放題だった。他人の前で恥を掻かされて俺がどんな気分だったか、刑事さんに分かるか」

「父親の計略に乗ったふりをして、除草剤を服《の》ませたのか」

「強めの酒を勧めて、正体を失《な》くした頃に無理やり殺虫剤を喉に流し込んでやった。いくぶん吐いたけど効果覿面《てきめん》だった。すぐに苦しみ出して、ものの一時間もしないうちに息をしなくなった」

古手川は小さく頷くと、真琴に目配せした。ここから先は離席してくれという合図だ。法医学者としての責任は全うした。真琴は軽く一礼してから取調室を出た。

別室で一時間ほど待っていると、古手川が姿を見せた。

「繁一郎は全面自供した。真琴先生のお蔭だよ」

珍しく殊勝な言い方だったので、まじまじと見つめてやった。

「整合性のある供述でしたか」

「やっぱり矛盾だらけだった。あれだけ父親を忌《い》み嫌っていたのに、告白動画を大事に保存していたのは、いざという時のお守り代わりだったたっていうんだからな。何も毒殺なんかしなくても指示に従っていれば、父親も老い先短いから結果は同じだったはずだ。でも繁一郎は父親の言いなりになるのを、最後の最後に拒否したかったんだとさ」

「矛盾しているけど納得もしているんでしょ」

するると古手川は小首を傾げてみせた。

「俺は中学の時分には父親と没交渉だったからな。繁一郎の境遇ともかけ離れているから、理解はできても納得がいかない」

「……ごめんなさい」

「真琴先生が謝ることじゃないよ」

古手川は慌てたように手を振る。

「それに、納得いかないのは別の理由もあるんだ」

# 五　6030

## 1

定時の午後五時四十五分を過ぎても枡沢成彦《ますざわなるひこ》のデスクワークは終わらなかった。目の前には未決書類がまだ広辞苑の厚さほど残っている。

「お疲れ様でしたー」

二十代の若手職員が挨拶を済ませて退庁していく。枡沢が入省した頃は上司より先に帰るなどおよそ考えたこともなかったが、今日び通用する話ではない。給料をもらっている分働けとばかり、枡沢のような上級職ほど帰宅は遅くなる。

とは言え、審議官に就任してからというもの仕事内容のほとんどは決裁書類に判を押す単純作業と局長への報告に終始しているのが味気ない。

枡沢が入省した頃、与えられた仕事は多岐に亘り、外部の人間と会うことも多かった。あの頃に顔を合わせた者たちはまさしく多士《たし》済々《せいせい》の様相を呈しており、毎日が刺激の連続だった。

ところが経済産業省政策局調査課に配属されてからというもの、書類仕事がもっぱらになり外に出ていく機会はめっきり減った。そもそも調査課の業務内容は以下の通りなのだ。

1　経済産業省の所掌《しよしよう》事務に関する調査に関する事務の総括
2　経済産業省の所掌事務に関する内外経済事情及び経済政策の調査
3　経済産業省の所掌に係《かか》る事業に関する総合的な調査
4　経済産業省の所掌事務に関する経済に関する長期計画
5　経済産業省の所掌に係る物資（電力を含む。次号において同じ）の総合的な需給《じゆきゆう》の調整
6　経済産業省の所掌に係る物資の需給の調整に関する事務の総括
7　経済産業省の所掌に係る価格に関する事務の総括
8　経済産業省の所掌事務に係る価格の統制

見事なまでにデスクワーク一辺倒であり、しかも審議官職の枡沢は部下の上げてきた書類をチェックし承認するだけだ。これでは外部との接触など望むべくもない。青雲《せいうん》の時分に味わった喧《けん》噪《そう》と昂揚感はすっかり過去の記憶と化した。

だが、それも致し方ないと枡沢は渋々納得する。自分は再来月でちょうど六十歳になる。国家公務員法第八十一条の二第二項に規定されている通り当日以後における最初の三月三十一日が定年退職日になるので、自分がこの仕事をするのもあと半年余りということになる。老兵は死なず、ただ消えゆくのみ。敢えて老兵を最前線に出す必要もなく、省としては緩やかに退場を勧めている。

三十八年間にも及ぶ省勤めで得たノウハウは文章化できないものが少なくない。言い方を換えれば文章化できるノウハウに大したものはない。ところが価値あるノウハウもキャリアの定年退

職とともに消失してしまう。

各省庁もそれを惜しみ、必然として公務員定年延長案が浮上したものの、世間の批判もあって枡沢の在任中に法案が通ることはないだろう。

東京電力《とうきょうでんりょく》福島第一原子力発電所の事故以来、経産省官僚たちと電力業界との癒着が非難を浴びて天下《あまくだ》りへの道はしばらく閉ざされていた。しかし最近は電力会社本体ではなく、日本電気《にほんでんき》協会《きょうかい》などの関連団体への天下りというかたちで復活し、定年退職者たちの不安も払拭されている。枡沢自身も電気保安協会への再就職が内定しており、その例外ではない。

枡沢の待遇を羨ましいと思う者は多いだろう。元より官僚の天下りは害悪のように扱われ、まるで民間企業の寄生虫と罵られている。官僚は外に向けて声を発する機会がないので黙っているが、こちらにも言い分はある。中学高校と勉強を怠ることなく、大学に進学してからは遊びもほどほどに国家公務員試験受験に向けて睡眠時間を削った。入省後の同期たちに話を聞くと皆、似たような内容だったので枡沢が特に刻苦勉励《こっくべんれい》したわけではないらしい。一九七〇年代は一億総中流という言葉が象徴するように経済的格差による学力差がまだなかった。頑張り次第で誰にでも官僚の道は開かれていた。

入省しても安穏《あんのん》としてはいられなかった。当時は石油危機が叫ばれ、旧通商産業省では省エネルギー・省資源基準に立脚した新経済形態の構築が急務だった。具体的にはバイオ・テクノロジー、新素材、新エネルギー、第五世代コンピュータの開発と普及が急務であり、若手だった枡沢は民間企業との連絡や調整で碌に帰宅できない日々が続いた。交渉の困難さから血尿を流したことさえある。快楽や怠惰を放棄し、ひたすら国益と省益のために邁進《まいしん》し続けた延長が現在の地位なのだ。昨今は「上級国民」なる造語で官僚たちを揶揄《やゆ》する者がいるが、一方的に妬《ねた》みや嫉《そね》みを受けるのは甚だ不本意だと枡沢は思っている。

午後十時を回ってようやく一段落つき、枡沢は帰路に就く。自宅は最寄りの駅から徒歩十分の住宅地に立つ分譲マンションの一室だ。三十年ローンで購入したものだが、退職金の一部を取り崩せば繰り上げ償還できる計算だ。周辺には商業施設や病院が建ち並んでいるので、リタイア後の生活にも全く支障はない。支障が発生するとすれば外部環境ではなく家庭事情に起因するものだろう。

オートロックを解除して七階まで上る。この時間に帰宅するのは枡沢くらいのものだから他のマンション住人と顔を合わせることは滅多にない。

自分で開錠し、玄関ドアを開ける。

「ただいま」

返事がないのは分かっているが、癖でつい口に出てしまう。

多い時には妻の佐喜枝《さきえ》、長男の俊哉《としや》、長女の美里《みさと》の四人で住んでいた。だからこその広い間取りなのだが、今では無闇に広すぎてダイニングキッチンに立っていると寂寥《せきりよう》感さえ漂う。

佐喜枝は五年前に病死し、美里も就職を機に家を出ていった。現在は俊哉と二人の生活だが、女っ気がない家というのはこんなにも殺伐としたものかと思う。

女房亡き後、美里に教えてもらいながら炊事洗濯を覚えた。五十の手習いと自嘲していたが、生来《せいらい》まめな性格だったので男やもめに蛆が湧かない程度には自活できるようになった。

細かいことを並べればきりがない。自炊をしていても好き嫌いが優先して栄養が偏る。炊事洗濯ができても丁寧ではないので、手の届かないところには埃が積もる。排水口からはうっすらとヘドロの臭いが立ち上り、生乾きのシャツを着て閉口したのも一度や二度ではない。

だが、それらは時間のなさと己の行き届かなさで諦めがつくことだ。我慢ならないのは家中に蔓延している腐敗の臭気だった。

どこか饐《す》えた甘い臭い。食事中も就寝中も、どうかするとぷんと臭う。枡沢は嗅いだことがないが、死体の腐敗臭というのはこれと酷似しているのではないか。シンクに洗い忘れの食器がある訳でもなく、生ゴミが溜まっている訳でもない。それでも枡沢の鼻腔は確実にその臭いを嗅いでいる。

臭気の元は分かっている。今しも枡沢はその元に向かっているのだから。

長男俊哉の部屋は陽の光が射さない隅に位置している。ドアは大抵内側から施錠されていて、ここ数年は中を覗けたことがない。ドアの前まで行くと、中身が溢れそうに膨れ上がった市指定のゴミ袋が置いてある。

「俊哉」

外から呼んでみるが返事はない。どうせ自分のいない間に冷蔵庫からありあわせのものを取り出しているのだろう。

「起きているのか」

返事がないのは寝ているからではない。単純に父親との会話を拒んでいるためだ。どうせ今頃はネットの世界に入り浸っているに違いない。中の様子を覗いた訳ではないが、毎月請求される高額な請求でおおよその見当はつく。

いつ起きていつ寝ているのか、時折聞こえる音楽は俊哉が子どもの頃に放映していた特撮やアニメの主題歌や九〇年代の歌謡曲だ。三十六歳の男が二十年も前の思い出に浸っている様は微笑ましさよりもおぞましさが先に立つ。もちろん子どもの頃からではなく、俊哉が引き籠りになったのはここ十年以上前からのことだった。

俊哉は所謂「ロスジェネ世代」に分類される。大学を卒業し就職試験を受ける頃、経済界の要請を受けてそれまで専門職に限られていた派遣労働の枠が一気に拡大された。新卒採用は絞り込まれていたが人件費は依然として高く、簡単にクビにできない正社員よりも派遣社員や契約社員が必要とされたのだ。また当時は「働き方の選択肢が増える」といった前向きなイメージが政府や無責任なマスコミによって宣伝された影響もあった。

ところが景気が良くなってもこの世代の就労状況は一向に好転しなかった。日本には「新卒一括採用」、「年功序列」、「終身雇用」がセットになった独特の雇用システムがあり、新卒で正社員に採用されなければ非正規社員の待遇に甘んじ続けるしかなかったのだ。

俊哉の就労状況はまさにこのパターンだった。いくら父親がキャリア官僚であっても本人が国家公務員試験をパスしなければコネの使いようもない。採用試験は全滅、就職戦線が終わりを迎えた頃にようやく派遣社員として雇われた。だがいくら正社員を目指しても企業は新卒を優先して俊哉など歯牙にもかけない。加えて、どれだけノウハウを蓄積しようと派遣社員には主導権もなければ発言権もない。苛々しているところに店舗の責任者と口論になり、あっさり辞めてしまったのだ。

以来、俊哉は自室に閉じ籠った。いくら枡沢と佐喜枝が説得しても、「自分は世間から見捨てられた棄民《きみん》だ。経済政策の被害者だ」と拗《す》ねて部屋から出ようとしない。枡沢は仕事があるので始終構ってやれず、いつしか佐喜枝も諦めて俊哉を半ば放置するようになってしまった。

すっかり俊哉は世間との関係を断ち、遂には佐喜枝の葬儀にすら顔を出さなかった。こうなればロスジェネも経済政策の被害者もない、ただのポンコツだ。

長女の美里は自分の生活があるので早々と兄を見限った。これが枡沢には逆に有難かった。俊哉一人に引き摺られて家族の自由を縛ってしまえば二重遭難になりかねない。仮に引き摺られるとしたら父親である枡沢一人で充分だ。

俊哉と二人きりの生活は、言わば自分の息子の生活能力のなさをこれでもかと見せつけられることと同義だった。父親としてこれほど情けなく辛いものはない。父親もまた無能であることを見せつけられているからだ。

朝に目覚める度、夜に帰宅する度に自分の家が徐々に朽ちていくのを実感させられる。家の中に漂う腐敗臭は荒廃の臭いでもあった。

俊哉の部屋を離れると枡沢はダイニングキッチンに取って返す。今日は特に下ごしらえもしていなかったので、冷蔵庫にあった冷凍食品のハンバーグで簡単に済ませることにした。

ダイニングキッチンの隅に鎮座しているテレビでニュース番組を観ながら、ハンバーグを箸でつつく。この時間帯はどこの局もニュース番組で、そもそも枡沢はドラマやバラエティー番組にはぴくりとも食指が動かない。

事情を知らぬ者が見れば、経済産業省のキャリア官僚の夕食はこんなに侘《わび》しいものなのかと呆れるだろう。自分でそう思うのだから、傍目には尚更だ。好きで侘しい食事をしている訳ではない。時間と長男のことを考慮すればこうならざるを得ない。

三切《みき》れほどハンバーグを口に入れた時、アナウンサーの言葉で枡沢は箸を止めた。

『昨日発生した千葉県市川《いちかわ》市の通り魔事件の続報が入りました。警察発表で死亡した容疑者の身元が明らかになりました』

つい箸が止まったのは、件の事件が近年稀に見るほど残虐且つ衝撃的な内容だったからに他ならない。

事件の概要はこうだ。昨日の午前八時頃、市川市行徳《ぎょうとく》駅前付近の路上で登校中の小学生と保護者らがスクールバスを待っていたところを近づいてきた男に襲われ、相次いで刃物で刺された。加害者の男の襲撃はコンビニエンスストア正面で始まり、保護者の男性（後に死亡を確認）を背後から刺した後、約五十メートルを無言で走りながら保護者の女性と児童十二人を立て続けに襲った。周囲が悲鳴と怒号に包まれると男は更に数十メートル移動し、今度は自身の頸部《けいぶ》を刃物で突き自殺した。襲撃開始から男が自ら首を切るまでには十数秒しか要しなかった。

襲撃された被害者たちは直ちに病院に搬送されたが、保護者二名と児童二名の死亡が確認された。その他重軽傷者が四名、辛うじて難を逃れた児童たちもショックが大きかったため検査入院を余儀なくされた。加害者である男もまた搬送先の病院で死亡が確認され、現場に到着した捜査員たちを切歯扼腕《せっしやくわん》させた。せめて生きているうちに逮捕して正当な裁きを受けさせたかったというのは捜査員ならずとも当然の気持ちだろう。

ただし昨日の時点では加害者男性は三十代らしいというだけで氏名と素性は公表されていなかった。それが明らかになったというのだから、弥《いや》が上《うえ》にも好奇心が刺激される。

『容疑者は千葉県市川市に住む伴野啓一《とものけいいち》、三十六歳、無職。父親は経済産業省に勤務。捜査本部では当日の伴野容疑者の行動を精査した上、容疑者死亡のまま送検する方針とのことです』

枡沢は箸どころか咀嚼まで中断させた。

今、アナウンサーの話した内容が到底信じられなかった。まず容疑者の素性はともかく、その父親の職業まで明かす必要があるのか。もっともこのニュース番組は以前にも個人情報の扱い方で何度かＢＰＯ（放送倫理・番組向上機構）の勧告を受けたことがあり、乱立する同種の番組の中では最も下世話な方向に舵《かじ》を切っているという噂なので、容疑者の親族について言及するのも有り得ない話ではない。父親が現職の経産省官僚なら一般大衆の興味を惹くに充分な材料と判断したのかもしれない。

放送内容が信じ難い理由はもう一つある。言及された「経済産業省に勤務」する父親に覚えがあったのだ。

市川市に在住する伴野姓の経産省官僚といえば一人しか心当たりがない。通商政策局米州《べいしゅう》課課長、伴野肇《はじめ》。枡沢の同期であり、長男が同い年であることも手伝って顔を合わせると他愛《たわい》もない話をする仲だった。

まさか彼の子どもが通り魔事件の犯人だとは思いもよらなかった。

いや、待て。

自分が知らないだけで、経産省には三十六歳の子どもを持つ伴野姓の職員が他にも存在するかもしれないではないか。

確認する必要がある。

思い立つとじっとしていられないのが枡沢の性分だ。スマートフォンでやはり通商政策局欧《おう》州《しゅう》課の飯星《いいぼし》を呼び出す。

相手は二回目のコールで電話に出た。

『はい、飯星』

「俺だ」

『電話が来ると予想していた。今のニュース、観てたんだろう』

「欧州課、伴野の米州課とは隣り合ってるんだろ。まさか犯人の伴野啓一って」

『そのまさかだ。伴野の長男は啓一という名前だ。間違いない。あいつの息子が通り魔事件の犯人なんだよ』

一瞬、二人の会話が途切れる。答えてくれた飯星も衝撃を受けているのが分かる。

「お前はいつ知ったんだ」

『俺もテレビを観て知った。肝心の伴野は今日不在だったから、それで合点がいった。おそらく昨日の時点で犯人の素性が判明して、伴野が捜査本部に呼び出されたに違いない。局長から上のクラスはとっくに承知しているはずだ』

現職の課長の子息が通り魔事件の犯人、しかも犠牲者四名に加えて本人も自死している。マスコミにとっては願ってもない好餌《こうじ》であり、テレビでは伏せていた伴野肇の名前も週刊誌やネットニュースでは公然と曝すに違いない。

格差社会が叫ばれてこの方、高級官僚や資産家は一般大衆から目の敵《かたき》にされている。犯人伴野啓一の素性が明らかになった今、父親伴野肇に対する誹謗中傷《ひぼうちゅうしょう》は燎原《りょうげん》の火のように広がることだろう。

「米州課としてはだんまりを決め込むつもりかな」

『当然だろう。いくら課長といえども家族の問題に関与するものじゃないし、関与したところで要《い》らん火の粉が降りかかるだけで碌なことにならない。政策局から上は尚更で、知らぬ存ぜぬを通すに決まっている』

「……伴野への援護射撃は望めそうもないな」

『ああ。幸いあいつも今年で定年だ。来年三月まで頭を低くして嵐が通り過ぎるのを待つか、それともさっさと依願退職して官僚生活に見切りをつけるかさ。こんな事件が起きたんじゃ予定していた天下りは難しいかもしれんが、ワンランク、ツーランク落とせばどこかの民間が顧問として拾ってくれる』

即物的な物言いだが、飯星の言葉は正鵠《せいこく》を射《い》ているように思える。何も伴野本人が人を殺した訳ではないが、世間やマスコミの矛先を逸らすのが最後の奉公といったところか。

「明日、庁舎の前にはマスコミたちが待ち構えていそうだな」

『タクシーで裏口に乗りつけるさ。中告次第じゃ経費で落とせる』

「俺も裏口を使うか」

『ほとぼりが冷めたら、せめて同期だけで送別会でも開いてやろうや。じゃあな』

「ああ」

飯星との会話を終えた途端、伴野への同情心が湧き起こってきた。同い年の息子を持つという共通点が、自分を必要以上に感傷的にさせているのかもしれない。

待て、違う。

同情心だけで、これほど切なくなるというのか。今まで海千山千《うみせんやません》の相手との交渉で、すっかり神経が図太くなったはずの自分が。

そうだ、同情心だけではない。

自分は伴野に共感し、そして怖れているのだ。互いの境遇が似ているがために、伴野に己の姿を投影しているのだ。

素人なりの自己診断だが大きく間違っているとは思えない。常日頃から自身を過大にも過小にも評価していないから、間違っていないと言い切れる。

残りのハンバーグを口に運んでも、まるで味が分からない。砂を嚙むような気分で食事を終えると、腹立ち紛れにテレビを消した。

テーブルを前にじっとしていると家の中の荒廃が我が身を蝕《むしば》んでいくような錯覚に囚われる。

伴野の事件を知ってしまったから余計にそう感じるのだろう。

登校途中の児童と保護者を刺殺した後、自死。到底まともな精神状態での犯行とは考えられない。言い換えれば伴野啓一を凶行に走らせたものは日常に潜んでいたはずだった。

そう、ちょうどこの家に蔓延している荒廃の臭いのように。

まずいな。

良くない思考回路に入りかけているのが分かる。

ふと視線を食器棚に移すと、半ば飾りと化したコニャックの瓶が目についた。飾りになったのも道理、いつぞや部下から中元に贈られたものだが枡沢が下戸《げこ》であるため栓も開けられていない。

酔えば少しは気が紛れるか。

立ち上がり、食器棚を開く。瓶に手を伸ばしかけ、途中で止めた。

似合わない真似はするなと、もう一人の自分が警告を発する。こんな状況で飲む酒が旨《うま》いはずもなく、心地よく酔えるはずもない。

そのままテーブルに戻る気になれず、再び俊哉の部屋へ向かう。本人と話せるとは思えないが、足が勝手に動いていた。

部屋の前に立つ。物音はしない。

「起きているか、俊哉」

返事なし。

「俊哉」

一度だけノックをすると、中からくぐもった声で「うるせえ」と返ってきた。本当に寝ているところを起こしたかもしれず、枡沢はそれ以上を話せない。回れ右をして静かにその場を去るしかなかった。

浴槽に湯を張る気も起きず、シャワーで手早く汗を流すとベッドに潜り込んだ。家の中には血を分けた息子が同居している。その事実に安堵するどころか、逆に怯えを感じている自分が情けなくて仕方なかった。


翌朝、枡沢はいつも通り東京メトロ霞ケ関《かすみがせき》駅A12出口から出た。東京都千代田区霞が関一－三－一、経済産業省本館。予想していた通り、正面玄関は報道陣が鈴なりになっていた。

「伴野肇さんは何時に登庁ですか」

「あなたも経産省の役人さんですよね。市川市の通り魔事件について何か思うことはありますか」

「伴野肇さんは、いったいどういう人なんでしょうか」

局や課の違う職員に何を訊こうが碌な返事は期待できない。そもそも米州課の人間には昨夜のうちに箝口令《かんこうれい》が敷かれているはずだった。

マイクやカメラを突き出す彼らの顔は一様に昂っている。無辜《むこ》の命を奪いながら裁きの手を逃れた伴野啓一の身代わりに、父親を断罪するつもりか。昂りの中には明らかに嗜虐性《しぎゃくせい》が同居しており、見ていて不快なことこの上ない。

枡沢は素知らぬふりをして庁舎の裏口に回る。誰しも考えることは同じようで、顔見知りの職員たちもそそくさと裏口に向かっていた。

枡沢の職場は本館八階にある。フロアに到着すると、昨日とは空気が一変しているのを肌が察知した。

罪悪感にも似た気まずさと居たたまれなさ。職員の誰もが取り澄ましているように見えるのは、それぞれが自分専用の防護壁を作っているからだろう。

自分のデスクに座って間もなく、局長から呼び出しを食らった。呼び出された時点で用件は分かっている。まだ温まってもいない椅子から腰を上げ、局長室へと急ぐ。

局長室には木場《きば》局長一人がいた。

「朝早くからすまない。呼んだのは伴野課長に関してだ。もうニュースは知っているか」

「市川市の通り魔事件の犯人が彼の息子だったと聞きました」

「枡沢審議官と伴野課長は同期入省だったな」

「はい」

「よく会ったり飲んだりしているのか」

「廊下で会えば立ち話をする程度です」

「それならいい。飲み友達だったら言いたくないことを言わなきゃならなかった」

木場が言いたくないことには大方の見当がついている。

「箝口令、のようなものですか」

「そこまで締めつけるつもりはない。ただ庁舎前に屯《たむろ》している報道陣は無視しろ。ノーコメントの断りも必要ない。路傍《ろぼう》の石か犬の糞《ふん》くらいに思って通り過ぎればいい」

締めつけるつもりはないと言いながら、内容はれっきとした箝口令だ。局長から上の連中が渋面を突き合わせている光景が目に見えるようだった。

「伴野課長はどうしていますか」

「君が知る必要はない。知らずとも、息子があんなことを仕出かしたんだ。通常業務に就けというのが無理な注文だ」

木場の口ぶりで、伴野が自由を制限されているのが想像できた。確かに彼を放置してマスコミのエサにすれば、経産省が痛くもない腹を探られる可能性がある。軟禁するに越したことはないだろう。

枡沢の冷ややかな視線に気づいたのか、木場はこちらを疑うように目を細める。

「彼の息子のことは、どこまで知っている」

「詳しいことは聞いていません」

「所謂ロスジェネ世代だ。最初の就職で失敗してから派遣やバイトを繰り返していたそうだ」

木場は何気なく喋っているつもりだろうが、その言葉は枡沢の胸を深く抉《えぐ》る。

「ところがそのバイトも不景気で切られた。プライドが高かったのかどうか、それからは部屋に閉じ籠って家族とも接触を断っていたらしい。公務員試験こそ受けていないものの、有名大学を出た自分が軽々《けいけい》に扱われるのがよほど応えたみたいだな。本名のアカウントでネットに毒を撒き散らかしていた。事件を起こす前日には犯行予告めいた呟きも残している」

　木場は嫌悪の徴に唇の端を歪めてみせた。

「人並みに就職できなかったのは全部政府と世間のせいだと恨み節を綴《つづ》っている。自分たちは世間から見捨てられた、経済政策の被害者だそうだ」

　どきりとした。

　同じ呪詛《じゅそ》を自分の息子も吐いていたではないか。

　こちらの動揺を知ってか知らずか、木場は平然と言葉を続ける。

「同じロスジェネ世代でも就職できるヤツはちゃんと就職している。己と彼らの違いが那辺《なへん》にあるのか、一度でも考えたことがあるのかね」

　いつもであれば枡沢も追従《ついしょう》笑いを浮かべるのだが、今日ばかりは顔が強張《こわば》るばかりだった。

## 2

　省内でも予想されていた通り、通り魔事件の犯人が経産官僚の息子である事実が報道されるや否や、世間とマスコミは伴野に対してやっかみ半分中傷半分の報道を展開した。無論、息子の犯罪について親が責任を負う謂《いわ》れはないものの、既に犯人が死亡しているので、どうしても矛先は親に向けられる。

経産省は表向きはだんまりを決め込んだが、その一方で伴野課長を隔離し決してマスコミの矢《や》面《おもて》に立たせるような真似はしなかった。長年省益のために粉骨砕身《ふんこつさいしん》してきたキャリアに対する、省からの精一杯の気遣いだろうというのがキャリア組の一致した見方だった。

枡沢も世間とマスコミの反応を苦々しく思っていた。まるでキャリア官僚を格差社会の支配者のように捉えるのは子どもじみた被害妄想としか考えられず、そもそも伴野啓一が凶行に走った経緯と伴野の積み重ねてきたキャリアの間には何ら相関関係が存在しない。それでも伴野を追い掛け続けるのだから、マスコミの神経は驚嘆すべきものがある。

ところが折角省が伴野課長を隔離しても、世間は一向に追及の手を緩めようとしなかった。飯星から伝え聞いた話では、市川市にある伴野宅には早速匿名の悪意が集中した。一戸建ての玄関ドアはスプレーのいたずら書きと貼り紙で埋め尽くされ、窓という窓が相次ぐ投石で全て割られたという。

『殺人者の家』

『悪魔の巣』

『育てた責任があるぞ』

『町から出ていけ』

絵に描いたように類型的な嫌がらせだが、地味な分、住んでいる家人には効果覿面と言える。

執拗《しつよう》な取材攻勢と間断のない無言電話に追い詰められた挙句、伴野の家族は当分のホテル住まいを余儀なくされた。

　不思議なことにマスコミは被害者遺族の痛みはこれでもかと報じる癖に、加害者家族の受難については見て見ぬふりを貫く方針らしかった。伴野啓一の犯した行為はそれほどに罪深く、それこそ彼の死体に鞭《むち》を打っても飽き足らないというのが世間の総意だった。

　一方、自死した伴野啓一についても彼の同級生たちから証言が掻き集められた。枡沢も興味が抑えきれずその一端を覗いてみたが、結局はひどく後悔する羽目となった。

『ムードメーカーというのか、クラスでも明るい方だったと思いますよ。いつも女の子を笑わせてたなあ』

『成績はトップクラスでした。確か委員長にも選ばれたんじゃなかったかな』

『高校の時、同じクラスでした。努力型の人間でしたね。休み時間でも教科書開いていたんで、よくやるなあって。あ、性格はそんなに良くなくて。ふた言目には父親がキャリア官僚だって鼻を高くしてましたから。友だちは少なかったんじゃないのかなあ』

『ごめんなさい。あたし、啓一くんにはあまりいい印象がなくって』

『わざとらしくギャグは飛ばしていたけど、結構ネクラなヤツでしたよ。いや、分かるんですよ。俺らの前ではふざけてましたけど、腹の底じゃ俺らを下に見てたんです。そりゃあキャリア官僚の息子ですから、将来は親のコネでいいところに就職する気満々でしたよ。はっきり言って同窓会では会いたくないタイプの男でした』

『大学出てから、一度だけ地元で出くわしました。ええっとですね、学生の頃とはイメージが激変していて、最初は彼だと気づかなかったんですよね。え、どんな変わり方だったかって？　えー、うーん。何て言うか世の中を恨んでいるっていうか。僕らは就職氷河期の人間なんですけど全員が全員そうじゃなくて、するっと正社員になったのもいれば彼みたくずっと非正規のヤツもいて、同い年でも歴然と格差が存在するんです。だから同じ立場でない限り、顔を合わせてもお互い気まずいだけなんですよね』

彼らの証言を見聞きしているうち、枡沢は次第に気が重くなっていった。伴野啓一と俊哉との間に、いくつも共通点を見出したからだ。同い年、ともに非正規社員の身分に甘んじていたのだから共通する部分があるのは当然にしても、やはり不安を増幅させるには充分だった。

またネットニュースでは、伴野啓一がブログで日頃の憂さを晴らしていた事実を報じた。日本警察の捜査能力は世界に誇るべきものだが、ネットの世界に蠢《うごめ》く通報者たちのそれも馬鹿にはできない。伴野啓一のものらしきアカウントを即座に見つけ出し、内容から本人を特定したのだから恐れ入る。

『今日も家族と世界は順調に回っている。順調に回っているように見えるのは邪魔者を排除しているからだ。俺のような人間をだ』

『「昭和ブルース」という曲を聞いて驚いた。うまれた時が悪いのかそれとも俺が悪いのか。これは、俺のためにあるような歌だ』

『どうして生まれた年が違うだけで、こんなに差別されなきゃいけない。国や企業は俺たちロスジェネ世代を時代の徒花《あだばな》として忘れようとしている』

『言っとくが損をしているのは国の方だ。正規の職員・従業員九百十六万人に対して非労働力とされる人口は二百十九万人に上る。その中には四十万人の無職も含まれる。つまり国は二百十九万人分の所得税を失った計算になる。逆にこの二百十九万人は将来、社会保障費を蝕む寄生虫になるんだ』

ここまでは社会の理不尽さに翻弄《ほんろう》される若者の声として同情の念を禁じ得ない。ロスジェネ世代の受難が結局は国の財政を圧迫するという理屈も充分に説得力を持っている。父親に似て、論理的な人間だったのだと感心さえする。

だが事件発生の一カ月前から論調は急速に乱れていく。

『もう被害者で居続けることに疲れた』

『口を閉ざしていても、身を縮めていても絶対に報われることはない。ただ蔑《さげす》まされ、貶《おとし》められたまま死ぬだけだ』

『「昭和ブルース」への返歌。うまれた時も悪かったが、高みの見物をしていた奴らが一番悪い。俺は悪くない』

『服従。忍従。忍耐。無視。もう沢山だ』

『何がロスジェネ（失われた世代）だ。失われたんじゃない。捨てられたんだ。国とお前らに』

『ここ数年、雇用統計の数字は順調に推移している。売り手市場だ。俺たちのことなんて忘れたいに決まっているよな。そう簡単に忘れさせてやるもんか』

『社会の裂け目に落ちた俺たちを忘れたいんだろうけど、そうはさせるか』

『忘れられなくしてやる。虚飾《きよしよく》の宴《うたげ》を開いていても、平和な日常を送っていても、その陰に俺たちの骸《むくろ》が重なっていることを知れ』

乱れた論調は、そのまま感情の吐露と憎悪の発露へと変質していく。

『行徳駅前にスクールバスの停留所がある。通っているガキどもは誰も育ちが良さそうに見えた。見守り役の保護者たちは例外なく「上級国民」の顔をしている』

『虐《しいた》げられたロスジェネが復讐するとしたら、こういう恵まれた富裕層が対象だろう。無辜の民だと。ふざけるな。俺たちが差別され、苦境に喘いでいる時、あいつらは太平の夢に浸って手を差し伸べようともしなかった。そんな奴らが無辜な訳あるか』

『俺は世間に知らしめなければならない。いつでも犠牲になるのは力なき者なのだと』

伴野啓一の書き込みはここで唐突に終わっている。日付は事件発生の前日であり、その後の更新はない。

ひと通り読み終えた枡沢は大きく嘆息する。論理的な人間が正気を失っていく過程が容赦なく綴られている。彼と同じ年頃の子どもを持つ親は、果たしてこれを読み終えて冷静でいられるのか。

既に本人のものと特定されているから、書き込みを終えた伴野啓一が次にどんな行動をしたのかは周知の事実であり、書き込みの迫真性に拍車をかけている。

社会に虐げられた者たちの復讐。言葉にすれば荒唐無稽《こうとうむけい》にしか聞こえない。法治国家であり、勤勉で慎《つつし》み深い民の国で世の中への復讐などおよそ有り得ない。枡沢だけでなく、ほとんどの者がそう信じていたはずだ。

だが、その思い込みは伴野啓一の振り上げた刃物の一閃《いっせん》で粉砕された。この国は格差社会であり、常に下層の幸福と夢を奪って繁栄していることが白日《はくじつ》の下《もと》に晒されたのだ。

帰宅してからも枡沢は物思いに耽っていた。頭の中では未だに伴野啓一の叫びが渦を巻いている。第三者である自分ですらがこうなのだから、父親の伴野などは書き込みを読んだら茫然自失になるのではないか。もし自分が伴野の立場なら到底耐えられない。

絶望の臭いを鼻腔に感じながら、枡沢は夕食の準備に取り掛かる。レトルトもの続きでは生活が自堕落《じだらく》になる一方なので、今晩は調理めいたことをするつもりだった。

冷蔵庫から取り出したアスパラガスは根元をピーラーで皮むきし、半分に切ったベーコンを巻く。後はオリーブオイルを引いたフライパンで二分ほど炒《いた》めるだけだ。単純だが味付け次第で絶品のおかずになる。

ところが火を点《つ》けようとする寸前、スマートフォンが着信を告げた。発信者はと見れば娘の美里だった。

「お父さんだ。どうした」

『今、いい？』

「ちょうどガスを点けるところだった」

『すっかり料理が板に付いたみたいな言い方』

「そんなに馬鹿にしたものじゃないぞ。最近はお前よりも料理上手じゃないかと思えてきた」

『ひっどい。嫁入り前の娘にそーゆーこと言うかね』

嫁入り前という言葉に耳が反応する。美里も今年で二十九歳。合コンで知り合った男と付き合っているのは聞き知っているが、そろそろ具体的な話が出てもいい頃だ。聞いた限りでは相手の実家は相当な資産家らしい。

「急を要する話でもあるのか」

『あのさ、市川市の通り魔事件、知ってるよね』

「父親が同じ省の同期だ。知りたくなくても向こうから話が飛んでくる」

『犯人、伴野啓一のブログは』

「見たよ。読んでいて悪酔いしそうになった。酒も飲んでいないのにな」

『ロスジェネ世代、だっけ。犯人と同じ境遇の人、何十万人もいるんだってね』

「だからといって、あの世代の人間全部が通り魔になる訳じゃない」

それこそ同世代の兄を持つ美里が相手だ。枡沢は慎重に言葉を選びながら話を進める必要がある。

「環境が人間形成に重要な要件なのは確かだが、それが全てでもない。犯罪性向の強さは、やっぱり本人の資質による要因が大きくて」

『別にお父さんと犯罪心理学の話をするつもりなんてないんだって。伴野啓一のブログのコメント数は見たの』

「いや、そこまでチェックしていない」

『コメント数は大体二十前後、多い時は百二十』

「わざわざ数えたのか」

『コメント数百二十なんて、ちょっとしたブロガー並みよ。芸能人だってなかなかそんな数に達しないいんだから』

「通り魔が今や芸能人以上の人気ということか。世も末だな」

『そうじゃなくて』

電話の向こうで美里はじれったそうだった。

『伴野の書き込みに、ほぼ毎回レスを送っている人がいるの。それが、どうやらお兄《にい》らしくて』

「なんだって」

『アカが「トッシー」ていうんだけどさ。これって、昔お兄が友だちから呼ばれていたニックネームだったよね』

唐突な話だったが、美里の言う通りだった。家に遊びに来た友人たちは、皆俊哉のことをそう呼んでいた。

「それが俊哉のアカウントだというのか。トッシーなんてありふれた名前じゃないか」

『最初はあたしもそう考えたんだけどさあ。レスの内容を読んでみると、お兄としか思えなくなってきたんだよね。自分の親も経産省のキャリア官僚だとか』

「経産省だけで何人の職員が働いていると思ってるんだ」

『しかも伴野と同い年なんだって』

美里が付け加える度に鼓動が激しくなる。

まさか。

俊哉と伴野啓一にそんな接点があるなんて。

「その話、誰かにしたのか」

『する訳ないじゃん。今、お父さんにしたのが初めてだよ』

「正解だ。絶対、他人に洩らしちゃいかん」

思わず命令口調になったが、これは仕方のないことだ。家族の不安を他人に吹聴《ふいちょう》する必要はない。

『お父さん、あたし、お兄のことが心配で』

「分かっている」

『まだ引き籠ってんでしょ。それ、伴野啓一とまるで一緒じゃ』

「違う。まるで違う。自分の兄弟をあんな犯罪者と一緒にするな」

さっきよりも言葉がきつくなった。気圧《けお》されたのか、美里はしばらく黙り込んでしまった。

「……悪い。つい声が大きくなった」

『いいよ。気にしてないから』

「俊哉本人に確認してみたのか」

『しないよ。あたしが家を出る前から、お兄とは没交渉だって知ってるでしょ』

「本人には俺から確かめておく。お前は早く寝ろ」

半ば強制的に話を終わらせると、枡沢はスマートフォンをネットに繋いだ。ブックマークをつけていたので伴野啓一のブログは即座に開けた。

恐る恐る、しかしタップする指ももどかしく件のコメントを浚《さら》ってみる。「トッシー」の書き込みはすぐに表示された。

『激しく同意します。世間はロスジェネなんて言葉で軽く片づけようとしていますけど、俺たちを無視しようとするのは、自分たちの無策ぶりを隠したいだけなんですよ』

『それも同意です。マスコミは時々、俺たちのことを社会問題として取り上げるけど、結局は面白おかしく扱いたいだけなんだよ。全く、どこまで俺たちをオモチャにすれば気がすむんだか』

『俺も現在、絶賛引き籠り中ですけど生活には困りません。ちょい前からクソ親父《おやじ》が自炊を始めて、冷蔵庫開ければまあまあ食えるものが置いてありますから』

このエピソードだけでトッシーなる者が俊哉であることが確信できる。

俊哉は伴野啓一と世間話を繰り返していたが、やがて相手の憤《ふん》怒《ぬ》が伝染したように舌鋒《ぜっぽう》鋭く同調し始める。

『もう、俺たちの思いを伝えるには実力行使しかないと思う』

これは伴野啓一の『社会の裂け目に落ちた俺たちを忘れたいんだろうけど、そうはさせるか』という書き込みについた返信だ。俊哉の書き込みは尚も続く。

『何やかんや言っても、世間は言葉だけじゃ全然理解しようとしない。実際に血が流れないと本気で考えようとしない。これは革命だよ。歴史上、血の流れなかった革命なんて存在しない。だから、この革命にも血が必要なんだ』

二人のやり取りは日に日に剣呑《けんのん》になっていく。文章だけ眺めていると、まるでテロリスト同士の打ち合わせに思えてくる。

だが俊哉の文章が本物のテロリストのそれのように尖鋭化《せんえいか》するのは、伴野啓一の事件直後だった。

『本日、伴野啓一さんが殉死《じゅんし》しました。ブログで予告した通り、スクールバスを待っていた上級国民の児童と保護者に正義の鉄槌《てっつい》を下《くだ》した後、自ら命を絶ったのです。彼は最後の瞬間まで、我々ロスジェネ世代を代表する勇者でした』

通り魔を勇者と称える時点で、俊哉自身が通り魔の要件を備えていることに枡沢は怯える。大量殺人者が英雄と称えられるのは戦場だけだ。平和なこの国においては精神に異常を来《きた》した犯罪者でしかない。

『今回、祭壇《さいだん》に供《きょう》されたのは保護者二名と児童二名。足りない。まだ圧倒的に足りない。俺たちの恨み辛みを世界に知らしめるためには、ひと桁《けた》もふた桁も足りない。足りなければどうする。決まっている。後に残された俺たちが補充するんだ』

ふと気づくと、枡沢は腋《わき》の下にたっぷりと汗を掻いていた。蒸し暑さからではなく、寒けからくる不快な汗だった。

『ロスジェネ世代に告ぐ。みんな、伴野さんに続け。一人でも多くの敵を殺して彼の祭壇に捧げるのだ。もちろん言い出しっぺの俺が先陣を切る。これは戦争じゃない。繰り返す。これは戦争じゃなくて革命だ。真っ当に生きる権利を奪われた者が当然に行使する権利だ。だから怖れることはない。躊躇《ためら》うこともない。俺たちは革命の名の下に敵を殲滅《せんめつ》しよう』

伴野啓一の言葉と同じだった。言葉にすれば荒唐無稽にしか聞こえない。しかし伴野啓一が実際に行動したために俊哉の言葉は檄文《げきぶん》となり、無視できないほどの実現性を帯びている。

一瞬、枡沢は眩暈《めまい》を覚える。今やすっかり伴野啓一と息子の姿が重なっていた。

枡沢が俊哉の監視を始めたのは、その夜からだった。

## 3

八月一日午前七時、さいたま市南区《みなみ》ＪＲ南浦和駅東口前はラッシュ時の通勤・通学客でごった返していた。先月から猛暑日が続いているが八月に入ってから更に気温は上昇し、まだ朝方だというのに陽炎《かげろう》がゆらりと立ち上り始めている。

さいたま市内は言うに及ばず、首都圏では毎日のように救急車が熱中症患者を搬送している。うだるような暑さは判断力を鈍らせ、注意力を摩耗させる。雑踏、クラクションの音、洩れ聞こえてくる構内放送、電車の発車音。鬱陶しい環境音が神経を更に苛み、駅のホームに向かう利用者たちは早く冷房の利いた車両で涼みたいと階段を上る。

惨劇はそのさ中に起きた。

足早な通勤・通学客たちの中、その男はひどくゆっくりと歩いてきた。三十代から四十代、蓬《ほう》髪《はつ》に髭面《ひげづら》、迷彩柄のシャツにジーンズ。下腹が出ており、いかにも不健康そうな印象を与える。目撃者の中にはホームレスと思った者もいた。

改札口に続く階段の前はタクシー乗り場になっており、利用客が一番集中している場所だ。男は俄に駆け出すと、ジーンズのポケットからナイフを抜いた。

男は声を上げなかったので、彼が危険人物であるのを察知できた人間は少なかった。多くの者が察知したのは、けたたましい声が響いた時だった。

気だるい空気を切り裂いて一人の女性が悲鳴を上げる。何事かと周囲の人間が声のした方に振り向くと、男がスーツ姿の女性に背後から刃物を突き立てていた。

女性が路上に倒れると男は彼女に馬乗りになり、第二打を放つ。周囲の人間が飛び退《の》いていたため、彼女のスーツがみるみる血に染まっていくのがはっきりと見えた。

男は一人の獲物では満足しなかった。立ち上がって次の標的を探す。凶行の場から逃げ遅れた猫背の老人を見つけると後ろから突き倒し、首筋にナイフを深々と刺した。老人はひと声呻くと、そのまま動かなくなった。

たちまち駅前は阿鼻叫喚《あびきょうかん》の巷《ちまた》と化した。我先に逃げようとする者たちが詰め掛けたために将《しょう》棋《ぎ》倒しが発生し、階段では数人が転落した。

比較的離れていた場所にいた者はそのまま東口交番に駆け込んだものの、生憎巡査は不在だった。高架のコンコースを通り抜けて西側交番に向かう者と、携帯端末で１１０番通報する者に分かれたが、その隙に男は現場から駆け出した。元から駅前は人で溢れ返っていたので、男は逃げ惑う群衆の中に容易に紛れ込んでしまった。

西口交番から巡査が駆けつけた時、既に男の姿はなかった。目撃者を集めても京浜東北《けいひんとうほく》線に沿って浦和駅方向に逃げたと言う者もいれば、逆の蕨《わらび》駅方向へ逃げたと言う者、更には武蔵《むさし》野《の》線に沿って去っていったと断言する者もおり、巡査は浦和署に事の次第を報告して応援を待つことにした。

やがて浦和署の強行犯係と機捜、加えて県警の庶務担当管理官が到着し、事件の緊急性から直ちに県警捜査一課が臨場と相成った。県警捜査一課と浦和署は現場保存と目撃者の確保に急ぐ一方、南浦和駅を中心に非常線を張って逃走した男の捜索に尽力する。

だが、男の行方は杳《よう》として知れなかった。被害者二人の返り血を浴びたシャツは元々の迷彩柄に紛れて目立たない。目撃者の証言も背丈や人相が曖昧《あいまい》で特徴が一致しない。唯一信じられたのは階段近くに設置してあった防犯カメラの映像だった。

幸いにもカメラは、二人の被害者を刺した男の全身も顔も克明に捉えていた。捜査本部は画像を解析した上で捜査員を主要な駅、幹線道路の検問に配置した。

刺された二人の被害者は病院に搬送されたが間もなく死亡が確認される。この段階で男に掛けられた容疑は傷害から殺人に移行する。しかし事件発生から五時間が経過しても尚、男の足取りは全く摑めなかった。検問に引っ掛からないのならまだ南浦和駅から遠くない場所に潜伏している可能性が高い。男が依然として凶器を所持している危険性を考え、捜査本部は更に人員を投入して男の捜索に注力する。

また防犯カメラの映像から男の素性を洗い出す試みもなされたが、警察のデータベースに男の特徴と合致する該当者はヒットせず、これも無駄骨となった。

手掛かりらしい手掛かりも得られないまま、空《むな》しく時間だけが過ぎていく。事件発生から六時間経っても尚、捜査に進展は見られず、捜査本部の面々は焦燥《しょうそう》に駆られ始めた。初動の段階で遅れが生じれば生じるほど事件解決が遠のく。

ところが翌日の朝方、事件は急展開を迎えた。

犯人と思しき男が死体となって発見されたからだ。


死体が発見されたのは、既に閉店して店内の備品や什器《じゅうき》がすっかり撤去された事務机販売店だった。知らせを聞いて古手川をはじめとした捜査員たちが駆けつけた際も、フロアには男の死体が転がっているだけだった。

空き店舗は南浦和駅から十二キロ離れた場所にあり、しかも表通りではなかったため集客力に不安がある。店が撤退した理由の一つは間違いなく立地条件だろう。ただし今、建物内は人でごった返している。死体を中心に鑑識係が這い回り、国木田検視官が死体の傍らに屈み込み、古手川たちは彼らの仕事が終わるのを待っている。

通報してきたのは管理会社の社員だった。新規出店のために物件を探していた申し込み客と内見に来たところ、死体を発見したとのことだった。

「施錠はしていなかったんですか」

「いや、ちゃんと施錠はしていたんです。しかしどこかの不良が溜まり場にしていて錠を破壊していたようで」

古手川の質問に、社員はしどろもどろに答える。錠を破壊されていたのが分かっていながら放置していたのは、費用をケチっていたか防犯に留意していなかったかのどちらかだろう。

ようやく鑑識係が作業を終えたので、古手川は国木田に近づいた。

「死因は説明不要だろう」

国木田がつっけんどんに答えたのも道理で、死体に目立つ外傷はただ一つ、後頭部の裂傷《れっしょう》だった。ご丁寧にも凶器と思しきブロック片が死体の近くに放置されていた。

「見た通りだ。背後からコンクリートブロックで後頭部を強打。床に広がる血飛沫《ちしぶき》の形状から、被害者は床に座っていたと思われる」

凶器となったコンクリートブロックは部屋の隅に積み重ねられていたものの一部とみられる。現場にあったものをそのまま凶器として使用していることから、犯行は計画的なものではないと推察できる。

「じゃあ、頭上からブロックを振り下ろした格好ですか」

「ブロック自体の重量が加わるから破壊力は抜群だ。被害者はひとたまりもなかっただろうな。一撃で後頭部陥没、死因は脳挫傷《のうざしょう》」

いつにも増して口調が荒いのは、被害者が昨日の通り魔であるのがほぼ確定されたからだろう。死体の顔は防犯カメラの映像に映っている男のものと断定され、死体の所持していたナイフには血糊《ちのり》が付着していた。簡易鑑定では駅前で刺殺された二人と同じ血液型だった。

「死亡推定時刻はどうですか」

「昨夜の十一時から深夜一時までといったところだが、詳細は司法解剖を待ちたい。建物内は密閉されていて室温が高く、多少の誤差が生じる可能性があるからな」

死体は携帯端末の類を所持していなかった。ただしポケットには札入れがあり、中に入っていた期限切れの運転免許証で本人の素性が割れた。枡沢俊哉、三十六歳。住まいは南浦和駅から徒歩十分の分譲マンション。犯行直後、自宅に戻らなかった事実に疑問が残るが、家族から話を聞けば何か分かるかもしれない。

普段なら初動捜査で張り詰めているはずの空気が弛緩気味なのは、取りあえず通り魔事件の犯人が特定されたためだろう。自分たちの手で逮捕できなかったのは痛恨の極みだったが、迷宮入りになるよりはいくぶんマシだ。

「自業自得だな」

現場を立ち回る捜査員たちの間から、ぼそりと言葉が洩れる。不謹慎だが、偽らざる本音だろう。

同じ呟きを耳にしたのだろう。国木田が同調するように唇を曲げた。

「ミイラ取りがミイラになった。自業自得はその通りだが……」

国木田は言葉を濁したが、古手川にはその先が理解できる。

「釈然としない」だ。

駅前通り魔事件の流れから、現場には所轄のみならず捜査一課の面々が雁首《がんくび》を揃えている。これだけいれば現場周辺の訊き込みは任せておいて支障は出るまい。

そう考えていると、胸ポケットに収めていたスマートフォンが着信を告げた。発信者は言わずと知れた渡瀬だ。

「はい、古手川」

『死体は通り魔事件の容疑者と特定できたらしいな』

まだ古手川が報告もしないうちからこれだ。いったい、どこで聞き耳を立てているのか。

「防犯カメラの映像とは人相が一致しています。枡沢が所持していたナイフからは被害者たちと同じ型の血液が採取されました」

『現場の人数が足りているのなら本部に戻れ。容疑者の家族に会いに行くぞ』

「家族って、もう判明したんですか」

『運転免許証に記載された住所と姓名から世帯主が判明した。経済産業政策局のキャリア官僚だ』

犯人がキャリア官僚の息子と聞き、古手川の記憶が甦る。先々月、千葉県市川市で発生した通り魔事件の犯人も経産省官僚の息子だったはずだ。二つの事件に関連があるのか、ないのか。

いったん浮かんだ疑問符を記憶の抽斗《ひきだし》に仕舞うと、古手川は捜査本部の立った浦和署に急ぐ。

驚いたことに古手川たちが経産省に乗り込もうとした寸前、俊哉の父親、枡沢成彦が出頭してきた。南浦和駅前通り魔事件の防犯カメラに映っていたのは自分の息子ではないかと名乗り出たのだ。

「テレビニュースで犯人の映像を見たのは帰宅してからでした。もしやと思って俊哉の部屋を覗きましたが、本人の姿がありません。今朝まで待ってみましたがやはり帰ってきません」

取調室の枡沢の第一印象はとにかく実直そうな風貌だった。この暑い中、きっちりネクタイを締めている。両方の手の平に絆創膏が貼ってあるのも、小役人らしくて微笑ましい。

捜査本部では、まだ俊哉が死体で発見された事実を公表していない。いきなり取調室に案内された枡沢は不安と申し訳なさからか、伏し目がちに古手川を見ている。

不意に古手川は枡沢が哀れに思えてきた。世間からは高級官僚やらエリートやらと尊敬されていても、家族が不祥事を起こしてしまえば狼狽《うろた》える父親でしかない。しかも枡沢は俊哉が死んだなどとは想像すらしていないに違いない。

枡沢は問われるまま、俊哉がここ十年は仕事もせず部屋に引き籠りになっている実情を話す。よくある話だと聞いていた古手川は、俊哉が先の通り魔事件の犯人である伴野啓一のブログにコメントをし続けた件から思わず身を乗り出した。

『今回、祭壇に供されたのは保護者二名と児童二名。足りない。まだ圧倒的に足りない。俺たちの恨み辛みを世界に知らしめるためには、ひと桁もふた桁も足りない。足りなければどうする。決まっている。後に残された俺たちが補充するんだ』

『もちろん言い出しっぺの俺が先陣を切る。これは戦争じゃない。繰り返す。これは戦争じゃなくて革命だ。真っ当に生きる権利を奪われた者が当然に行使する権利だ。だから怖れることはない。躊躇うこともない。俺たちは革命の名の下に敵を殲滅しよう』

古手川の心臓が早鐘を打つ。伴野啓一と枡沢俊哉の接点はここにあった。俊哉がブログに残した文面は、そのまま犯行声明文として通用する。

南浦和駅での犯行に関して唯一不明だった動機が明らかになった。通り魔事件については捜査が終了したも同然だ。

いや、まだ全てが終わった訳ではない。

古手川は胸の内で嘆息する。事件関係者に家族の死を知らせるのは未だに慣れないが、死体が俊哉であることを確認するには避けて通れない作業だった。

「実は今朝がた、俊哉さんの死体が発見されました」

なるべく感情を殺して伝えたつもりだったが、枡沢が驚き狼狽するのを止められなかった。

「そんな馬鹿な」

「南浦和駅から十二キロほど離れた場所にある、閉店した店舗の中です」

タイミングがいいのか悪いのか、俊哉の死体はさっき到着し、霊安室に運び込まれたばかりだ。残酷な仕打ちだが、古手川は枡沢を息子と対面させなくてはならない。

「一緒に来てください」

どこで何をさせられるのかを察したのだろう。枡沢は顔を強張らせて立ち上がった。

「昨夜はとても寝られませんでした」

霊安室に向かう途中、怯えを誤魔化すように話し掛けてくる。

「最初はまさかと思いましたけど、ニュースの映像を見れば見るほど我が子に思えてきて……それで、思い切って出頭した次第です」

既に枡沢から家族構成は聴取してある。母親は他界、妹は別居。父親と二人暮らしという状況は、本人の犯行を可能ならしめる条件の一つだったのかもしれない。

「昨日、枡沢さんは何時に家を出たんですか」

「午前六時四十分です」

では、そのわずか十分後に俊哉も家を出て南浦和駅に向かったことになる。俊哉にどんな思いがあったのか今となっては確かめようもないが、十分前に父親が立ち去った場所で凶行に及ぶ心理は古手川に理解できない。

「嫌なことを訊きますが、息子さんはそんなに社会を憎んでいたのですか」

「子どもの頃から割と挫折を知らずに育ったようです。ようですというのは、その頃子育ては妻に任せっきりだったので、わたしも半分想像なのです」

ますます枡沢の印象がエリート官僚から乖離《かいり》していく。重たそうな足取りで霊安室に向かっているのは、どこにでもいる疲れた父親にしか見えない。

「親が省庁勤めだったことで本人も増長していたかもしれません。どんなに頑張っても正社員になれなかったのは、かなり応えたようです。アレは前の職場の誰それを憎むというよりも社会全体を憎んでいたようです。最初は世代の違いからよく理解できずにいたのですが……」

「今は理解できるんですか」

「文句を言う相手が個人だと一対一の直接対決になってしまう。息子の世代は、そういうのが苦手な人間が多いのじゃないでしょうか」

一対一で殴り合いをするよりも顔の見えない相手を罵っていた方が楽という理屈か。死んだ息子に寄せる父親の意見としては辛辣過ぎる気がしないでもない。

「しかし枡沢さん。一昨日まで顔の見えない相手を罵っていた人間が、ある日突然生身の人間に刃を振り翳《かざ》すようになるものでしょうか」

「よほど精神的に追い詰められたのか、何か一線を越えてしまうようなやり取りがネット上であったのかもしれません。現実での話し相手は皆無でしたから」

ネットでのやり取りが鬱屈に火を点ける事例は過去にもあった。いずれにしても俊哉の部屋からパソコンを押収し、犯行直前まで誰とどんなやり取りがなされたのか検証する必要がある。

その時、枡沢の胸ポケットから着信音が流れた。

「失礼します」

スマートフォンを取り出した枡沢は遠慮がちに相手と話し始める。

「お父さんだ。……ああ、見た。それで今、警察に来ている……いや、それもあるが、……驚かずに聞いてくれ。俊哉が死体で見つかった……それを確認するんだよ、今から……うん……そうだな。今日は休んだ方がいい……また後から連絡する。気をしっかりな。何があっても家族なんだからな」

　会話を終えて、枡沢は娘からの電話だと告げた。別居しているとはいえ、実兄が通り魔事件の犯人であり、かつ死体となって発見されたと聞かされる妹の気持ちはどんなものだろうと想像する。

　やがて二人は霊安室の前に到着した。古手川はドアを開けて先に枡沢を部屋に入れる。

　事前に教えられたキャビネットには、ついさっき古手川が見た俊哉の死体が収められていた。予定では浦和医大法医学教室の都合がつき次第、死体は搬送される。そのために後頭部の裂傷は修復しないままにされている。仰臥姿勢で傷口が隠れているのがせめてもの救いだった。

　息子の死に顔を見下ろした枡沢は、しばらく彫像のように立ち尽くしていた。

「息子に、俊哉に間違いありません」

　そして静かに啜《すす》り泣き始めた。


　死体との対面を終えた枡沢を連れて、古手川は取調室に戻ってきた。死体の主が枡沢俊哉と確認できた今、改めて父親から訊きたいことが生じた。

「先の通り魔事件の犯人伴野啓一の父親をご存じでしたか」

「通商政策局米州課課長。わたしの同期ですよ」

「同期。じゃあ個人的な付き合いもあったんでしょうね」

「局が違うのでそんなに濃い付き合いはありません。同期というだけですよ」

「しかし共通点も少なくない。伴野啓一は三十六歳。俊哉さんも同じ三十六歳でしょう」

「父親が同世代なら子どもも同世代になりやすいですよ」

「伴野啓一の事件が起きた際、父親が省内でどんな扱いを受けたかを見聞きされましたか」

「省内よりも世間の風当たりの方が強いと思いますよ。省内は身内ですが、世間は我々官僚をまるで親の仇《かたき》のように捉えていますからね」

枡沢の物言いはひどく被害者じみており、それだけで世間に対する怯えようが想像できる。

「息子さんは伴野啓一に心酔《しんすい》していて、犯行声明文とも取れる文章を投稿している。それを見たあなたは不安になりませんでしたか」

どうやら質問の意図に気づいたらしく、枡沢の目に猜疑心が灯った。

「刑事さん。いったい何を仰《おつしや》りたいのですか」

「形式的な質問になりますが、昨夜の十一時から深夜一時までの行動を教えてください」

「さっき言った通り、部屋に俊哉の姿がないので帰りを待ち続けていました。朝まで一歩も外に出ていません」

「それを証明してくれる人はいますか」

「元より息子と二人暮らしです。そんな者はいませんよ。まさか、わたしが息子を殺したと疑っているんですか」

「実は取調室に入った時からずっと気になっていました。両方の手の平に絆創膏、貼ってますよね。どうされましたか」

「……書類を束ねようとした際、紙の端で切りました」

「紙ではなく、もっと硬いもので切ったんじゃありませんか」

古手川は秘密の暴露に触れないことを注意しながら話を進める。枡沢がこちらより先に喋ってくれれば御の字だ。

「これも形式的なことですが、枡沢さんの指紋とＤＮＡを採取させてもらいます」

「それは任意ですか強制ですか」

「任意で採取できない理由があるんですか」

枡沢は目に見えて狼狽している。

もうひと息だ。

もうひと息で枡沢は落ちる。

「南浦和駅で犯行に及んだ俊哉さんは現場から逃走しました。その後、警察の検問を逃れながら空き店舗に潜伏した訳ですが、顔は割れているので飲食店やコンビニに立ち寄ることはできません。普通に考えれば唯一の同居家族である枡沢さんに連絡が入るんじゃありませんか」

返事なし。しかし枡沢はこちらと目を合わせようとしない。

「枡沢さん。さっきあなたは昨夜帰宅してから朝まで家を出ていないと証言しましたが、もし昨夜の十一時から深夜一時までの間に外出した記録が残っていたらどう弁解しますか」

枡沢の家は駅から徒歩圏内の分譲マンションだ。優良物件であればオートロックに防犯カメラも設置されているだろうから、入退出は当然記録されているはずだった。

案の定、枡沢の顔に動揺が走る。

「俊哉さんが殺害されたのは、業者が撤退しクリーニングも中断している空き店舗です。あなたはその場所に立ち入りましたか」

「いいえ」

「じゃあ、犯行現場からあなたの毛髪や体液、足跡などが出てくるはずありませんよね」

「出てくるはずがありません。わたしは毎日、家と庁舎との往復です。縁もゆかりもない場所に足を踏み入れるはずがない」

枡沢は仕掛けられた罠に落ちてくれた。ここまで断言してくれれば自供したも同然だ。

「あなたは父親として責任を取ろうとしたんじゃありませんか。何の罪もない人たちを殺めてしまった息子の父親として、せめてけじめをつけようとしたんじゃありませんか」

枡沢は黙り込み、机をじっと見ている。この沈黙は肯定の徴と見ていいだろう。

手の平の傷はコンクリートブロックを振り下ろした際についたものに相違ない。傷以外にも現場の遺留品や防犯カメラの映像など物的証拠には事欠かない。証拠を揃えて本人の面前に突き出すのも可能だが、今回に限っては枡沢が自供してくれたらと古手川は望んでいる。

「市内を逃げ回った俊哉さんは空き店舗を見つけたものの、そこからは一歩も出られない。この暑さだから喉も渇くし腹も減る。この先どうしていいのかも分からない。切羽詰まった俊哉さんがあなたにＳＯＳを発信したのも当然でしょう。俊哉さんから連絡を受けたあなたは一日の午後十一時以降、自宅マンションを出て、指定された空き店舗に向かった。南浦和駅での犯行は防犯カメラに映っているから隠蔽のしようもない。あなたは出頭を勧めたはずです。しかし俊哉さんは聞き入れなかった。犠牲者四人では恨み辛みを世界に知らしめるためにはひと桁もふた桁も足りないというのが彼の主張でしたからね。このまま放ってはおけないと思い、あなたは部屋の隅にあったコンクリートブロックで彼の頭を殴った。最初から殺害するつもりだったのなら、もっと気の利いた凶器を用意するはずだから犯行は衝動的なものだったと推察できます」

古手川の説明を聞いている間も、枡沢は顔も上げず反論一つしようとしない。

落とすのは今しかない。

「あなたが取った行動はもちろん犯罪です。しかしあなたの気持ちを理解しない裁判員はいないでしょう。それに今なら自首したかたちにもできます。枡沢さん、もういいじゃないですか」

個人的には同情すべき点が多々ある。罪びととはいえ、我が子を手にかけなければならなかった立場を考えると尋問にも迷いが生じる。

枡沢は尚も沈黙を続ける。そろそろ古手川の辛抱が限界に近づいた頃、彼の口が静かに開かれた。

「わたしが息子を殺しました」

やっと落ちてくれた。

古手川はほっとひと息吐くと、記録係の捜査員と顔を見合わせた。

「枡沢成彦さん。枡沢俊哉さん殺害の容疑で逮捕します」

一度落ちてしまえば後の供述を引き出すのは容易だった。枡沢は大筋で容疑を認め、詳細を語り始めた。

俊哉から連絡が入ったのは一日の午後十一時頃だったという。

『南浦和駅で人を二人刺した。何とか逃げ回っているけど、もう一歩も動けない、助けてくれ』

知らせを受けて枡沢は途中のコンビニエンスストアでインスタントの焼きそばとペットボトルの緑茶を仕入れ、現場に急ぐ。枡沢としては俊哉の逃亡を助けるつもりは毛頭なく、出頭させるつもりだった。だが俊哉はその懇願を一蹴《いっしゅう》し、尚も「革命」を継続するつもりだと言い放ち、終いには「お前も上級国民だから、いつか殺してやる」と宣言したらしい。

これ以上の説得は無理だと判断した枡沢は途端に怖くなった。自分に向けられるであろう非難もそうだが、何より俊哉に恐怖を感じた。目の前で空理空論《くうりくうろん》に酔い痴《し》れて暴走を始めた男は、既に我が子ではなく怪物にしか見えなくなった。

ふと見回せば、隅にコンクリートブロックが積まれていた。枡沢は誘われるようにしてその一片を手に取り、俊哉がこちらに背を向けていたので衝動的に振り下ろした。

俊哉はひと言も叫ばず、その場に倒れた。我に返った枡沢は慌てふためいたが、既に俊哉は息をしていなかった。警察に届ける勇気もなく、容器とレジ袋、そして俊哉のスマートフォンを回収して現場から離れた。回収したのは容器とレジ袋には自分の指紋が、スマートフォンには通話記録が残っていたからだ。

スマートフォンの在《あ》り処《か》を尋ねられた枡沢は、自宅に戻る途中で廃棄したと答えた。散々踏み潰した上で川に投げ捨てたとのことだった。

古手川は作成した供述調書を読み聞かせた上で、枡沢に署名捺印させた。南浦和駅の通り魔事件に端を発した一連の悲劇はこれで幕を閉じたように思えた。

## 4

「古手川刑事から打診のあった検案要請はどうなっていますか」

午前中に予定していた検案を終えたキャシーがせっついてきた。古手川から連絡を受けた真琴は詳しい事情を聞かされていたので返答のしようもない。

「真琴、リマインドをお願いします」

クレーム（苦情）ではなくリマインド（請求）というのが、いかにもキャシーらしい。県警の姿勢を問うよりも、とにかく一例でも多く解剖したいのだ。

急《せ》かされて電話をすると、古手川はあまり気乗りがしない様子だった。

『悪かったよ、真琴先生。取り込んでいて死体の搬送が遅れちまった』

過去に何度も光崎に叱責され、死体搬送の緊急性については身に沁みている男の台詞《せりふ》とは思えない。探りを入れてみると、果たして古手川が本音を覗かせた。

『ついさっき、容疑者が全面自供してね』

さすがに真琴はむっとした。

「つまり事件が解決したのだから司法解剖の優先順位が下がったという理屈ですか」

『容疑者は凶器の形状まで供述した。犯人しか知らない秘密の暴露だよ。だから』

「だから、もう解剖はする必要がないって言うんですね。その話、光崎教授に直接してくれますか」

『いや、あの、ちょっと待ってくれ』

光崎の名前を出した途端、古手川は尻に火がついたように慌て出す。

『ちゃんと用意はできてるんだ。今すぐ搬送するから』

「蕎麦屋《そばや》の出前みたい」

『俺が直接搬送する』

横で二人の会話を聞いていたキャシーが、ここを先途《せんど》とまぜっ返す。

「リマインドを受けたパートタイムの言うことが果たしてどこまで信用できるのでしょうか。この局面であれば古手川刑事のボスが死体を担いで来てもバチは当たらないと思うのですが」

『真琴先生。横でにやついているキャシー先生に言っておいてくれ。ウチの班長にそういうジョークや皮肉は絶対通用しないから』

こちらの返事も待たず、古手川は一方的に電話を切ってしまった。

真琴は叱られて慌てて逃げていく悪戯坊主を連想した。

「まるで淹《い》れたてのコーヒーが冷める前のような早さで着いただろ」

死体搬送車から降りた古手川は得意げに言った。比喩の内容も微妙だが、そもそも遅れていた作業を間に合わせたからといって得意がるのはどうかと思う。

死体を解剖室に運ぶ間、古手川は事件の概要と容疑者枡沢成彦の供述内容を過不足なく説明する。引き籠りの挙句に通り魔と化した男。息子の不始末を自ら処理しようとした父親。聞くだに胸が詰まるような話で、真琴は死体となった俊哉に複雑な思いを抱く。

誰しも殺人鬼として生まれた訳でもなく、通り魔として育てられた訳でもない。枡沢俊哉は真っ当に四年制大学を出たというのだから不真面目な学生でもなかったはずだ。それがどういう経緯で犯罪者として解剖室に運ばれる羽目になるのか。

案外人間というのは些細《ささい》な躓《つまず》きで奈落に落ちるのかもしれないと思う。自分の思い通りにならないのは確かに悔しいし空しい。その痛みに堪えられない者から堕ちていくのだろう。

古手川の説明を聞く限り、父親の犯行であるのは明白だ。凶器に付着した血液、現場に残っていた下足痕《げそこん》、アリバイ、そして切ない動機。俊哉の通り魔犯行に義憤を覚えた者も、父親の提示した免罪符に声をなくすことだろう。通り魔事件の罪を問うことはできなくなり、代わりに父親への同情と憐憫が集まるにちがいない。

「それにしても古手川さん。よく手の平の絆創膏から父親が犯人だと気づきましたね」

「一課に配属されてずいぶんになるからね。これくらい閃《ひらめ》かなきゃ班長から絞め殺される」

「そんなことくらいで絞め殺されるんですか」

「『少数精鋭のチームにボンクラは不要だ』ってのがモットーだから」

捜査一課は常に人手不足だと小耳に挟んだことがある。人手不足を少数精鋭と言い換えるのは渡瀬のセンスなのか、それとも単なる皮肉なのか。

古手川を教室に残し、キャシーと準備を終えたところで光崎が現れた。

死体が無辜の者であろうと大罪を犯した者であろうと、光崎の前では全て等価になる。いつもの冷徹な目が体表面を隈なく観察する。上体を持ち上げる仕草には死体に対する敬意が感じ取れる。

真琴が見る限り外傷は後頭部の挫傷のみだ。体型の歪《いびつ》さから不摂生な生活を続けてきたのが歴然としている。新陳代謝が下がるので理想体型から遠ざかり、髪がぱさつき、肌が荒れる。古手川の説明によれば俊哉は十年来引き籠りの生活を続けていたということだから、体型の歪さは自然の摂理ともいえる。

キャシーが体表面を撮影し終わると、光崎は厳《おごそ》かに宣言する。

「では始める。死体は三十代男性。確認できる外傷は後頭部陥没のみ。開頭する。メス」

光崎がメスで頭皮を剝がす。

間もなく頭蓋骨が露出すると創口が明瞭になる。創口の縁は比較的直線的だが、創洞面《そうどうめん》が不整になっているのは鈍器損傷の典型だ。瞬間的に鈍器で殴打されたため皮膚の裂創《れっそう》と鈍体《どんたい》に押し潰された挫創《ざそう》が同時に生じるので、挫裂創《ざれっそう》と呼ばれる。

「ストライカー」

真琴は光崎に電動ノコギリを渡す。予算の厳しい法医学教室だが、長年愛用してきた道具が遂に息を引き取ったので新規購入したものの一つだった。旧式の電動ノコギリは切断の際に生じる骨粉がモーターと接触して微粒子化することがあったが、最新のものは吸引式になっているので作業中に吸い込むリスクが減少している。低電圧なので誤ってコードが切断された場合でも感電による障害のリスクが小さい。

頑丈な筐体《きょうたい》と静粛なモーターのお蔭で操作中もほとんど振動がない。ノコギリの回転音はまるで扇風機の微風のような音だ。

静謐な音を立ててノコギリが頭蓋を切断していく。音が静かなのは道具の仕様ももちろんだが、光崎の腕が正確無比だからだ。骨にも繊維の走る方向があり、刃の進む方向が少しでも歪むとすぐに雑音が生じる。以前、ショパンコンクールのファイナルにまで進んだピアニストが光崎の術式について「一種の芸術」と評したことがある。演奏家ならではの卓越した耳が術式の奏でる音で判断したのだろう。

頭蓋冠《とうがいかん》が外されて挫裂創の下が曝される。

「脳表層に限局性の挫滅部を認める」

言葉通り脳髄後部が著しく崩れ、点状出血の集合体が真琴の位置からも確認できる。形状は直接打撃によるものであり、挫裂創で確認される生活反応と硬膜に溜まっている出血量を考えれば、死因は鈍器殴打による脳挫傷とみて間違いない。

だが光崎の術式は尚も続く。傍目には明らかになった死因だが、光崎は満足していないようだ。

「開腹に移る。メス」

Y字切開から肋骨の切除、そして各臓器が露わになる。

不摂生による歪みは臓器にも現れている。まず内臓脂肪が際立って多く、消化器系の臓器も膨満気味だ。画像に残しておけば、メタボ対策の啓発に一番効果的ではないだろうか。

光崎は臓器の一つ一つを丁寧に摘出し、メスを入れていく。まるで計測器の目盛りを読むような目に変化が生じたのは、胃の内容物を確認した時だった。

「内容物はほぼ未消化のまま。ただし時季外れだ」

何かの聞き間違いかと思った。

「教授。今、時季外れと仰ったんですか」

「他にどんな風に聞こえた」

光崎は膿盆に載った胃を真琴とキャシーの面前に突き出す。

確かに時季外れだった。

*

古手川と対峙した人物は、自分が取調室にいることがまだ信じられないという顔をしていた。

「事件はもう解決したんじゃないですか。南浦和駅の通り魔事件も、その犯人が殺された事件も」

「供述内容の一部に少し不合理な点が見受けられます。今日はその確認も含めて来ていただきました」

「どんな不合理ですか」

「通り魔事件の容疑者、枡沢俊哉は殺害される直前に差し入れられたインスタントの焼きそばとペットボトルの緑茶を口にしています。いずれもコンビニで購入されたものですが、その内容に不合理な点があります」

「説明してください」

「俊哉さんの死体を解剖してみると、胃の中からは焼きそばの麺や具とは異なるものが出てきました。ちくわ、はんぺん、さつま揚げ、大根、こんにゃく、ゆで卵、鶏《とり》つみれ……分かりますよね。これは焼きそばではなく、おでんの具材です。俊哉さんに差し入れられたのはコンビニのおでんでした」

「コンビニとは限らないんじゃないですか」

「事件が発生したのは八月一日。南浦和駅から本人の自宅マンションまでの道中を隈なく当たりましたが、この季節におでんを扱う店は一つもありませんでした。もちろん自宅でこしらえるにしても時季外れです。猛暑日が続いているのにおでんをつつく家庭はまずない。しかも枡沢家は俊哉さんを除けば父親一人しかいない。一人で鍋物というのも解せない。しかし例外があります。一般的なコンビニでは八月中頃から販売するんですが、中には一年中売っている店舗もある。そこで犯行現場となった空き店舗の周辺を探してみると、一店だけ該当するコンビニがありました。そう、あなたが住んでいるアパートの並びにあるコンビニですよ」

　途端に枡沢美里は顔を強張らせた。

「わたしがどうして逃亡中の兄に差し入れするんですか」

「俊哉さんから連絡を受けたからに決まっている。それに当初から疑問ではあったんです。俊哉さんがどうして自宅から離れた場所にある空き店舗に辿り着いたのか。しかもあの空き店舗はあなたが通勤に使う道の途中にある。俊哉さんから電話を受けたあなたは、ひとまず潜伏先を探してやる必要があった。思いついたのが毎日通りがけに見る空き店舗だ。不良の溜まり場になって出入りが自由なのも知っていた。それで俊哉さんを誘導し、食料も頼まれていたので、近くのコンビニでおでんとペットボトルの緑茶を買い、指定した現場に向かった」

　美里は青ざめたまま反論一つしてこない。

「そこであなたと俊哉さんの間でどんな会話があったのかは分かりません。しかし何らかの理由で口論になり、あなたは部屋の隅にあったコンクリートブロックで彼の後頭部を殴った。犯行が衝動的であったのは推察できます。俊哉さんがこと切れて進退窮《きわ》まったあなたは父親の成彦さんに連絡した」

「それ、刑事さんの想像ですよね」

「ええ。しかしその時間、あなたがお兄さんやお父さんと話した記録は残っているでしょう。通話記録は削除しても復元できるんですよ」

　美里の顔が更に強張る。

「駆けつけたお父さんは事情を聞くなり、あなたを追い出した。娘を庇《かば》おうとする父親なら当然の行動です。俊哉さんが食べたおでんの容器とペットボトルを回収し、コンクリートブロックに自分の血をつけてから立ち去った。俊哉さんの死体が発見された時、容疑が自分に向けられるようにするためです。通り魔の息子と、兄を殺害してしまった娘の父親として、きっとそれが自分にできる唯一の贖罪《しょくざい》だったからでしょう」

美里はまだ黙っている。黙秘を続けていれば難所を乗り切れるとでも考えているのか。

「現場には多数の不明指紋と足跡が残っていました。もしあなたの毛髪が検出されたら、どう言い逃れをするつもりですか」

そのひと言が決め手となった。

美里はゆっくりと頭《こうべ》を垂れ、間もなく喘ぐように嗚咽を洩らし始めた。

「すみません……わたしがお兄を殺しました」

# エピローグ

「美里を追い出したのはよかったんだけど、枡沢のミスは差し入れの内容まで確かめなかったことだ」

覆面パトカーのハンドルを握りながら、古手川は助手席の真琴に話し掛ける。

「現場に残っていたのはペットボトルと浅底の発泡ポリスチレンの容器。ペットボトルの方はラベルで緑茶と分かるが、発泡ポリスチレンの方はパッケージも何もない。コンビニでは容器に具材を盛り付けて蓋をするだけだから当たり前なんだけど、容器だけ見た枡沢は中身がインスタント焼きそばだと勘違いした」

「二つとも容器はそっくりですものね」

「経産省の仕事で徹夜になる時は、夜食にカップ麺も用意されるんだってな。普段見慣れた形状だったから余計にそう思い込んだ。司法解剖で胃の中身が確認できなかったら見逃していたかもしれない」

古手川の話によれば、美里の自供を知った枡沢成彦も観念して供述内容を翻したらしい。二人の証言を総合すると、事実は古手川の想像と変わるところがなかった。

「美里には交際相手がいて、順調にいけば玉《たま》の輿《こし》だった。ところが夜中に兄貴から呼び出しを受けて行ってみれば、南浦和駅で二人を刺したなんて言い出す。身内に通り魔がいるなんて知れたら玉の輿どころじゃない。世間からも後ろ指を差されてまともな生活も望めない。それで短絡的に、俊哉が背中を向けていた隙に後頭部をゴンッ」

衝動的な犯行だったからすぐに狼狽え、父親に連絡した。

「父親は父親で娘から一切合財《いっさいがっさい》を聞かされて動揺した。熟考の末に考えついたのは通り魔の息子を思いあまった父親が殺してしまうという筋書きだ。実兄が通り魔事件の犯人と知れたら、娘の将来が危うくなる。しかし実父によって殺されてしまえば、世間の同情を少しでもひけると思ったんだろう。同僚の息子が起こした事件について考えを巡らせていたら、そういう筋書きを思いついたそうだ」

我が身を顧みず、というのはこういう行為なのだろう。あまりに壮絶な選択肢だが、瀬戸際に追い詰められた父親が弾き出した結論なら頷けないこともない。

ただ哀れだと思った。

「ところで今向かっている目的地に、どうしてわたしが同行するんですか」

「楠村和夫の事件の時、別の理由で納得できないって言っただろ。決着をつける。真琴先生にも迷惑をかけた案件だから同行してもらった」

到着したのは浦和区高砂にある〈引きこもりサポート　ハンドインハンド〉だった。

事務所に入り、古手川が来意を告げると、すぐに代表の神原が姿を見せた。

「やあ、古手川さん。それに栂野先生も」

神原は人懐っこい笑みで二人を迎える。腰が低いのは相変わらずだった。

「お二人揃って今日は何のご用でしょう」

「ここ四カ月の間に発生した事件で伺いたいことがありましてね」

「四カ月前というと、広町さんご夫婦の一件でしたね」

「ええ、その後、同様に引き籠りに関わる事件が連続しました。行政側が神原さんに介護の委託をした小田嶋薫さんの一件も含めてです」

「仰っている意味がよく分かりませんが」

古手川は広町夫婦以降の事件について時系列に沿って概略を説明する。

「小田嶋さんの家であなたに会ってから、ふっと思い出したんです。広町夫婦はもちろん、隅田夫婦も楠村和夫も民間の自立支援団体に一度ならず相談を持ち掛けている。それで事件の関係者に改めて確認すると、件の自立支援団体は全てここ、〈ハンドインハンド〉だった。先日起きた南浦和駅前通り魔事件も例に洩れず、父親の枡沢成彦に確認すると、やはり息子のことで相談に訪れている」

「浦和区で民間の自立支援団体といえばウチだけですから、当然と言えば当然のような気がします」

「問題なのはそこじゃない。あんたが彼らにしたアドバイスだ。俺と梅野先生はここを訪れる前、市の引きこもり相談支援センターで担当者から自立支援に臨む態度を拝聴した。一にも二にも受容する態度で、本人を追い詰めない、まず本人の希望を聞き入れることからスタートする。決して焦らず、性急に事を運ばない。ところが神原さん、あんたが彼らにアドバイスしたのは、それとは真逆だった。無理に広町邦子の心をこじ開けろと命令し、刺し違える覚悟で本人と向き合えと言い、本人と摑み合いになってもいいから話し合えと提案する。隅田夫婦には、本人の自立心に期待していたら未来永劫解決しないと意見した。小田嶋伸丈には、たとえ本人が嫌な顔をしても忘れたという事実をないことにしてはいけないと釘を刺した。楠村和夫には、対処法がなく、再就職よりは結婚相手を探すのを優先しろと無理難題を突きつける。全部が全部、自立支援のアドバイスとしては言ってはいけないことだらけだ。意図的だがショック療法とも違う。むしろ引き籠りを悪化させるだけだ」

古手川から責められても神原の笑みは崩れない。だが、その笑みが善人のものでないのは真琴にも分かった。

「自立支援に特効薬はありません。ケースバイケースで、その事例に合致した対処法を模索すれば、古手川さんが挙げたようなアドバイスが必要になる場合もあります」

「だが、あんたからアドバイスを受けた結果、五つの家族は不幸の淵に呑み込まれた」

「まさか、わたしのせいだと言うのですか」

「直接の原因じゃない。しかし引き籠りに悩む家族の逃げ場所を断ち切った。あんたが本来するべきアドバイスをしていたら救われた家族があったかもしれない」

「何とも雲を摑むような話ですねえ。どうして自立支援団体の代表者であるわたしが、そんな悪事を目論むのですか」

「あんたの過去を調べさせてもらった。神原護さん、今から十年も前の話だ」

十年前と聞いた瞬間、神原は微かに眉を動かした。

「当時、あんたには奥さんと娘さんがいた。ところが十年前の八月に二人を同時に失った。二人と商店街を買い物に訪れた際、通り魔に襲われて刺殺されたからだ。奥さんは四カ所、娘さんは一カ所を深く刺され、その場で即死。駆けつけた警察官に捕らえられた犯人は三十代無職の青年。家に閉じ籠って世間を恨み続けていた引き籠りだった。犯人は精神鑑定を受けて中程度の障害者と認定され、求刑よりははるかに軽い判決を受けた。あんたが〈ハンドインハンド〉を立ち上げたのは、それから二年後のことだ。あんたが団体を立ち上げたのは自立支援のためじゃない。逆だ。引き籠りと、それを助長した家族を崩壊させようとした。つまり標的を変えた復讐だ」

「刑事さんというのは想像がたくましいですね。まあ、わたしの過去についてはその通りですが」

神原の笑いが次第に嘲笑めいたものにかわる。

「しかしわたしのアドバイスで結果的に各家庭の問題が悪化したとして、わたしはどんな罪に問われるのでしょうか。判断ミスは問われるかもしれませんが、何か違法行為をしたのでしょうか」

既に人懐っこさも腰の低さもなかった。神原は勝ち誇ったように言う。

「法律に違反するのでしたら無抵抗でお縄につきます。任意出頭でも何でもしますよ」

「今はまだいい」

古手川は表情を硬くした。真琴は知っている。これは感情の爆発を必死に堪えている顔だ。

「今日来たのは、あんたの胡散《うさん》臭さ凶悪さを承知している人間が最低二人はいることを教えるためだ。警察はあんたの動向に目を光らせる。次にどこかの家庭を陥《おとしい》れようとしたら、その時こそ手錠を嵌めさせてもらう」

「気の長い話を……古手川さん、ここまで悪し様《あざま》に言われたのだから少しは言い返しますが、引き籠りを抱えている家庭はわたしが何をしようとしまいと、いずれ必ず崩壊する。本人が時限爆弾だったらいつか爆発するし、本人が廃棄物だったら早晩家中が腐っていく。本人にも問題はあるが、そうなるまで指を咥えて見ていただけの家族にも同等の問題がある。もし他人様に迷惑をかけたくないのなら、引き籠りを抱えて一家全員静かに滅んでいくのも解決策の一つなのですよ」

「行くぞ、真琴先生」

古手川は辞去の挨拶もしないまま事務所から出ていく。

ビルを出ると、古手川は空を仰いで深く嘆息した。

「悪かった。やっぱり同席させるべきじゃなかった」

「いいえ。証人の一人にしてもらって光栄。一人よりは二人、二人よりは三人の方が抑止力になるもの」

真琴は神原の目を思い出す。嘲笑に顔を歪めていても、彼の目はどこか悲しげで絶望の色を湛《たた》えていた。

「それでも口惜しい。あいつが誇らしげに吹聴したのは本当のことで、自立支援には法定のマニユアルが存在しないからどんなアドバイスをしたところで違法行為にはならない。問題を悪化させる内容であっても教唆の要件にも引っ掛からない。今回事件に発展したのは五つだけど、神原が崩壊を仕掛けた事例はもっとあるに違いない。あいつは数撃ちゃ当たるを実践しているんだと思う」

「次にどこかの家庭を陥れようとしたら、その時こそ手錠を嵌めさせてもらうと言ったじゃない。その時はわたしも付き合うから」

古手川は呆気に取られたような顔をしたかと思うと、次の瞬間、柔和《にゆうわ》な笑みを浮かべた。

「ありがとう」

ちょっとやめてよ。

あらたまって、そんな。

「やっぱり俺と真琴先生はそういう仲だよな」

真琴はどきりとして次の言葉を怯えながら期待する。

「何たって死体が縁だから腐れ縁なんだよ」

張り倒してやろうかと思った。

注　本書はフィクションであり、登場する人物、および団体名は、実在するものといっさい関係ありません。月刊『小説ＮＯＮ』（祥伝社発行）二〇一九年十一月号から二〇二〇年八月号まで連載され、著者が刊行に際し、加筆、修正した作品です。
また、刊行にあたって、東京医科歯科大学　法医学分野　上村公一教授に監修していただきました。

切りとり線

# あなたにお願い

この本をお読みになって、どんな感想をお持ちでしょうか。次ページの「100字書評」を編集部までいただけたらありがたく存じます。個人名を識別できない形で処理したうえで、今後の企画の参考にさせていただくほか、作者に提供することがあります。

あなたの「100字書評」は新聞・雑誌などを通じて紹介させていただくことがあります。採用の場合は、特製図書カードを差し上げます。

次ページの原稿用紙（コピーしたものでもかまいません）に書評をお書きのうえ、このページを切り取り、左記へお送りください。祥伝社ホームページからも、書き込めます。

〒一〇一―八七〇一　東京都千代田区神田神保町三―三
祥伝社　文芸出版部　文芸編集　編集長　金野裕子
電話〇三（三二六五）二〇八〇　www.shodensha.co.jp/bookreview

◎本書の購買動機（新聞、雑誌名を記入するか、○をつけてください）

| | | | | | |
|---|---|---|---|---|---|
| ＿＿新聞・誌の広告を見て | ＿＿新聞・誌の書評を見て | 好きな作家だから | カバーに惹かれて | タイトルに惹かれて | 知人のすすめで |

◎最近、印象に残った作品や作家をお書きください

◎その他この本についてご意見がありましたらお書きください

100字書評

ヒポクラテスの悲嘆

住所

なまえ

年齢

職業

中山七里（なかやましちり）
1961年岐阜県生まれ。2009年『さよならドビュッシー』で第8回「このミステリーがすごい！」大賞を受賞しデビュー。幅広いジャンルを手がけ、斬新な視点と衝撃的な展開で多くの読者の支持を得ている。本シリーズの第一作『ヒポクラテスの誓い』は第5回日本医療小説大賞の候補作となり、WOWOWにて連続ドラマ化された。他の著書に『絡新婦の糸：警視庁サイバー犯罪対策課』『こちら空港警察』『彷徨う者たち』など多数。

ヒポクラテスの悲嘆《ひたん》

令和6年3月20日　初版第1刷発行

著者——中山七里《なかやましちり》
発行者——辻 浩明
発行所——祥伝社《しょうでんしゃ》
〒101-8701 東京都千代田区神田神保町3-3
電話　03-3265-2081（販売）　03-3265-2080（編集）
03-3265-3622（業務）
印刷——堀内印刷
製本——ナショナル製本


ISBN978-4-396-63660-9　C0093
祥伝社のホームページ・www.shodensha.co.jp

祥伝社

祥伝社文庫

死者の声なき声を聞く
迫真の法医学ミステリー、第一弾！

# ヒポクラテスの誓い

凍死、事故死、病死……
何の事件性もない遺体から
偏屈な老教授と若き女性研修医が導き出した真相とは？

中山七里

祥伝社

四六判文芸書

わたしは母を傷つけた。
たった一人の肉親を、言葉のナイフで――。
『ひと』『まち』『いえ』に続く感動の青春譚

# うたう

あれから十三年、後悔ばかりで大人になった。
でも、孤独に負けずにいられたのは、
母の、仲間の、「うた」があったから――。

小野寺史宜